U0781706

于坚，二十世纪七十年代开始写作至今。著有诗集、散文集、随笔集、摄影集等，凡四十余种。曾获鲁迅文学奖、朱自清散文奖，华语文学传媒大奖杰出作家奖等奖项。云南师范大学文学院教授。

"西南联大文库"编委会：

于坚文集·散文卷

火车记

于坚 / 著

云南出版集团　云南人民出版社

图书在版编目（CIP）数据

　　火车记：散文卷 / 于坚著. -- 昆明：云南人民出
版社，2018.4
　　（于坚文集）
　　ISBN 978-7-222-16774-2

　　Ⅰ.①火… Ⅱ.①于… Ⅲ.①散文集—中国—当代
Ⅳ.①I267

中国版本图书馆CIP数据核字(2018)第025725号

责任编辑：姚实名　苏映华　徐　霞
装帧设计：人合圆文
责任校对：陈春梅
责任印制：洪中丽

火车记　HUOCHE JI

于坚　著

出　版　云南出版集团　云南人民出版社
发　行　云南人民出版社
社　址　昆明市环城西路609号
邮　编　650034
网　址　www.ynpph.com.cn
E-mail　ynrms@sina.com
开　本　889mm×1194mm　1/32
印　张　11.375
字　数　200千
版　次　2018年4月第1版第1次印刷
印　刷　云南新华印刷二厂
书　号　ISBN 978-7-222-16774-2
定　价　48.00元

云南人民出版社微信公众号

目录

游泳池记

1

  他在水里唤了我一声，裸体的男子，除了一条短裤，没有任何衣服、背景可以帮助我回忆起他是谁。那张脸像显影液里的图片，拼命要浮出来，但似乎早已显影过度，只是一片黑暗。他是谁？我肯定不是在他游泳的时候认识他的，那时他穿着衣服，是哪一类的衣服，暗示的是哪一类人物？是在什么环境中，某人家里？商场？医院？单位？我无法想象，这个男人现在只穿着一条游泳的裤衩，没有任何背景暗示的肉体，脱光了衣服，他一点身份的迹象都没有，而那身体是那么平庸，就是一块肉，像吊挂在屠宰场的猪肉那样。没有什么特征，如果另一个人唤我一声，情况还是如此。这个人，我不能通过身体回忆出他，他和我的身体没有丝毫关系，我们是在衣服中认识的。西装？休闲装？但他是怎么认出我来，我也是只有一条裤衩。他显然并不确定，企图进一步确认，他从水里缓缓地游过来，渴望和我交谈，渴望通过一些词语继续试探。但我毫无把这张底片冲出来的兴趣，眼看他的身体越来越近了，我把脸转向别处去，他改变了方向，他并不确定他是否真的认识我。游泳池忽然变小了，我尽量绕开他，拖延那尴尬的时刻。他也在远处注意着我，我感觉我正像一张放在显影液里的相纸，被他翻来翻去，也许他已经知道我是谁，认出了记忆中那个裹在某套衣服中的裸体，但我从未裸体出现在此人眼前呀，因为和我有过裸体经历的人，我是不会忘记的，那印象总是会刻骨铭心。我终于没有能把这个男人的记忆从黑暗里调出来。我乘他不注意，悄悄地从一个梯子爬上岸，飞快地离开，但我还是在最后的时候把目光投向游泳池，立即再次与他迟疑的目光相遇，他咕噜了一句，好像是说，再游一下嘛，要走啦？我点点头，离开了，心里一阵轻松。我穿好衣服，来到街上，一个穿丝绸夹克的人经过我身边，我忽然想起来还在那游泳池里泡着的男子是谁，他是何群的朋友，某年的夏天，我们曾经在一起打过网球。他穿着这种丝绸的夹克来到网球场，头发上抹着油，皮鞋铮亮。我以为他不是来打网球的，但他脱掉衣服和鞋，换了运动短裤和鞋，握着拍子走了进来。

2

他正在换衣服的时候，手机响了，他解裤子的手停下来，换了一个方向，伸到手包里拿出一个手机。打开，是哪个？他的脸于是慢慢出现了一种办公室的表情，我觉得那是一个副主任的表情。刚才他的身份难以捉摸，六十岁上下，提着一个塑料袋，灰色的棉布夹克，运动鞋，打扮在民工和机关干部之间，拿出一只手机就不一样了，看起来不再像民工。说起话来就更清楚了，慢的，听不出口气，听不出是肯定还是否定，没有立场。那边有人在嘀嘀咕咕，他听了好一阵，只说了两句话，你莫听他乱说，明天我过来再说。然后他重新穿好衣服，干燥地走掉了。

3

游泳池有洗澡的地方。许多人进来，把身上的那条裤衩也脱掉，拧开热水，开始冲洗起来。同时也亮起嗓子，开始唱歌。有的人真是唱得好，嘹亮，全浴室都可以听到。有的人嗓子不太好，也要小声地哼着，一边叉开大腿根，往那些毛上抹肥皂；或者把毛巾搭在脊背上，一边唱，一边上下拉着。这种情况是经常的，裸体，在澡堂里歌唱，没有人觉得不对。但在其他的公共场所，从来没有这样的情况，例如在超级市场，在邮电局、在银行、在大街上，在其他必须衣冠楚楚的场合，如果你那么做，旁边的人就会惊讶、愕然、夸张地望着你，你只有疯掉，才能继续这么做。

4

他洗完了，把淋浴位让给我。他没有关水，好意，方便我。我在小小的感激中钻到喷头下，立即被烫得跳出来，他的皮肤对水温的感应与我完全不同。那好意像学校的课文一样，在生活中完全失效，甚至损害了迷信者的一生。

5

　　她在游泳池里显得非常自信，挺拔，焕发。她的身体丰满，圆润，白，没有赘肉。水池边上，她骄傲地瞥瞥旁边的胖女人。女王、公主，不看任何男子，她当然知道他们都在看她，像鱼那样向上腾起，一翻，插入碧水中，许多男子也跟着插进去。

　　但我知道她在单位上，被群众认为是最没有前途的一个，大不了就是生个娃娃算了。

6

　　从沐浴室到存衣柜，之间要通过一个公共的走廊。潜在的要求是，你沐浴后要去穿衣服，必须把短裤套上。但常常有人会忘记这一点，因为通常，沐浴处和衣服都是同在一处的。我看到一个男子，快乐地洗完澡，拿着香皂盒，甩着毛巾就去换衣服，忽然被击中似的弯下腰，捂住私处，退回来，差点被水渍渍的瓷砖地滑倒。另一个人以为外面出了什么事，跑出去看，同样是猛一弯腰，捂着那里，退了回来。

7

温水游泳池弥漫着一种肉欲的气氛。水的温度使人有些慵懒，特别是在冬天。热气蒸腾，游泳者的脸都是红扑扑的。这种水温令人丧失意志。游泳不再有进入冷水的那种刺激，那种害怕或征服了冷所带来的快感。游泳的发明是为了征服自然的，它的动作是直线前进的。自由泳不适合与曲折迂回运动。在西方，游泳池是一个非常正式的场合。锻炼身体、比赛，目的清楚。在中国的游泳池里面，目的并不明确，有人是来锻炼，有些人是来放松、有些人则是来玩，甚至还有些人是来谈情说爱。温水游泳池比冷水更受人们喜爱。冷水的目的很直接，就是锻炼身体。所以冷水游泳池的气氛很正式，游泳裤，游泳帽，潜水镜，身体都力图更规范，几分钟游多少米，呼吸的姿势要进一步校正。等等。

温水的游泳池与锻炼身体无关，更像是娱乐场所。

红男绿女，缓慢地一条条浮起来，扒开温水爬过去，像一个饲养热带鱼的大鱼缸。一群妈妈悬垂着空掉的肚皮漂过去，像是正在腐烂的海带，左右飘摇着，努力要抓住什么离它越来越远的东西。关系暧昧的中年人在水里拥抱着。老妇人披散苍苍白发漂在水里面。一群退休的老同志站在齐胸深的水里面聊天，一面在身上搓着什么。一群少年在嬉水，打球，叫着，泼着水。有人穿着内衣内裤、也有全家来洗澡的，忘乎所以，搓起来。遭到呵斥，救生员不只是要负责安全，还有防止搓澡。据说成都的游泳池里，尿素的含量竟然超过标准。我对所有温水游泳池的水总是满怀狐疑，总觉得这是培养细菌的温床。游泳池是西方人发明的，中国却有办法把它改造成类似澡堂的东西。但绝不是澡堂，里面也有跳台，但封住了，游泳池当局怕发生事故，赔不起，写了一个牌子：禁止跳水，否则后果自负。这与在花园里写：禁止小便，意思是一样。

8

我在热气朦胧中恍惚看到游泳池边上站着一个穿黑袍的人。仔细看，才看出是一个救生员。他穿着冬天的长衣服，他怎么救生？他在池子周围缓缓地移动，令我想起中世纪的修道院，那时候有游泳池吗？游泳池是什么时候出现的？游泳池在我的世界里出现，是二十世纪六十年代的事情。一个白瓷砖的露天游泳池，在翠湖的旁边建起来了，它成为昆明的一件大事。我记得在夏天的一个下午，老师带我们去了里面。所有男孩都穿着红布做的游泳裤，女孩子则穿着内衣和短裤，那时候没有孩子穿的游泳衣。水非常清，碧蓝色的。我印象最深的就是那些白色瓷砖，这是我第一次见到这种东西。从这时候起，游泳成了一件事情，游泳证，买票，一小时一场。经常买不到票，每次去买票都要排队，在开场前一小时就要去排队。而在此以前，游泳是在河流上，池塘和滇池。在那边，我们几乎不说"游泳"这种话，我们把游泳叫作"洗澡"。我相信人类先是要洗澡，然后才开始游起来的。在洗澡的时代，游泳是一种"洗"和"玩"，而不是体育活动，不是自由泳、蛙泳。我是在玩水的时候忽然学会了游水的，我最初学会在水上扑打，但是可以前进的动作，被上过游泳课的孩子叫作"排澡"，狗趴式。我先已经通了水性，慢慢才被蛙式、海豚式驯服。我们只是偶尔去游泳池游泳，那是一个要买票的正式的地方。而在我童年时代的习惯中游水只不过是一件脱了衣服就跳下去的事情，我们并不重视游泳池，那是一个时髦的学校。我从未想到的是，二十年后，这个世界已经不能随便脱掉衣服游泳了，池塘消失了，河流上漂满垃圾，滇池成为脏水。身体唯一可以和水发生关系的地方，只有沐浴室和游泳池。而且，温水游泳池一个个出现，连冷水都渐渐消失了。对我来说，游泳是冷的而不是热的。是夏天而不是冬天。是室外、是蓝天和白云，而不是光线阴暗的室内。"世界变了，一种可怕的美已经诞生。"叶芝说这话的时候，他大约想到的是一些巨大的运动，例如工业革命、蒸汽机什么的，他恐怕想不到"可怕的美"将从游泳池里诞生。昆明几乎所有的游泳池都成为温水的，不仅是在冬天，而且在夏天。如果要像过去那样在湖泊里游泳的话，你必须离开这个城市一百公里。经常有烤肉的香味从雾气里漂过，使人觉得是在肉汤里游泳。现在游泳池不仅游泳，也卖烧烤油煎的各种食物，围着池边还有许多靠椅、圆桌，出租麻将、扑克。最后还剩下两三个冷水的游泳池，里面空空如也，生意清淡。有一天我发现一个，进去，忽然想起奥登的诗来："他在严寒的冬天消失了；小溪已经冻结，飞机场几无人迹……"长这么大，我还是一个人在如此巨大的游泳池里游泳。冰冷，安静。就像一个热闹的时代结束了，只有我留下来，孤独地站在巨大的广场上。

9

　　冷水是精神的，与形而上有关。温水则充满肉欲。在冷水中，你得先在精神上战胜自己，你无法懒惰，你会想象一些伟大的念头来激励自己。你会想到锻炼身体，将来要如何如何，现在忍受一下。冷水造就的是坚强的意志，很适合革命家。走到水边，蘸些凉水拍拍。然后纵身一跃，寒冷立即收紧了你，但很快身体就会舒服起来，精神尤其愉快。冷水具有北方的气质，而温水却是南方的。这不是说文化，就是说水。在温水游泳，不需要什么勇气，甚至还比现实更舒服一些。并不太想动，只是想泡着，而且越来越没有离开的勇气，就像是泡在温柔之乡。这就是美好的生活。美好的世界今天在全世界似乎都越来越明确，就是最好什么都不要动。冷热交给空调，走动由轮子负责。人就是看看、吃吃就行了。甚至性交也可以虚拟。这就是美好的生活，不需要冷也不需要热。温的。

男人，游泳的时候，脖子上套着一个金光灿烂的圈，金子做的。那金子在别处或许会赢得尊敬，至少说明此人有办法搞到世界上最难搞到的东西，为它，绞尽了多少脑汁，读了多少秘籍，死了多少人哪。至少说明这个人不是白痴，是个有文化的人。那天在游泳池里面，只有这个脖子上面套着金链子，非常耀眼。因为它的存在，令所有其他的纯肉脖子无法证明自己不是白痴。短裤，无论如何名牌，都只是遮羞布，大家一样，区别不出研究生还是博士生的。如果敢于不穿，那倒是文化了。金斯堡当年为什么被法庭传讯，就是因为他的诗歌敢于不穿短裤，所以他的最终结局乃是哥伦比亚大学衣冠楚楚的名教授，这是一条文化捷径。文化仅仅是文凭么？不对。金项链也是文化，人情练达即文章，书中自有黄金屋，当图书馆、文凭、博士帽、裸体什么的都不准入场的时候，金项链就是唯一的文化。书呆子以为文化就是文凭，瞧不起炫耀在脖子上的金子，但来到水里，只剩下一根光脖子的时候，他才发现自己错了。

金项链是水里面唯一的文化，唯一的身份，唯一的与众不同。但在水里，这个文化人没有引起多少注意，因为在游泳池里，他光着的身体太平庸，看上去非常便宜。贵重的金项链和只能打两折的身体，对比太鲜明。如果是在奴隶市场的话，他肯定无人问津。如果在纳粹的集中营里面，他肯定是第一批被送进去的。他的身体的低廉已经令金项链的贵重微不足道。那些肉体健壮乳房饱满性力充沛的白痴在他面前摆着各种姿势，文盲般地充满原始的活力，他肉体黯淡，金属发光，虽然是个文化人，却是排在最末的那一个。世界如果要点名的话，还没有点到他，时间就到了。直接面对肉体的时候，人类的选择非常残酷，没有丝毫的文化。

11

前游泳教练老掉以后，天天来温水里泡着。他有时候做几个标准的动作，蛙泳、自由泳、海豚式、仰泳。非常标准。他皮肤上的古铜色还没有完全褪去。游泳池明文规定，不准跳水，因为这个游泳池最深的地方只有两米。但他还是乘救生员不注意的时候，在水池边一站，飞快地跃起来，双臂一张，挺胸，收腹，在天空倒立起来，插进水去。他玩的是飞燕式。然后从水里冒出头来，抹抹眼睛，看看是否有人注意到了他。但没有人看出来他身手不凡，在温水游泳池里的大多是退休者，他们在退休以前从来不游泳。现在来，泡一泡是主要的，游泳还在其次，他们也不看电视里面的体育节目，他们看的都是电视剧。在这样的功能模糊的游泳池里，游泳教练感到寂寞，不伦不类。他主动地向那些初学的人打招呼，然后就教练起他们来。他扶着一些妇女肥硕的大腿，告诉她们腿要蹬直。而她们一心想着怎么摆脱他。

12

刚刚脱光了衣服，手机就响了。这个男人就赤条条地接听手机。他的长阴茎耷拉在下面，像是某次完事后就没有取下来的避孕套。他刚才脱下来的那一大堆衣服，灰色西装、朱红领带、黄毛衣、白袜子、黑皮包、黑皮鞋、黑皮带和内衣内裤都不见了，似乎铃声一响，就全部缩到手机里去，一切装饰都由手机代表了。它当然可以代表，那些什物的价值全部加起来都不值它一个。他身上还剩下另一样东西，他的另一只手，提着一条红色的游泳裤。

13

　　每个人进入游泳池的时候，温水就温柔无比地环绕过来，抚摩着，人感到舒适无比，周身放松。面部原来绷着的各种表情也放松了，没有任何表情，看起来像是在笑。表情由身体而不是身份支配，婴儿为什么喜欢笑？就是因为他没有表情。人们进入商店、医院、单位、公园，甚至回家，都不会这样笑。这种笑容没有任何意思，不是思想、意识、面子在笑，是身体在笑，就是因为它感到舒服，被呵痒那样的笑。我一开始并不明白这一点，我下水的时候也在笑，我自己并不知道。另一个已经在水中适应了，恢复了表情的男人以为我是对着他笑，瞪了我一眼。我一直都不知道他为什么生气。后来我看见一个刚刚下水的美女朝我咧嘴笑着，我以为她认识我，就摸着水绕过去证实，我并不认识她，但她还是在笑，令我想入非非，但后来什么事情也没有发生。一个婴儿的笑容，对他以外的全部的世界，对世界所谓的美或者丑陋，世界就别自作多情了，以为自己真的那么值得笑脸相迎。

14

我们这个温水游泳池的隔壁是一个军校。所以有时候会有士兵进来游泳。他们一来就是十多个人。温和的游泳池忽然暴动起来，那些禁欲多年的小伙子一条条生插进来，空气弥漫着汗酸味、脚臭味、狐臭味，很快就消失了，士兵们已经和人民水乳交融。都是赤条条的人类，从肉体上看不出百姓士兵。但动作不同，这些小伙子在水里翻滚，打水战，而且大多数人游的是那种狗爬式。他们每天都在接受训练，他们的起居动作非常规范，挺胸抬头，步子整齐。但一出了军队来到水中，他们的本来面目就露出来，至少在游泳这件事情上，他们毫无规范。军队不教游泳。他们完全是一群野孩子，搞得游泳池喧哗混乱，水不断地漫出来。幸好他们只是在身体的某些部分被规范了，如果这些军人跳进游泳池，也像游泳运动员那样规范，个个是漂亮的自由式，那我们就太压抑了。他们就永远回不到我们的水里来了。军队当然是改造平民的学校，但就是在这种武力决定一切的地方，也还是有很多方面无法规范。当军人们穿着军装的时候，给我的感觉是，他们可能在床上的活动都是由口哨来指挥。现在他们脱掉衣服，我才发现那感觉是完全错误的，他们的肉体甚至比我们更野，我们游泳可能还要顾虑到姿势的规范，我们还自学过自由泳。他们则一脱了军装，就无所忌讳，乱游起来，像一群乡村水塘里的孩子。闹了半个小时，这些军人忽然像鸟一样收起身子，全体离去。他们并没有伤害什么，但这水池再也平静不下来，它被猛烈地摇晃了一阵，变得波浪滚滚。

15

温水游泳池的感觉就像和平时期的会议，总是有一种昏昏欲睡的感觉。水的温度给人一种安全感。它没有自然的水域那种恐怖，水的温度是随着深浅的不同而变化的，像"文革"时代的会议一样，你必须神经绷紧。我曾经参加过多次这样的会议，发生了严重的事情，食堂的墙壁上发现了反革命标语，领导者把事情说完，最后一句话是，坦白从宽，抗拒从严。目光就意味深长地从全场的脸一张一张扫过，那时候冷汗就会在许多脊背上冒出来，其实整个会场没有任何人与此事有关，但都害怕此事牵累到自己，因为没有基本的安全感，那时代这样的事情，领导认为是谁，那就是谁，因此总是像在不知深浅的海里游泳，你不知道什么时候厄运就会毫无道理地降临，永远有一种恐怖、警惕和担心。而在温水中，这种安全感就像在传达一份增加工资的文件，人人有份，你甚至可以不去听，反正到时候工资里就会多出来。大多数的会议都像是在温水里游泳，无论讨论什么，都不会关系到与会者的个人生活。我有一次参加作家协会的讨论，会议有许多题目，但会议组织者的愿望是讨论如何把写作搞上去，就像进入了温水游泳池，你的要求只能是要穿游泳衣，就像会议必须坐着开，但并不能规定大家必须都要游泳，他要在水里泡一个小时，一动不动，你也无可奈何。其实在温水里面，大多数人是脱掉衣服进来玩的，有人在水里跳舞，有人一动不动，有人用脚勾住水池边上的扶手，做仰卧起坐。并不像在冷水游泳池里，水的刺激，周围的体育运动气氛，都让你牢牢记住这是一个游泳的地方。那个作家会议开始的时候，大家谦让着谁先发言，有人提议由年轻的作家先讲，那作家并不知道会议的暗中意图，就讲只有他自己关心的写作中的技巧问题。就像进了游泳池，不游泳却在那里做水中柔软体操，结果下一个发言者就跟着这个话题讲，接下去发言的人就都在讲技巧问题，就像这次打猎本来是来打老虎的，结果跑出来一只野兔就都去追野兔了。会议组织者后来发现话题已经死死围绕着技巧去谈，多次提醒大家，主要的话题是工业题材如何写，但已经无济于事了。昏昏欲睡的会议，因为讨论的事情与在座的身体没有什么关系，身体感觉不到压力、危险。其实讨论兔子和老虎都是一样。温水本身消解了游泳的含义，温水是另一种东西，就像会议被它要讨论的东西自己消解了一样。如果会议要讨论的东西与在座的身体有关，那些身体就不会再昏昏欲睡，比如讨论把谁先拉出去毙掉，那一定是目光炯炯了。

16

一般来说，脱掉了衣服，人也就脱掉了身份。只凭游泳裤衩是无法判断每个人的表面身份的，人类还没有腐朽到这个程度，就是游泳裤衩也玩出官员的裤衩、民工的裤衩、教授的裤衩、老板的裤衩来。面积太小，没办法。所以游泳池里是人的身体最平等的地方，无法凭借体外的任何东西来补充自己，例如一张名片。肉体就是肉体，一目了然。部长的身上的肥肉就是肥肉，难看。绝不是什么特殊的"部长的肥肉"。教授的瘦肉就是教授的瘦肉，不是有知识有文化的瘦肉。因此，原始时代的审美标准得以恢复，这种标准人们早已遗忘，就是最受欢迎的只是焕发着生命力的肉体，看起来最有生殖力的肉体。卡夫卡明白这一点，所以他在游泳池里总是害羞，他知道他那些伟大的小说决不会变成肌肉附着在他的肉体上，使他成为另一个卡夫卡，健康、结实、肺部和尿路畅通、吸引着母性。文明其实是一种耗损生命的东西，肉体离图书馆越近、衣服越讲究，身体也越萎缩。诗人一般都是其貌不扬的，没有下半身，自称站在虚构的一边。萨特的情人说，他是一个要赞美他的思想，他的肉体才会出现的人。伟大的智慧在于，他可以自己创造一个身体。伟大的作品是肉体的，它不能只是随时可以脱掉的衣服，它要敢于脱去衣服，就像那位刚刚进来的民工，穷到只能炫耀自己唯一的东西，就是生殖力。作品不也是生殖力的炫耀么，没有生殖力的作品才喜欢穿着衣服，西装、中山装什么的。卡夫卡虽然害怕游泳池，但他的作品是一根伟大的阳器，他繁殖了多少东西哪，整个世界都由于他的观点而改变了。在游泳池里面，那些肌肉结实、性感的民工是最得意的人物，在中间喧闹、跳水什么的。臃肿肥胖的老板就自惭形秽，呆在边上，抚摩着肚皮，暗暗发狠，如果钱再多一些，就要自己搞一个私人游泳池，决不与这些穷小子同流合污。经常是，那肌肉发达，男根粗壮的民工走进来，意识到人们在注意他，原先缩着的胸就挺起来，被卑微的生活压抑着的身体渐渐打开，汁液充盈，肌肉上的颗粒像是被灌足了浆，他进入水里，像是一头海豹，光滑、结实，放射着古铜色的光芒，优美的脊背和头颅划开了水面，他是这个水域的王子。但结束时他重新回到沐浴室去洗澡，涂抹用来消毒的化学品的时候，他就渐渐委琐，等到他开始穿衣服，钻进臭烘烘的汗衫、套上皱巴巴的裤子，到把通了洞的袜子套上去的时候，他已经彻底委琐，一个卑微的靠搬运谋生的民工，大都市里任何一个领工资的小人物都敢皱起眉头来看他。他的肉体已经被完全彻底地遮蔽了，那衣服与他的身体是如此不相称，简直就是一种谋杀。而在他对面也在换衣服的那位，同样，刚才令人恶心的肥肉和耷拉着的种种都一件件在名牌后面消失了，周身笔挺起来，只剩下一张容光焕发的脸，令人肃然起敬。

17

　　游泳池售票处的柜台上总是立着一块小牌子：请出示健康证。但其实很少有人出示的，售票的也并不问，只管低头售票。那牌子其实是摆着给来检查的人员看的。就是这个游泳池的人真的不顾经济效益，一定要检查健康证，那个证就一定可靠么？我曾经因为出国去办过国际旅行健康证，到了里面，办证的人说，如果要快也可以，就不用抽血，多交钱就可以了。我少交钱，抽掉一大管血，结果进出海关的时候，根本没有人问起过这个证。中国的许多事情都像是卡夫卡在后面捣着鬼，证么，按规定是要办的，但是办不办由你，也许忽然有一次检查起来，刚好就是你胆子大起来没有办的那一次。但其实那一次是永远不会发生的，只是叫你总是惴惴不安而已。游泳池也一样，平时不管，如果检查的来了，它也有话说，我们不是摆着牌子么。

　　游泳池的人才不会那么傻，如果一定要检查证件的话，很多只是偶尔来游泳的人就进不来了，要损失多少客源？专门去办一个证，每天坚持来游泳的人有几个？其实这也不是游泳池的人不懂规矩，经济效益是一个因素，更重要的是，自古以来，中国就是一个不讲证件的社会，人们在社会里活动，约束行为的是心、德。这个体系看不见，也不印在证件档案上，大家凭着良心做事。老实说，从春秋战国到明清，虽然没有档案和证件，这个国家昧良心的人并不多，并没有发生马克·吐温写的"败坏了的马德堡的人"那种事情。否则这个国家也不可能持续如此久远的时间了。过去中国人是相信天的，天看见一切，约束着一切。我外祖母在世时最喜欢说的一句口头禅是"怕不怕五雷轰顶"。自从二十世纪盛行"人定胜天"的革命以来，这种约束已经丧失，中国人在1966年的某个时候，忽然发现那个亘古的秘密，其实天是不存在的，你怎么干都可以。孔子可以踩在脚下，国家主席又未尝不可。这比尼采羞羞答答地在书本上写什么"上帝已死"痛快多了，直接开始行动。尼采说上帝已死，但是西方许多人并不听，一家之言罢了，上帝依然在暗中管着许多事情。中国人没有说"天已死"，但满世界都是天不怕地不怕的人，我看见报纸上说，今日伪造证件的人甚至敢伪造国务院的章。

"天已死"，但一般人还是习惯凭良心做事，不好意思检查证件。所以在游泳池里面，就只能是浑水摸鱼了，运气好的话，下水的都是有良心的人。运气差的话，被传染了什么病只好自认倒霉。

开会记

开会恐怕是逃不掉的，你甚至可以逃掉婚姻。

就是一个完全与开会毫无关系的人，也逃不掉开会。我外祖母是文盲，出嫁之后就与社会没有什么关系了，家庭妇女，从来没有填过任何表。但后来，居民委员会成立，她还是要被叫去开会，自己带着小凳子，一边听居民委员会的主委老太太念文件，一边春睡睡，有许多像我外祖母这样的与会者，一生也开了不少会，从来不明白那些会议是为了什么，会上说的国内国际的大好形势与她们的生活有什么关系。形势大好，她散会回家要去煮饭，形势不好，她散会回家还是要煮饭，除非人家堵上门来，把锅灶给砸了。但开会这种形式倒是使每个人都感觉到组织的温暖，使这个国家几乎没有什么政治孤儿。我曾经去云南最偏远的乡村，那里除了村长因为是部队复员军人可以阅读文件以外，全村都不识字。但他们还是通过开会进行了从土改到"文革"一系列的政治运动。在中国，一生中从来没有开过会的人恐怕不多。"文革"时期，开会非常频繁，可能是中国历史上最高峰的时期，就是日后，我估计也不可能开那么多的会议了。官员、知识分子要经常开会是不必说，工人、农民都要开会。我记得我当年在工厂里的时候，一年有一半的时间是在开会，另一半时间才是生产。在工厂的时候开会主要是在车间里，当年那些新闻照片的标题，所谓"车床旁，工人们正在学习毛主席著作"说的就是这种会，用工具柜围出一块地，中间放些铁皮和角钢制作的长椅子和桌子，坐在上面屁股冰凉，要垫报纸、纸板什么的。每个星期五下午五点到六点，全体工人都要坐下来，念文件或者读报纸。作为工人我们从来不开学习技术的会，总是开学习社论文件的会，与其他单位，医院、学校、部队开的是一样的会，学习一样的文件，在这一点上，倒是没有知识分子、工农兵的分工不同，所以无论你干什么工作，思想内容都是一样的。一个月至少要开七八次会。小组每星期一次的政治学习是雷打不动。间或，还要开车间大会、全厂大会、系统大会（例如煤炭系统）、全市大会。规模最大的是全国大会，全国在同一个时间一起进入会场，那可是古往今来最大的会议了。那一年，毛主席逝世，追悼大会是全中国同时举行，昆明除了每个单位、村庄、居民委员会、学校、幼儿园、家庭都有分会场以外，还有一个主会场布置在市中心的广场上，城市里的许多建筑物都被用巨大的布匹包裹成黑白两色（后来，1995 年 7 月 6 日，美国有个包装艺术家克里斯托包裹德国国会大厦，那算什么啊。我们早就玩过了）。那一天，中国成千上万的大街都是黑色的。大条的黑纱在城市的空隙里飘扬着，整个城市响彻外国作曲家创作的哀乐。一个悲哀的国家，除了山河百兽飞鸟虫鱼星星月亮继续亘古的庸俗外，什么都披麻戴孝，搞得人整日里鼻子酸酸的，就是上厕所也会哭出来。大会开始的时候，北京那边，一个人对着话筒说，默哀，全中国的高音喇叭就响起来，几亿颗头一起低下去，那场景我相信就是上帝在天上见了也要鼻子发酸。当时我是在昆明主会场参加的追悼会，我所在的工厂因为是全市最重要的企业之一，所以在广场上有一千多个站位，每个站位就是一块石板，那广场上有三万多块石板。我们工厂在追悼会开始之前一星期就停工，全厂扎白花，做黑袖套什么的。并且注意着不能笑，上面在大会上郑重宣布这是政治任务，对全国追悼大会的态度是否严肃认真，对领袖是否忠诚，全看你这几天的表现。最显而易见的表现就是表情了，我的车间有一个大姐，焊工，平常干活就有边干边哼歌的习惯，扎白花的时候，一甩大辫子，情不自禁又边扎边哼起来，及时被另一位大姐制止了，幸好没有传到爱"报告"的人耳朵里（那时代的一个习惯是，任何事情只要稍微不对，都有人去告，日久天长，没有被告过的人几乎没有，没有告过别人的人凤毛麟角。恐吓一个人，也是说，我要去告了。而且全国人民都知道什么是不对的，因为在会议上都传达了，所以，如果坏人出现在任何场合，都是逃不掉的）。大姐担心管不住自己，就戴了一个口罩，这样扎花的时候，呼吸不畅，就唱不起来了。到了追悼那天，全厂早晨六点钟就集合乘着大卡车出发，开进市中心的会场，一个个坐在石板上等着天亮。广场上什么都是巨大的，巨大的画像、巨大的黑布、巨大的白布、巨大的喇叭，坐在广场上，感觉像是坐在巨大的幕布底下。广场上没有厕所，临时搭了几个草棚，里面一片狼藉，无法插脚，只好踮着脚尖小便。那天天气很热，灿烂的太阳，有不少人会议中途就昏厥，被抬了出去。但多年后我回忆，却总是觉得那是一个阴天，黑的，白的，酸的。

开会有各种等级，这是我少年时代就知道的了。小学时候，我参加的会议都是班会，全校大会。但我知道还有另外的会议，我是不能参加的，比如放学的时候，老师会说，班委留下来，我们开个会。所谓班委，就是有资格开小会的人。那时候我正在积极努力要加入少先队，有一天，一个班委说，下午要开会了。并且朝我挤了挤眼。我的心狂跳起来，预感到这个会要讨论我的入队问题。下午放学后我没有回家，而是和几个同学跑到楼上的办公室外面，从木板墙的缝往里面偷看，看见班委和老师坐在一起，组成了一个核心，就像我在电影里看到的地下党开会那样，一伙亲密信任的同志在讨论着什么，我的命运就这样被决定着。我是班上少数几个最后入队的学生之一，并不是我家庭出身不合条件（那时候每个人都有家庭出身，如果你父亲过去是做生意的，那么你的出身就是不好的。我父亲是南下的干部，但他的父亲是地主，所以我的条件没有大问题，但不是很硬，如果深究就不合格了），而我直到三年级还懵懂无知，没有积极采取行动向那个核心靠拢，玩啊，迟到啊，不专心听讲，对小花小草小虫虫小吃小玩意儿特别有兴趣，不要求上进。我那时候还不知道什么叫作上进。我以为人来到世界上一切都是自然而然的，每个人都有一份，再说我的作文写得那么好，老师还在班上念呢。直到有一天，学校组织歌咏比赛，老师点到名的就可以去参加合唱，我以为每个人都有一份。但是最后，班上大部分人都光荣地上台去唱歌，只有我和四五个同学被留在台下，同学和同学有了区别，分成了落后的和上进的，可以上台的和留在台下的。他们集体唱完歌从火红的旗帜下走出来的时候，男生女生，个个满面红光，洋洋得意，兴奋自豪，站在一起响亮地说着、笑着。我忽然感到被集体抛弃的孤独和恐惧，世界并非每个人都有一份。我开始学着那些要求上进的同学在"上进的"时候经常做的那些动作，"上进"起来，听课的时候把手背在后面，老师提问的时候积极举手，课间休息的时候抢着擦黑板，下课主动扫地抹桌子，就像一只刚刚懂事的猴子。同学们惊讶地看着我，我的那几个和我一起落后、喜欢玩弹弓的同学开始疏远我。我一开始还觉得这么做很不自然，心里莫名其妙地感到愧疚，我好像成了一个用行为来扯谎的家伙，以前我对这些行为毫无反应，那些上进的动作与我身体和精神的自然状态非常抵触，非常累，非常难受。但我挺住了，慢慢也就不脸红心跳了。如此坚持了半个学期，终于到了这种地步。老师经常会停下课来，说，大家看看，X同学是怎么做的。我就像一个真正的榜样那样把腰杆挺得更直，目不斜视地盯着黑板，内心空虚，表情饱满。后来他们终于结束了小会，走出来握着我的手。这场景使我对开会产生了深刻的印象，我慢慢知道，能够参加这样的会议，就意味着你进入到中国生活的隐秘核心，你可以决定别人的命运，决定许多事情，并知道国家的某些内部秘密了。你没有资格参加小会，那么大会你就必须参加，如果你连大会都不参加，那你这一生就没什么戏了。我记得当时和我一起玩的一个同学，家庭出身很不好，他父亲是前政权里面的干部，关在监狱里面。他不说话，上完课就走，学校开大会他经常溜掉，老师找他谈话他也不说话，像鲁迅小说里的闰土那样低着头。他的朋友都是校外的闲杂人员，他们经常一排地坐在街边上抽烟，被一个班委看见，报告。后来他就退学了，从此再也不开会，他 13 岁去一个煤场搬运蜂窝煤，到 23 岁就死掉了，死于营养不良。

但直到今天，我参加的都是人人必到的会议。那种人人必到的会是最没有意思的会，就是告诉你最近一段时间什么事要干，什么事不可以干。什么话可以说，什么话不可以说。每次会议都宣布不可以做什么，不能说什么。但从来不宣布上次决定做的某事已经不做了，总是让你继续做呢又没有什么动静，不做呢，又不敢轻易放弃。或者宣布以前不准说的某话现在可以说了，你自己看着办吧。比如林彪，一开始都是必须那么说的，后来他死了，应该可以不那么说了吧，大家还是不敢。开会就是讲什么不准，不准的事情到了可以干的时候也不会开会来更正，自己看着办吧。所以开过许多次会议以后，大家就觉得如果不是开过会决定了的事情，什么都不可以做，干脆就只是等着开会，开会叫做才做，不开会的时候就等着开会，开完这次会就等着下一次开会。人人必到的会没有什么意思，只是把已经在小会上决定的事情告诉你，你做也要做，不做也要做。开这种会可以不带耳朵，闭着眼睛，可以小睡，可以看报纸、吃零食、打毛线、不专心听讲，还是蛮好玩的，有的人甚至利用这种会谈恋爱，成功率相当高。在车间里面，如果两个男女大白青天凑在一起，难免别人说三道四，但是在全厂大会上就无所谓了，男男女女，彼此混杂，交头接耳，很是普遍。即使听漏了什么要紧的事情，比如每个人国庆节发两斤苹果这样的消息，也是会不胫而走的。会议上讲的大部分事情其实你不用开会也知道，报纸、电台、电视都要报道，每个单位都要传达，你不开会你也在开会，会议上的事情你想不知道都不行，你父亲、母亲、兄弟、姐妹、妻子、邻居、朋友……街口卖五香花生的卢师傅都会告诉你。但是这样的会也不能因为开不开都可以，什么都会知道而不参加。在会里面，再怎么无聊，你会有安全感，但是如果全体都去开会了，只有你一个人留在空无一人的会议之外，你就会心里揣测不安，莫名其妙地恐惧起来，就像你害怕那些小型会议一样，你觉得那个你没有参加的会议完全是针对你，正在讨论你的问题，你越来越害怕，觉得你干的每件事情都非常可疑，都有问题，都是犯罪，你几乎要跑到会议上去自首的时候，大家散会出来了，言语之间，听出来是念一个什么反对苏联修正主义的文件，才释然。

那时在工厂里开得最多的会就是动员大会和总结会。每年要各开一次不说，每个月也要开一次。每次开会，都是先由车间书记总结表扬，车间主任动员大战下一个月或下一年的开门红，开门红就是一开始就要取得好成绩的意思。当时我那个工厂开会是在大礼堂里面，就是众所周知的那种大礼堂，它是我们厂最讲究的建筑，苏联人设计的，如果它可以用宾馆来比方的话，那么车间只可以算是贫民窟。那个会场里面摆着几百条有靠背的长凳，凳子接成一排一排的，一排可以坐四十多人，后来的人要挨着别人的腿才可以挤到中间的位子去，大家都喜欢坐靠外边的位子，好借口上厕所而中途开溜，在大会点名以后再溜掉是比较好的溜号办法，因为会议一般是不会在散会的时候再来点名的。开会如果去晚了的话，往往就要磨蹭到十多条腿，才能找到座位。遇到熟人的腿，还有手摸上来，掐你一把，咯咯地笑。许多女工一开会就打毛线，会议的某几排看起来，完全是个纺织作坊，她们在上千次的会议里面，打出了无数的毛衣、手套什么的。会议之后，打扫这个礼堂是全厂最繁重的工作之一，管礼堂的清洁工经常抱怨，每次打扫得干干净净，一开完会，垃圾就像潮水一样涨起来，废纸、瓜子壳、桃核、烟蒂、甘蔗渣……能把人的脚都埋了。有的会议可不那么轻松，谁也不敢再编织毛线什么的，我记忆深刻的大会有多次，一次是斗争锻工沙红志，他的罪行是有一天在正义路的一个商店里，把别人掉在地上的五斤粮票（现在的读者也许不知道了，那时候粮食是限制的，一个人每个月只有 10 多公斤大米面粉什么的，粮票就是专门买卖粮食的货币。）捡起来装进了自己的腰包，当场被告发给附近巡逻的民兵，抓住，捆起来，送回工厂，捆在保卫科的楼梯下面，就通知全厂青工，开会批斗。他被五花大绑押进会场，青春的鸡胸上骨头突出，令他站在一个方椅子上，弯着腰。在此之前，他已经被民兵排长装在麻袋里面暴打一顿，腰被打断了。

毒打的时候，他已经被装进麻袋了，我当时不知道他们在打什么，麻袋里面蠕动的东西看起来像是一头猪。后来才知道是锻工房烧火的沙红志。沙红志低着头，流着鼻涕，随时要从椅子上塌下来，男女青工轮流上去念批判他的发言稿，我记得那些发言和省政府机关造反派在另一次会议上批判我父亲的发言几乎是一样的，只是情节不同。我父亲的情节是在新中国成立前在南京大学组织"骆驼社"。除了犯罪情节不同，其他都是一样的，一篇稿子也就是百把字不同，其他文字都一样，阶级斗争，打倒、罪有应得什么的。那个会开得我全身冷汗直冒，老觉得他们斗争完锻工沙红志，就要批斗我，因为捡到五分钱没有交给组织的事情我也做过。全场鸦雀无声，谁也不敢打毛线，害怕的人不只是我一个，散会后我就感冒了。另一次会议是全厂大会，工厂书记在大会上念完文件后继续发挥文件精神，越说越激动，当场不点名地痛斥起两个乱搞男女关系的车工来，全场本来已经昏然欲睡，现在精神来了，都等着他继续激动下去，果然那两个人被喝令站起来了。他们刚刚还在大会中间的一排椅子上，低头交谈，卿卿我我，令人嫉妒，忽然就像落汤鸡似的被从人群里面拎了出来。他们太狂妄，公然不知道那几天的小会一直在秘密研究他们的问题，居然还敢来开大会，结果像当场被捉奸一样给揪了出来。那个男的是个眼镜，工厂里面三千人只有二十多个戴眼镜的。那女的是个外侨，水灵灵的样子，美丽得很。工厂书记当着全厂三千人的面痛斥他们谈恋爱的罪行，最后命令民兵把他们押出会场。这件事情对我和当时在场的许多青年的教育是非常深刻的，许多人在选择对象的时候更严格了。散会之后，关于这件事情大家又开了无数的小会，讨论他们到底会不会继续谈下去，一有他们两个在一起的动静就来报告、讨论、争论。认为会继续好的一方，认为最终要分手的另一方，直到他们两个彻底分手，沉默、猥琐，小会们才散了。那女子本来走路喜欢扬着头，顶着一个水晶透明的篮子的样子，现在弯了几厘米，像是被一个游标卡尺卡住了。后来这两个人不知所终，什么时候从工厂消失了没有人知道。

在工厂十年，各式各样的大会我开了上百次，听到的话如果印在纸上的话，可以摆满一个书架。可以算算，以一分钟一百五十个字算（电台播音员的标准），一个小时的话大约是八千字。每次会议最短两小时，最长的时候是一天。就算一次会议只说了三小时的话，三八二万四，一年要开大约 100 次会议（包括全厂大会、车间大会、小组会），算上念报纸、文件什么的，一年的话少说也是 130 多万字。我在工厂待了十年，减去病假、溜号、中途退席、瞌睡、发呆、说小话等没有听见的，被灌进耳朵去的话至少也在 800 万字以上，够呛的了。但是都说了些什么我已经完全忘记了，就记得这几句："同志们""继续前进""夺取更大的胜利"。最后给我印象最深的还是那些我不能参加的小会，每每看到那些开小会的人神情严肃地从会议室出来，我就会想起少年时代的那次小会，好像他们刚刚才讨论了我的入队问题似的。没有资格参加小会的人总是对这些与会者肃然起敬，心有余悸。眼巴巴地望着他们一个一个抬着用装糖水桃子的玻璃瓶改成的茶杯，拢一拢披着的外衣，紧锁眉头，鱼贯离去，拼命想从他们守口如瓶的脸上看出点什么，但总是把事情搞得更神秘兮兮。那些与会者在小会里什么都可以说，但是永不会向局外人透露丝毫风声。要么通过大会告诉你一个结论，要么什么也不告诉你，让你一辈子蒙在鼓里。自从小学三年级偷看他们开过小会以后，我总觉得所有的小会都是在讨论我的问题，但他们从来没有告诉过我，我一直对那种小会有所期待，期望它向我公布什么，伸出有力的大手握住我。但又很害怕，那种小会永远有一种秘密的气氛，虽然是和平时代，但还是给人有人在门口放风望哨的感觉，使人感觉某些事情在发生、进行着，事情就要发了。但你不知道将是什么事，不知道与你的关系是疏远还是密切，是祸还是福，你只有等待，只有疯狂地猜测。工厂里面有一个喜欢疑神疑鬼的工人，老是怀疑有人在开会讨论他的问题，最后发疯了。

以上是"开会记"的第一部分。下面是另一部分，我换了一种说法，开会就是念文件。读者可以把它当成发言或文件之一念。

"我刚一露出头来，就吓坏了，那里还在开会。四十年前，我在一次会议上变成了一只鼹鼠。当时大家正在学习生产水泥的文件，主席在台上念文件，他的声音通过麦克风传下来，听得出，他坚信他讲的每一个字都可以像钉子一样钉进台下这些竖起来的耳朵里去，会议结束时，这些竖起来的耳朵就会成为一排排规格统一的椅子。我那天患着鼻炎，鼻头通红，耳朵发硬，我什么也没有听，我埋头看一本关于钻头的书，有人说这本书是一本黄书，我冒着被发现逮捕的危险，秘密地千方百计找人借来，在外面包了一个红色的书壳，装作正在看革命书籍的样子，埋头看着，我不想为一份关于生产水泥的文件浪费时间，那份文件与我的生活一点关系都没有，谁要生产水泥就让他去生产吧，我可不想为这种事情操心。我不明白为什么全国都要传达这个像水泥一样枯燥的文件，比起水泥来，钻头要有意思多了，令人浮想联翩，通过书里面对钻头的各种介绍，我可以把钻头想象成各种性质的，钢的、铁的、铝合金的、塑料的、脂肪的、瘦肉带筋的、海绵的、带鱼腥味的、带铁锈味的、肥皂味的等等。最精彩的一个钻头没有任何形状，只是不断地喷泻着白色的冷却液，在宇宙的黑洞里面旋转着，可以自由地在世界五彩缤纷的胯下钻出钻进，打出各种口径的洞穴。那文件念了三个小时还没有念完，念到三个半小时的时候。我感觉到我钻开了一堵铁铸的墙，身子渐渐变小，眼睛变小到可以清楚地看见一些我以前视而不见的小东西，比如主席眼镜上黏着的水泥屑，嘴唇上抹着的口红，还发现他的肝区爬着一只无头蜘蛛。我甚至更吃惊地发现，这个主席的输精管已经被一个结石阻死，下体已经成为水泥的，只有腰部以上还能动。我明白了他为什么这么喜欢开会，因为这样他就不必挪动他已经硬化的下体。我还看出来坐在主席旁边的副主席垫了一团卫生纸在口腔里，以防止铅字掉到胃里面去，同时也可以支撑他随时要瘪下来的嘴巴。而主席台上的其他人都膀胱肿大，但没有一滴水在里面。我兴奋至极，我一直有这种愿望，像 X 射线那样，看见别人看不见的东西。现在我看见了，看见了。在兴奋的东张西望中，我又长出了尖嘴和胡须，又长出了尾巴，长出了红红的小鼻子。我并不能完全肯定我的这些变化，这也许是钻头使我产生的幻觉。我依然呆在座位上，我并不知道我已经变成了一只灰黑色的鼹鼠。我已经变得比书还小，我的小手已经抓不住它了，书扑通一下掉在椅子上，我则被书压在下面，立即有一只手拿走了这本书，那人翻了一翻，马上大叫起来，这里有一只老鼠！接着就有人发现了正在一旁翘着尾巴发愣的我，那人一声大吼：老鼠！会场秩序大乱，一些女同志捂着眼睛惨叫起来，许多人抬着脚乱跺，一些人从椅子和桌子之间弯下腰，看我藏在哪里。起先，我还一边躲避着，一边愤怒地辩解，我不是老鼠，我是钢筋科的沙红志！你们搞错了！张科长，你不认识我了吗，我是小沙啊！我一边大叫，一边高举着我的红皮壳子的工作证，跳到桌子上。'看看我的工作证，我是沙红志！'立即就被一棍子震得滚下了桌子。我虽然身体变成了鼹鼠，声音并没有变成老鼠的方言，口音还是人的口音，依旧讲着一口流利的普通话，用的是新华字典里面的词汇，只是我看世界的角度改变了，看见了大家看不见的东西。我看见这个会场其实是一只巨大的水泥的灰色脑垂体，里面全是黏糊糊的纸浆，开会的人像铅字一样被搅拌在纸浆里。我不知道这是怎么一回事，我的责任感令我想把我看见的说出来，但我连解释自己是谁都解释不了，我没有意识到我的身体已经变成了鼹鼠，我的话是人话，但身体已经变成鼠辈，我的话和我的身体已经南辕北辙，完全分裂了，我还不知道别人只是把我当四害之一的老鼠看。我不停地躲闪着，抱头鼠窜，面对不断扑过来的棍子、皮靴，我大声地念起了一些话，就是刚刚传达的文件上的那些话：'要用嘴说！不用动手！''水泥和沙灰的比例是三比一'，我以为只要我说话像完全领会了文件的技术员那样，他们就会停下来。应该说我的声音只是比高音喇叭稍微小一点，普通话可是标准得无可挑剔。但我的标准的普通话一律被听成一只老鼠吱吱的叫声，哪怕我讲的全是社论上说的那些话。整个会议咆哮如雷，我被前追后堵，打倒它！消灭掉！捣乱！把它踩死！踩死！活活踩死！跳到主席台上去了！打不得了，会把文件踩脏的，把它赶下来！下来！下来！太嚣张了，杂种！公然敢跳到那里！抓住它！怎么这么笨啊！我检举，它在 12 排 5 号座位下面！在这里！又跑掉了！踩一脚！一脚！踩住尾巴……一些砖头向我砸过来，接着是万棍齐下，我几乎被打死，幸亏我的身子已经变小，才逃过一劫。最后我精疲力竭，只好钻进了会场墙根的一个洞，就是我用钻头开辟的那个洞，不知道怎么它已经不再是我思想里面的洞，而是成了一个现实的洞，就在大礼堂的广播室下面，因为那里每天都有播音员吃不掉的剩饭被倒下来。外面的愤怒之声渐渐消失，主席又继续念起文件来了。

我进入黑暗的洞穴，发现那黑暗的天空里竟然挂满星星，和我童年时代见到的一模一样，不由鼻子一酸，掉下泪来。一只老鼹鼠走过来，用鼠语唤起我的小名，我发现她就是我的外祖母。我发现鼠语就是我已经失去多年的母语，因为经常开会，没有一个文件或报告是用我家乡的方言写的，所以我已经完全忘记了我的家乡方言，如今听到童年时代的鼠语，我忍不住掉下热泪两行，我又可以念唐诗了。我这一进去就是几十年，日子过得还马马虎虎，虽然世界老是暗无天日，但有月亮和星星，据老鼹鼠说，这里以前也是有太阳的，但是被开会的人取下来拿去当供品了。伙食也不太好，总是杂杂碎碎，但唯一的好处是从来不开会，这一点令我深为满意，我最最恐怖的事情就是开会，上次的会议令我变成了一只鼹鼠，再开一次会，我说不定就变成屎壳郎了。但我一直搞不懂的是，我为什么没有变成一个钻头，而是变成了鼹鼠。这里没有开会这样的事情，没有人知道什么是开会，当然也没有主持人、没有麦克风、没有主席台，世界空旷多了。一开始，我完全不知道怎么当一只鼹鼠，总是坐着，保持着开会的姿势，嘴巴飘在空中，肚子饿得泛白，脚掌抽筋。我不得不学习生存的一些基本的动作，尽量让身体贴近地面，把手和脚放下来，嘴巴挨着地面，亲近以前我认为是肮脏的土地，把生活的方向扭转过来，不再是向上，而是向下了。后来我发现我实在多了，获得了前所未有的安全感。以前开会的时候，我总是在会议里面睡觉，睡觉的时间却失眠，痛苦得想扯羊耳疯。现在所有不良的症状都消失了。我的牙齿磨得很尖利，说话的声音变得很细微，说的都是很矮的事情，就正在眼前的事情。令我激动的是，世界上还可以有这样的生活，永不开会，以前我以为开会就像太阳永远挂在天上一样，是天经地义的。生活，就是寻找食物、小嚼小撕、小啃小咬、做爱、生产、唱歌、跳舞、打架、吃醋、争夺女人、说废话。我完全成了这种生活的俘虏，长得油光水滑，肥硕慵懒。

一转眼，我已经好多年没有开会了。这么多年，什么都发生了变化，食物也不同了，我刚刚变成鼹鼠的时候，伙食都是菜帮子、发霉的土豆，和一点点带哈喇味的肉皮。现在可不同了，经常可以喝到牛奶，肉皮我根本就不吃，我吃脊肉和鱼，运气好的时候我还能吃到海鲜，有一次我甚至吃到了三文鱼，还抹着酱油和芥末，味道好极了。就想出去看看，那个世界是不是还在开会，说不定早就散会了，我还可以再变回人去呢。于是有一天，我转到那个洞口，贼头贼脑地把头探出去，那儿依然挂着太阳，只是已经生了锈，不那么刺激眼睛了。我刚一露出头来，就看出来那里还在开会，那场景我真是刻骨铭心，瞥一眼就知道是怎么回事。我想立即拔腿就走，但已经来不及了，坐在边上的几个与会者已经看见了我，但他们只是朝我瞥一眼，有点说不出来的表情，那表情常常是看见一个在会议中途出去小解，裤子上沾着尿迹回来的人时才会有的。那些人转过脸去，继续开会，理都不理我，正发愣，已经有一个为会议倒茶的小姐走到了我的面前，露齿一笑，'同志，你的座位在那里，请你回到你的座位上'。我就这么稀里糊涂地跟着这位小姐回到了会议上。

坐定，这才发现，四十年没有出席会议，坐在下面开会的人已经全部变成了鼹鼠。会议主席显然没有注意到这一点，他的声音和四十年前一样，但不是用肛门发音的，与过去不同的是，他的现在是用一具可以存盘的电脑舌头在讲话。他正在念51号文件，文件遮住了他的脸，签署文件的人是卡夫卡。这个文件正是《变形记》，我兴奋地竖起了耳朵。在主席台上念卡夫卡真是令人兴奋，时代居然已经进步到会议都可以接受卡夫卡了，他是一个甲虫，我们在地下见过。并且主席还一再强调，对老卡的文件，要认真学习，深刻领会，组织讨论。我兴致勃勃地聆听起来，这是平生第一次我喜欢上了开会，第一次在会场里听到主席台传下来的都是优美的文学语言，而且通过麦克风来传播，声音更富有一种磁性，而且全是我乐于听的词汇、细节、白描、深刻的寓意，对存在的反讽，对异化的担忧、幽默，甚至还有几个段落具体地说到做爱，把男根比喻为装配在电梯里上下不停的红钻头，令我若有所思。这一切真叫人以为是在做梦。如果人们可以通过大会来接受理解卡夫卡，听众甚至包括我从前的上司，钢筋科的张科长，那么这个世界真是有救了。我甚至感到一丝空虚无聊，连卡夫卡都已经作为文件在念，那么这个世界是完全可以放心了，愤怒是多么矫揉造作的事情啊，还有什么事情可干呢？地上和地下不都一样了吗。我不再是主席的眼中钉，不再是警察局黑名单上的异端分子。我是快乐得发红，乐于勃起的海绵钻头，是随时想开屏发情的孔雀。

我感觉会场老是乱哄哄的，似乎有一种啃啮什么的声音不停地响着，使我烦躁不安，很难集中精力去理解卡夫卡的连珠妙语。我很不满地瞟了一眼，那眼光就像当年会议上的积极分子一样。我不得不转移了注意力，去看看以前的同事们到底在搞什么名堂。这次才发现鼹鼠们在私下传阅着一份文件，原来这份文件就是四十年前那份关于水泥和纸浆生产的文件，现在这份文件所说的一切，已经建成了一个实体，与我们的生活息息相关，人人都知道了他们是生活在一个水泥的充满纸浆的脑垂体里面，它们已经对这个脑袋里运转的一切念头都厌烦透顶，纸浆这种千篇一律的食物已经像麦当劳一样令人恶心。普遍的恶心使人们情绪低落，丧失了性欲。如果要获得新的性欲，就得吃透水泥和纸浆生产的细节。但这份文件已经被禁止了，不准外传。这份文件告诉他们水泥的性质、硬度、标号、配方，钢筋的组合方法、纸浆的原料和搅拌过程……那些吃透了文件的人，就可以更轻松地破坏旧的地基，生产出新型号的水泥和纸浆。大家都知道，新的食物、水源、精子和卵巢都藏在旧水泥地基下面的某处，用玻璃、塑料、马赛克瓷砖和铝合金裹着。而水泥地基被建筑得像一个中国盒子，每一层都有不同的盖子和通道，没有图纸是根本出不去的。

扩音器被震得轰轰作响，但没有任何人在听，他们都在紧张地干自己的私活，我发现二十年间，大家已经学会只是象征性地保持着坐的姿势，他们已经学会坐着行动，面部符合会议的要求，面部以下会议看不见的地方，则无法无天，怎么都行，有人甚至把那根钻头取出来，自己安装在自己身上。主席台只看得见一张张循规蹈矩的面具，但底下干任何事主席台上都不会发觉。虽然会场依旧是那么安静，一根针掉在地上都听得见，但这已经不妨碍与会者干任何事。大家已经学会了不出声地做事，不出声地打呼噜，不出声地喧哗，不出声地做爱。要干什么干什么，不说、不发言、不争论。我发现会场里大部分椅子的靠背已经被挖空了，这么多年，他们干的就是这种事，在开会的时候破坏椅子。看得出那些椅子是用手指一点一点地抠掉的，干这个活计不可能使用正规的工具，没有人敢于带着挖掘椅子背的工具来开会，这是即兴之作。最多可能会借助一下削水果的小刀，但不可能每个人都带着小刀，所以主要工程是手指头完成的。可以看出来，这个工程不是一只手做完的，它肯定经过了若干人，每个人都留下了不同的风格和痕迹。这个椅背最表层是一皮革，皮革下面是三合板，三合板下面是木框，木框下面是麻布和椅子正面的皮革。现在，背面的皮革、三合板都被抠空了，一眼可见木框和下面的麻布。木框原来是黄色的，只有木纹，但现在上面被人用钢笔、圆珠笔划满了各种奇怪的笔迹，不是句子，只是一些笔迹，弯曲的线条、一些蚯蚓、单字、单词，不能连缀起来，毫无意思，就像是一个烦躁不安的、正在痛苦地绞辫子的疯姑娘留下的笔迹。并且不是一个人的笔迹，而是多个人，因为木框所有的空白之处都已经被填满，犹如用笔迹织出来的经纬混乱的布条。多么艰苦的作业啊，木框是垂直的，还有些弧度，框边很窄，只有两个指头的宽度。在上面写画犹如在峭壁上写画，是极为艰难的，手没有支点，必须悬肘。但他们竟然把木框一点一点地写满了，看起来像是一篇史前的文书。正是这个密密麻麻的木框使我注意到了眼前的这个椅子背。我进一步看出，在这个作品之前，还有过更辛苦的作业。他们首先得把椅子表面的皮革、三合板抠掉，这个木框才能呈现出来。我仿佛看见一个个指头，像越狱者那样在椅子背上抠着、抠着，把干掉的猪皮一块块剥开撕下。干这个活必须小心翼翼，不能弄出太大的声响，以免被主席听见，但力也要用够，这样皮子才能被撕裂。前驱者的任务是剥掉表面的皮，露出三合板。后继者的工作更为艰巨麻烦，他们得把三合板一层层剥掉，前驱者与韧性的皮革搏斗，后继者则面对三合板的坚固，肯定有若干的手指被三合板露出的尖刺戳破过，带血的指头，暗红色的斑点。三合板被小片小片地掰下来，我估计在一次会议中最多可以掰掉一层。把它的三层全部掰光，在这种作业条件下，至少得十次以上每次四小时的会议。最艰苦的活计是三合板边缘被钉子钉住的部位，他们孜孜不倦，连这一小块木屑也不放过，这几个小顽固以为仗着钉子的力量，人家奈何不得它。但它们错了，它们被一一取出来，就像压在岩石底下的孙悟空被赶了出来。不知道他们用手指是怎样把钉子松动的，甚至有的被拔出来半截，有的已经被拔掉了。木框边原有的钉子是 12 颗，已经拔掉两颗，有 3 颗被拔出来一半，其余的还钉着三合板残留下的木渣。像是一次伟大的越狱，从完成品（椅子靠背），向未完成的、开始的方向逃去，椅子——椅子背——皮革——钉子——木材——空洞。那么多人同心协力，冒着被主席听见的危险，压制着一切声音，以一种信念坚定的囚徒的方式，一层层揭穿、穿越，最终解构了它们。我数了一下，这个会场中，5000 个座位，大多都已经只剩下了空架子。

这项宏伟的工程已经结束了偷偷摸摸的地面作业，结束了地下活动的早期，进入到水泥的层面。大约是主席沉迷于文件中，或者聋掉了，对下面发生的一切毫不知情，一直没有进行干预，所以下面的活动渐渐公开猖獗起来，寂静地猖獗，寂静地喧嚣。有人已经脱去了上衣，抡着丁字镐挖了起来，挖得火星四溅，但没有一丝声响。整个会场像个热火朝天的工地，推车的、打洞的、搬运的，只是大家都保持着座位上的姿势，哑默着，不说话但配合得很默契。会场轰轰烈烈，于无声处听惊雷，甚至有一只穿皮夹克的老鼹鼠公然开着挖掘机进来，进门的时候，左轮子撞在门上，几乎把会场撞倒，会场像喝多了的酒鬼摇晃了几下，又站稳了，天花板哗啦啦地掉下几块来。我以为主席这回应该听见了，但他还是毫无反应，继续念他的卡夫卡。我实在忍不住了，我的责任感像急性痢疾一样发作了。我终于站起来，跳到主席台上，撅着尾巴，站在铺着红色毛呢的桌布上，对着主席的耳朵大声说，我要揭发，我要检举，它们全是老鼠，它们在破坏会场，它们在破坏地基！再搞下去，会场就要塌了，会议就开不成了！我慷慨激昂，振振有词。主席放下了文件从眼镜后面瞪着它，我才发现它也是一只鼹鼠，与其他鼹鼠不同的是，他是一只没有血管的水泥鼠，卡夫卡的书已经被他吃掉一半，剩下的一半似乎也将在念完后被吃掉。他根本听不懂我说的话，我已经在地洞里待了二十年，我说的是鼠语，软绵绵娇滴滴的，听起来犹豫不决，总是商量商量的口气。完全没有普通话的硬度和强度，像卡通片里的穿裙子的米老鼠在谈情说爱。主席奇怪地看着我，你要说什么？你说什么？我喋喋不休地解释着，甚至引用了福柯和哈贝马斯的原话来证明我的看法。但主席一句也听不懂，他挥挥苍老的爪子，嘿嘿一笑，说，小家伙，回座位上去吧，去吧，啊，这文件是个长篇，才念了个开头呢。我茫然不知所措，气得要死，大声骂起来：你这个吃里爬外的老杂种！接下来令人吃惊的事发生了，我发现自己忽然开始长大，越长越大，长得比周围所有的东西都大，直到恢复成了一个人。我四下看看，周围全是鼹鼠，它们愤怒地提着爪子，踮起脚尖，围着我，咬牙切齿，吱吱怪叫，我发现会场已经变成了一个巨大的老鼠窝，被咬得百孔千疮。我一阵害怕，就夺门逃走了。逃到会场外面，我才感到心慌想吐，那感觉就像当年我独自变成了鼹鼠那样，自作多情、羞耻、孤独、委屈、无助、想死。更令我恐慌的是，我完全找不到做人的感觉，没有一点性欲，我习惯地张了张嘴，像鼹鼠那样叫了几声，渴望着把什么硬物咬上一口。忽然，有个声音喊了一声，开会了，我寻声望去，看见洪荒大地上摆着一张长桌子，已经坐着人，还剩一个座位，我坐进去，与会的正好是

12个。"

我最近参加的会议是知识界的，知识界的会与工厂的会不同，那些会议可不是人人可以去的，参加的人要么德高望重，要么孺子可教，那是一种待遇。你的论文写得好不好并不重要，重要的是你参加过多少次会议，哪种规格的会议，是坐在哪个位置。比如，你开会的时候是否在你的桌子上放置写着你的名字的牌子，这就是重要与不重要的区别。因此，一个知识分子冷嘲另一个知识分子的时候，反唇相讥：你大概没有开过高规格的会议吧。另一个知识分子的幸福则是在日记里面写道：我终于来到北京，参加了全国大会，兴奋得无法入睡啊。能参加外国的会议那就不得了啦，回国就可以评上副高或者博导。我最近开的一次会议是在北方的一个岛上，报到签名后，就得到一个信封。里面装着什么，这是一个中国秘密，没有人会说出来的，这也是现在的会议激动人心之处，与20年前我在工厂参加的会议完全不可同日而语。会议安排是这样的：早餐：8—9点。计有：西餐部分：果汁（三种）、咖啡、牛奶、粥2种、面包片、奶酪、黄油、糖块、水果（六种，已经切好）、鸡蛋（煮蛋和煎蛋）、火腿、肉肠……中餐：油条、包子、各种热菜6个，鱼、牛肉、猪肉、排骨冬瓜汤等等。9点半—12 点开会。午餐：12 点—1 点。八菜一汤，以及红葡萄酒。1 点—2 点半，午睡。不睡的人可以打保龄球或者玩麻将，大多数人选择了玩麻将。2 点半到 6 点，开会，6 点到 8 点，晚餐。晚餐的时候有一个菜单，如下：红烧俄罗斯鲍鱼、绿党三文鱼、自然道竹笋、油爆博士虾、麻辣意大利维柯豆腐、海德堡青椒牛柳、布罗茨基奶油布丁、新彼得堡羊排、日式三鲜汤以及肝胆相照牌啤酒等 3 种酒水。会议是这样开的，首先，每个人的名字都写在一个牌子上，放在桌子上，越重要的距离主席就越近。那些牌子上的名字与众不同，很有诗意：大河一浪、天涯神游、窗边孤客、梦里鱼飞、丽娜丝丝、时代利剑、幽梦北山、蓝天独云、雾野、孤独娇、新岛、芳舟……一看就知道这个人的人生倾向或者志向，但你错了，笔名是他象征、隐喻、理想，真名才是他本人，例如，笔名为梦娜花深的诗人真名却是司马财。笔名苍凉一原的本名却是刘小样。经常发生这种事情，这个名叫雪蟒的人与大家相处多年，总觉得他有点不对，他的本名早就没人记得了，忽然有人想起来，你不就是胡传魁么，大家恍然大悟，这个人现在对了。原来都是大家的笔名，后来笔名比本名有名了，开会用本名倒不方便了，谁也不知道谁是谁。会议讨论的是中国当代化肥的发展方向。

首先发言的人都是有更重要的事情的大人物，人家说完那个方向，画龙点睛、提纲挈领，就走掉了，留下来的人才是真正要讨论问题的人。一会场里都是蠢蠢欲动的嘴，唯一闭着嘴，身体在动的是继茶水的服务员，一个容貌娇好的女子，小家碧玉，揭开茶杯盖的时候总是翘着小指。普遍的发言都是这么开始的：我其实不想发言的，也没有准备，既然来了，就随便说两句吧。而其实为了参加这个会啊，他半年前就开始打电话、密谋，把某某某的名额搞掉，托人找关系，当了六个月的小人。现在发言，语气之间给人的暗示是，我本来不想来，有更重要的会，口气模仿着大人物。会议开始了，有一首诗描写了这次会议：

《会议》

开头要开门见山

三百个茶杯　三百个名额

十二扇窗子　十二个天鹅

接到会议请柬的　都是成功者

主席台上　总是坐着老同志和

搞评论的　出头露面

下半身永远看不见

在野时都是偏执一词的学者

野怪黑乱　染着黄头发

有了位子　立即正襟危坐

年轻时写爱情诗之前科令汝羞耻

蔑视人微言轻之多数向少数胁肩

讲十句废话接一个电话

要事永远不在会议现场

金玉良言山盟海誓都暂时中止

与会者像猴子一样乖乖晾着

言要在此兮意要在彼

王顾左右兮不可轻易变态

不动声色兮但要察言观色

排前坐后　暗示着牛Ｂ大小

握手时蜻蜓点水　那是泛泛之交

厚此薄彼　紧握着久久不放　因为心仪已久

微笑　要担心藏着一把刀

被得势者装作没看见的那位

是一位枕戈待旦的小人

每一种举动都是隐喻　阳奉阴违

每一个表情都要带点象征　口是心非

尔工于旁敲　彼长于侧击　心眼看不见

洗脸更衣　容光焕发是为了维持面子

几个人溜进去关着门　多半是密谋的信号

交头接耳　一个新的同盟诞生

同党和叛徒往往坐在一桌话题里应外合

牛肉是西方文本　鱼是中国文化

爱吃鸡头的家伙　必有逐鹿中原之心

闷头吃　一言不发　也许

下决心要与圆桌决裂了

每一句话都在含沙射影　画龙点睛　言不
由衷

赞的是狼心骂的是狗肺呵欠连天

讨论装修之讲话从印度鹦鹉扯到鸡年的孤
独马飞词基

天上飞的地下爬的没有他不知道地

快闭上鸟嘴吧　有人频繁出去小便

有人翻报纸看第三个手指头　不想再洗耳
恭听了

用各种比喻疯狂抗议　决不会

直截了当　把那些说了一万年的废话掐断
主持人的脚气太重导师同志浓烟熏人

博士的狐臭　雅量　请服务员再开窗一扇

依旧难闻到尾声　小事　谁都会翻脸不认

暂时的缺席　也可能就大祸临头

乘你不在集体后退到铁血时代

一致选你当了奥斯威辛的犹太

沉默的人　必是有不可告人的喧嚣

此地无银三百两　始作俑者最爱表白

高谈阔论　舞文弄墨　只是把主旨埋得更深

认真喝茶　从不说真的　才是城府里的大帅

把烈酒一口干下去　舍命陪君子

生死之交啊　肝胆相照把日月都照亮了

明天酒醒　继续斗角钩心

所有的表面都有一个背后

所有亮出来的都藏着一个暗的

所有的嘴都戴着假牙

所有的假牙都假惺惺的

只有在光滑的出口

一跤跌倒才是真相

并非落井下石　也没人故意绊你

坐得太久　机关算尽　胜券在握了

因此身体失控建筑物都是为繁荣灿烂的

政绩建造用的都是光彩最多的材料

"小心滑倒"　没给走路的留下余地
开会开得出神入化　一边退场一边想着
下次开会要把面积的大小再暗示一下
忽然扑通一声鼻青脸肿　胸部粉碎性骨折
这个发言可是直截了当一句就是一句
藏在内部的东西马上涌到表面上来
血是黑漉漉的　有股原始的腥气
赶快送急诊吧！有人
在救护车飞驰而去的风尾后面说了一句
"明天，他就不必表态了"。

　　"最后，还有许多同志没有发言，由于时间的关系，我们只能到这里了，我再占用大家的几分钟时间，把这件事情解释一下。是这样的：我被安排与博士生导师同一个房间，房间门上已经写着我俩的名字，我因为不喜欢被人打扰，就把我的名字取下来，博士生导师刚刚从海德堡过来，对我的举动闷闷不乐，以为我把我的名字取掉是看不起他，不想让人知道我与他同住。我不知道他不高兴，只是觉得这个人对我怎么爱理不理的。但到了会议第三天，他已经喜在眉梢了，我忍不住问，怎么今天这么高兴？他一边擦皮鞋一边说，他们都以为我是海归待遇，与主席一个级别，一个人住一个屋呢。好，散会，吃饭！"

装修记

　　分到自己的房子的时候，我已经 36 岁。真是受宠若惊，拿到钥匙，芝麻开门，立即置身在空荡荡的房间里，太大了，50 多平方米，对过去在这个世界上一直是只有一张床位的我来说，真的是太大了，感觉是可以骑着马像农场主那样在里面溜一圈。为了这一天，我等了十多年，终于有自己的房子了，幸福啊，比找到了白雪公主的王子还幸福。分房子是相当不容易的事情，就像进监狱对于普通人来说是很不容易的事情一样。过去的时代没有自己买房子的概念，都是由单位分配。房子是按照工龄和职务来分配的，一般来说，如果是年轻人的话，要分到自己的房子是根本不可能的，我 15 岁到 25 岁给昆明的一家工厂干了十年的活，生产的产品可以装一辆大卡车，但直到我考上大学，离开了这个工厂，也没有得到过一间自己的房子，这件事情甚至连提都没有提过。我只是在集体宿舍有一个床位，20平方米的房间，四张高低床，住八个工人。进了大学也是住集体宿舍，还是八个人一间，做什么私事都要躲在蚊帐里或者裹着被子进行。我实在受不了那种没有个人隐私的生活，只好搬回家去和父母住，也是只有一个床位，但相对来说好多了，你就是从他们身体里出来的，还有什么不好意思的，见不得人的，需要隐瞒的呢？但在大学同学看来，这举动却意味着我不合群，没有集体观念，看不起大家，不知道我躲在家里搞什么？所以在大学的时候，我在班上有些声名狼藉，一个重点怀疑、捕风捉影的对象。学校如果发生什么事情，出现反标、凶杀什么的，总是要问问住在校外的那些，当时在什么地方，谁可以证明。大学毕业后分到另一个单位，还是没有房子，连单身宿舍都没有，这时候和父母住已经非常不方便，虽然是一个身体里出来的，但毕竟还是另外的身体，另外的脑袋、另外的想法，人越大，思想越复杂，要想尝试的事情越多，见不得人的隐私越多。只好厚着脸皮把办公室用文件柜隔出一块，支了一个单人床，住在里面，白天上班，晚上睡觉。办公室的同志很不高兴，说影响单位的形象。

我说，没办法，不给我住我只好睡大街了。人都没有住的，还怎么上班。单位上没有办法，也怕我真的去大街上睡，影响更坏，只好默认。我白天在公家的文件、报纸之间搞公家的事情。晚上在公家的文件、报纸之间搞自己的事情，总觉得就像小学时代老师常常说的"你做什么都有成千上万的人民群众雪亮的眼睛在后面盯着"，也不敢太放肆地乱搞，搞得像写给别人看的日记一样，为了日后交代得清楚，搞任何事情都要事先做好万一被发现怎么办的准备，住得比较麻烦。有一次忘记了同事也有晚上回来加班的可能性，锁没有锁死，他忽然在十二点开门进来，吓得刚刚解放的身体在床上一动不动，屏住呼吸，几乎憋死，幸好他只是坐在外面哼了一只小曲就走掉了。

那个时代房子的分配制度给我这种印象，就是它是与社会地位、官衔、级别、资历等等相联系的。青年与房子无关。要当领导或者有资历、人到中年才有资格分房子。我的经验是，某单位一旦换领导的话，这个单位立即要被这个领导的住房问题吓坏，动员起来，一定要在最短的时间内把他的房子腾出来，并且还不能敷衍，面积要与他的职务相称。领导是决不能住集体宿舍的。我们从来不以为这有什么不对，这是天经地义的事情，群众拥护。而一般人呢，就只有等，一直等到你当了官或者评上职称什么的，这一等可不是一两年的事，至少五年。这个国家，分房子有一些奇怪的规定，最奇怪的就是，只有结了婚的人才有资格分房子。没结婚的人就只能住单身宿舍。集体宿舍是用来给青年们秘密手淫的地方，就像房子是给中年人光明正大地养孩子的一样。结婚当然是好事，但这件事却和分房制度联系在一起，通过这个制度来阻止人们的单身生活。在过去时代，单身是危险的，一方面它不符合传宗接代的要求，另一方面，它不方便组织管理。谁都知道，在"文革"时代，被揭发出来的许多可怕秘密，都是大妻子女互相揭发的。这就是结婚的好处，便于互相监督。而单身呢，那就难说了，谁也不知道你会把什么藏起来，无法监督。所以要求住集体宿舍，就是为了防患于未然。但夫妻二人在床上两个人互相监督，比起八个人隔着蚊帐互相监督来，毕竟要舒服多了，一日夫妻百日恩，互相监督，但相亲相爱，互相信任的时候还是多数。就是他或她是睡在你身边的定时炸弹，也比和八只老虎睡在集体宿舍要好。在集体宿舍，你真是翻朝左怕小王听见，翻朝右又担心老李眼睡心不睡，在假寐。待在宿舍里要考虑怎么说话才能和同舍的和睦相处，不在宿舍又怕别人翻看你的日记。所以为了分到房子，为了自成一家，许多人没有爱情也领结婚证，先把房子分到手脱离集体宿舍再说。并且，实际上确实也只有结了婚，你才可以分房子。我认识几个坚持独身主义的人，他们的生命受到了严峻的处罚。老篱就是一个，他是我的朋友，在一个局当工程师，四十多岁还没有房子，四十多岁还和他老母亲住在一起。不分房子给他的唯一理由，就是他没有配偶。老篱同志，你为什么不结婚呢？老篱不结婚的事情经常被提出来，仿佛那是一个错误或不可告人的秘密。老篱不结婚这件事使他压抑得很，单位上的人总是用异样的眼光看他，那种眼光，一般是用来看精神病患者、同性恋、慢性病患者和被警告过的人的，只是轻重不同，看老篱的时候略有些笑意。老篱也坚强，就是不结婚，惩罚就持续了十多年。老篱在单位上人们的印象里，已经成了一个怪物。在单位上第三次分房子之际，其间经过了 5 年之久，新房子再次冲破一百多个图章的大关盖起来之后，老篱再也受不了，和办公室的同志大吵起来，不分给我房子我就不走！还举出某某单位的单身人也分到了房子。但办公室的同志冷静地拿出文件，你看这一条，单身职工只能住集体宿舍。但老篱这几年没有白混，已经当上了一个副处级，而且单位上正好有一个特殊例子，该单位的老蜡原先是有配偶的，据此，他分到了房子。但后来他离婚了，单位并没有把他再赶回集体宿舍去。老蜡是单位领导之一，住集体宿舍是绝对不可能的。这个空子被老篱抓住了，原来他早有预谋，先当上官，再钻空子。单位上无法说服老篱，并且他也是领导之一了，不敢再忽视他的情绪，只好分给他一个单间，二十平方米，小是小，毕竟他母亲再也不会整天在旁边唠叨他的脚臭了。

分房子是根据职务、职称、工龄的大小高低长短量化分配。例如，结了婚的副处级可以住多少平方米的房了，结了婚的正处级又是多少平方米的房子。按理说分起来应该是很简单的，但其实名堂很多。例如职称，它的高低是一个人的房子大小的决定性因素之一，但早在评的时候，名堂就出来了。在我们这种机关工作指标很难量化，有些工作主要是接电话、说话、看报纸、上厕所、喝水之类，必须八小时守在办公室里面。有些工作比较具体，要粘贴信封若干、写字若干、外出寄信之类。因此，评职称的标准除了看你每天八小时是否待在办公室以外，还要看你的表现。表现是什么？这就很广泛了，你平常有什么言论，穿什么衣服，对群众的态度，对领导的态度，与他们是什么关系，吃什么，和什么人交往，与某某某是否关系密切，开会的时候是否积极发言，义务劳动是否积极，是否带病坚持工作，是否亲自冒雨探望住院的同志……多了。表现是没有办法量化成指标的，比如规定对领导的笑容应该每天保持多少，对群众是多少等等，全由你自己看着办。评职称的时候，每个人表现是通过秘密投票来进行的，虽然你可能量化的工作已经出色完成，一年内要运煤 50 吨，你完成了 54 吨，超额 4 吨，这不行，如果你总是酒气熏天、骂骂咧咧、唠叨满腹、和女同志打打闹闹，嘻嘻哈哈，见了领导冷若冰霜、视若无睹，开会时沉默不语、肝脏不好、脾气暴躁、办公室的同志对你的穿着看不惯，认为你作风有问题，甚至还有狐臭……那么你的表现就有问题了。秘密投票就是不记名的投票，是根据你的表现，而不是根据你完成的工作。因此，表现好坏是分房子的关键，技术好，工作完成的如何倒还是次要的。当然啦，为了评上高一些的职称，分到大一点的房子，你可以多在表现上下些功夫，点头微笑啦、穿着朴素啦、助人为乐啦、经常参加植树啦、把旧衣服捐给灾区群众啦、去办公室的时候总是不忘带上些瓜子花生黄豆之类啦、去医院探望生病的领导啦……但也很难说，就是已经做到八面玲珑，秘密投票可能还是不投给你，因为很可能大家以为你最近一年的反常表现，是因为企图向上爬，取而代之。所以房子大小不仅仅是个房子大小的问题，其实是你这个人在单位上混得如何、表现如何、人缘如何的问题。是你在看不见的那一面、永远不会说出来的那一面、只能秘密投票的那一面，大家对你的评价问题。这不是可以用数目来量化的，而是所谓印象、感觉这类只可意会不可言传的事情。经常会出现这种情况，大家见了你都是笑吟吟的，也夸奖你工作好，技术好，"啊呀，了不起呀，最近还获奖啦！"但投票结果出来，你是0票。为人不为大家暗中也喜欢的人，要分到房子那是很难的。为了分房子，一个人可以彻底改变，脱胎换骨。沉默内向的人变成开朗大方的人，爱好打扮的人艰苦朴素起来，结巴变得口齿伶俐，愤世嫉俗者变成点头哈腰者……分房子首先是个做人的问题，做什么人，要看你这个单位掌握分房子大权的人、秘密投票的人是什么人，如果那碰巧是一些君子的话，你可以做君子。如果碰巧那是一群小人的话，你只有委屈一下做小人了，否则，你是很难分到房的。老巴是从小受他父亲的"富与贵，于我如浮云"那一套教育长大的，清高得很，眼珠安在脑门上。而他们单位的领导喜欢占小便宜，老巴一点便宜都不给他们占，兢兢业业，业务第一。单位上的人私下都叫他"那个君子"。工作二十年，只分到单位上面积最小的套间，夫妻同房要制度化。为了不被孩子知道，只好每星期三下午提前一小时请假回家去做一做。做的时候隔壁的中学总是在播放广播体操。后来老巴实在耐不住了，投降了，就开始学着对单位上的每一个同志嘘寒问暖，陪着他们打麻将、玩牌，陪着他们讲黄色段子，建立了群众基础。大家都说，老巴现在好玩起来了，瞧得起人了。老巴甚至学会见了领导过来赶紧让过一边，并且像服务员那样胁肩笑着。因为表现还可以，二十年后终于通过了评职称的秘密投票这一关，评上了副高，随后分房子就不难了。在他那套三室一厅的新房子里，老巴私下对我说，分房子其实就是进入一个阴谋里面，房子就是那么几套，有你住的就没有我住的，你分到了我就要等下一次。下一次，一生有几个下一次？盖栋楼要多少年？要等单位得到指标，要等办公室打报告、等上面审批、批指标、拨地皮、再设计、找建筑单位、打地基、找城建局要许可证、分配方案……这一套下来要多少年？这一切之前你还得先有资格，所以过了这个村就没有这个店，不是说着玩的！所以呢告密、做假、订攻守同盟、扯谎、伪造、送礼、托人……都是必需的。其实大家都是当面君子，背后小人，都要搞小动作，小人的标准早就提高了，干这些事情这些根本不算小人，你以为到领导那里去反映一下情况就是小人啊？那叫大义灭亲，只要你莫去杀人越货，莫去喊反动口号，什么都是可以的。你什么都可以做，就是不能老老实实等着，等一百年也不会有人理你。为了这房子，我就向领导反映了两个人的情况，都是老朋友，所以知道底细。一个人是 70 年参加工作，却填成 68 年，我反映给领导后，查出来是事实，这个人的副高就没有评上，我评上去了。你以为这是卖马？错了，这是大义灭亲，他欺骗组织在前，我反映情况在后，这是检举对组织的欺骗行为，我还受到领导表扬，要我多反映情况。另一个人以前经常在我面前说领导的事情，甚至说了领导的男女关系问题。他在分房的名单上是排在我前面，12 套房子，我是排第九，轮到我挑房子的时候，很可能就只剩下我最不想住的那一套了，我只好卖他的马了，因为他给我说的事情都是真的，我并没有添油加醋，只是实事求是反映，领导气得要死，那个人后来连分房名单都没有进，我的房子升到二楼。我还和其他几个人联合起来，坚持要在分房规定中加上一条：1990 年后调入我单位的不能分房，还争取到了一个领导的支持。因为 1990 年后调进我们单位的有七八个，都是副处级以上的干部，工龄都比我长，职称比我高，如果让他们进来分房子，我就排不进名单去啦。你别以为有了工龄职称房子就自动开门，没有那么简单，你还要想办法把对手一个个搞掉，其实这件事好玩得很。我听罢大惊失色，老巴说出来的这些话，太可怕了。你不会把这一套来对付我吧？老巴说，难说，如果我们在一个单位。老巴说，要学会世故，阳奉阴违，当面一套，背后一套。我的本性你知道的，善良正直，但分不到房子，所以要学会分得到房子的那一套，那一套其实很好学，就是要耐得住心里面的不舒服。

老巴是我的中学同学，推心置腹，把这一套告诉我，是对我的最大信任。但其实他说的一套我从小也隐约知道一些，从我父母一次次的分房子时的谈话我就听出来了，所以在我青年时代的意识中，房子是和制度化的按部就班的生活、老气横秋的生活、处心积虑的生活、钩心斗角的生活相联系的，我不喜欢分房子这件事情，太龌龊，太复杂，令人殚精竭力，快速老掉。我青春的身体不需要房子，有个铺位就行了，我可以快乐地睡在大地上，我睡过的床有湖畔的草地、山岗上的松毛地、山洞、农家的马圈、火车站的长椅子、火车座位下面的空处、洗澡堂、帐篷、轮船上的甲板，我记得那年从重庆去南京，就是睡在船头的甲板上，早上醒来身上全是煤灰……我拥有的是整个世界，世界就是我的房子，就是我的床。这房子无须分配、不需要职称，躺下去就行。有一个星期我曾经拥有整个的滇池，那时我和伙伴去环绕滇池走一圈，想在哪里睡就在哪里睡，农民守夜的瓜棚、白鱼口附近的沙滩、小岛、岩洞……"山间之明月，海上之清风，耳得之为声，目遇之成色，取之不尽、用之不竭"。很多年，我一部分时间到大地上去住、一部分时间住在父母的房子里，支一张单人床，像昔日住在他们身体里一样，从不在意。但年纪渐长，我渐渐意识到越来越多的不便了。首先我发现，世界的银行不是为住在大地上的人开设的，住在大地那边的人大都是穷人，银行只为有房子的人服务。看看世界的排列格局就可以知道，世界的中心是城市，城市的中心当然是银行和购物中心，从中心向外，第一圈先是住房公寓和自动取款机，然后一圈是工厂、仓库，然后一圈是郊区、贫民窟、废品垃圾什么的，这里可能还有些破钞票什么的被数来数去，最后才是大地，这里可是分文不名的区域了。世界的文化、尊严、质量全是住在最好的房子里的。越了不得的民族，住的房子越气派，你看看故宫和凡尔赛宫。越是没有什么财产的小民族，越是住在简陋的棚子里。房子并不仅仅是一个居住、栖居的问题，而是一个有关尊严和你这个人是否存在的问题，想想，没有房子居无定所的人是什么人？被通缉的都是什么人，到处流窜的都是什么人？动不动就要被导弹袭击的都是什么人？凯鲁雅克描写的那些"在路上"的都是什么人？我青年时代那种住在大地上的想法听起来很有诗意，其实是一只有思想的野生动物的愚蠢念头。事情越来越严重，我一直没有房子，使许多美丽的女人离开了我，她们开始的时候都相信真正的爱情是大地上的事情，是在森林、草地、小溪流、树叶、岩石、月光、夜莺、花朵、果子和走兽飞鸟之间的事情。但后来她们都想家了，而家的意思就是两室一厅或者三室一厅。并且在社会上，没有房子已经成了我这个人有问题、不务正业、不可靠的一个标志。熟人和单位上的群众都私下议论了，三十老几，还没有分到房子，混得太差啦！越来越不尊重我。在街上，遇到脑满肠肥，刚刚吃罢海鲜的老熟人，啊啊，你住在哪里啊？几套间啊？和我妈住在一起，或者还住集体宿舍，三十老几的，你说得出口吗？结婚的宴会不请我去了，同学聚会也不通知我了，我的一举一动都成为大家的谈资，而且是笑话或者前车之鉴、傻B之类的。有一次，我和几个有房子的人喝酒打架，被警察扣押了两小时，但后来这件事只与我一个人有关，因为在派出所里我对"你住在哪里？"这个问题支吾其词，那几天我由于和父母闹别扭，住在朋友的家里。社会舆论只是根究我行为不检点，而那几个有房子的人什么事也没有，已经成家立业的人是不会轻举妄动的。而其实那晚打架最狠的就是他们，还大嚷，老子今晚就算是打一回老婆吧。我发现，自己喜欢做一个什么样的人已经不重要，为分到房子而自我改造以适应分房子的条件才是最重要的。老实说，按照分房子的政策，每个人，只要一直待在单位上，十年左右，没有犯什么大错误，都是要分到房子的，而且从小到大。哪怕你是你那个单位领导最不喜欢的人物，因为领导的任期只有四年，另一个领导终于会解决的，他才上任就分大房子，也总得顾一下没有房子的老同志吧。问题是，这个最终的兑现会姗姗来迟，可能迟二十年之久。这是什么意思？迟到二十年，你一生不过七八十年吧？算算吧。因此，到了三十岁的时候，为一间属于自己的房子而奋斗，早已超过我以前那些要当飞行员啦、要当工程师啦、要当物理学家啦之类的理想，分房子成了我人生的唯一和脚踏实地的奋斗。我迅速结婚，并重新爱上了办公室，上班当然是为了分到房子，做人也是为了分房子。平时的一举一动都要注意，小不忍则乱大谋。我为此不惜赞美傻B，与患着流行性感冒的领导同桌吃饭，我变得聪明有为，老谋深算，在单位上混到第十年的时候，谢天谢地，分到了房子。我当然没有像老巴那样黑了心的玩名堂，只是搞了些不太昧良心的小名堂，我的小名堂仅仅是当我发现在分房子的过程中，我的名字一次次往后退，一直快要接近分房名单表格最后一行，就要出界的时候，为某领导的儿子上中学的事情出了一点小力，我的同学恰好是那个学校的教务处主任。房子分掉了，我在倒数第二，分到的是一楼。光线最差的一层，但毕竟好歹也成了这城市里有房子的人中的一员，没有人会再看不起我了，这件事情立即就在我的朋友群里面传开了，像是我中了状元一样。而以前和我同病相怜没有房子愤世嫉俗的伙伴忽然就开始对我彬彬有礼起来了。我甚至因为有了房子，安装了电话，好事情就接踵而至，以前由于找不到我，许多饭局都不叫我，现在我几乎天天有饭局，工资几乎原封不动存银行了。因为有了住址，信用卡、保险、推销员、修下水道的、送矿泉水的、打扫房间的、收废酒瓶子的……都自动找上门来，热情亲切，尽说好话，令我感到生活的温暖和做人的尊严。我过去怎么就愚蠢到顽固地要住在没有三套间的大地上？我摸摸刚刚泛起皱纹的额头想，再也想不起来是为什么。

所以，我分到房子的时候，除了感恩戴德什么唠叨抱怨也没有了，我决不会再去干任何会使我丢掉房子的事情。拿到钥匙后，才发现房子并不是为居住而设计的，而是根据某个文件设计的。总面积多少平方米，可以有阳台或不准有阳台。我的房子在文件里根本就没有规定卫生间的面积。李渔说"欲营精洁之房，先设藏污纳垢之地"，给你一张床就不错了，你还要藏污纳垢！我分到的房子并不包括藏污纳垢之所，大概只是设计的人偶然想到了这一点，才勉强为我设计了一个刚好够一个人站在里面的卫生间，小便如果冲得急一点，就要浇到墙上，所以每次都要自己控制好角度。也难怪啦，分房子的目的本来主要不是为了居住，而是职务高低的体现，对表现好坏的奖惩，是待遇的问题。如何分房子是第一位的，如何住是次要的。所以呢，设计房子是根据对每个人的待遇来设计，根据各种不同表现产生的级别应该分配的面积和质量来设计。如果只是从"栖居"的角度来设计，那就麻烦大啦。副高的家里有三口人，初级职称的人家里也可能有三口人；五十岁的老同志热爱盆浴，三十岁的年轻人也会热爱盆浴；正高要坐在马桶上方便，副高也要坐在马桶上方便……如果从居住来想的话，那么都是人嘛，在阳台上赏月、在浴缸里泡澡的需要都是一样的，不可能说职称是正高的人自然就喜欢浴缸阳台而初级职称的人自然就讨厌马桶和洗澡。但房子不能这么设计，如果每个人的客厅都是三十平方米，都是大浴缸和阳台，方便的时候都堂而皇之地坐在马桶上看杂志，又怎么体现对每个人的表现的奖惩呢。所以，房子不是根据居住是否符合丑陋的人性而设计，而是根据每个人的表现来设计。坐马桶和蹲坑是一个区别，有一个卫生间还是两个卫生间又是一个区别，表现越好，方便的时候越舒服。主任每天来上班都是心情愉快的样子，一看就知道他今天又是方便得干净利落，通体舒泰。副主任则脸嘴铁青，因为早上起得稍晚，马桶被夫人先占，憋得差点昏厥，只好使用痰盂。副主任科员则懊恼无比，因为站在蹲坑小解不注意，溅到裤脚上了。刚刚分来的大学生则惊魂未定，他必须穿过整个走廊，从四楼下到一楼，奔过停车场去公共厕所，每天都要跑得气喘吁吁。你一进我的房子，立刻就会看出我的平常的表现与表现好的同志之间的巨大差距。我的房间没有阳台的面积是对我的第·个大处罚，这还可以得过且过。卫生间就难熬啦，小到只可以进去就必须立即蹲下来，洗澡只能站着洗，而且脚下就是蹲坑，踩不好的话就踏空，上面的龙头如果关不好的话，经常会在你方便的时候，一滴滴滴在你脖子里……厨房是另一个令我时时记住自己昔日自高自大、脱离群众所种下的祸根的地方。我深刻地意识到，你狂嘛，一次对群众的无视（我有一次甚至大胆到拒绝他们约我打扑克小赌一下的诚恳邀请），其后果乃是一个呛死你的厨房。只有一台煤气灶那么宽，只有一台煤气灶和一个人的站位那么长。如果动作稍微大些的话，手肘就要撞到墙。洗碗的水池也要用来洗脸、洗衣服，吃饭必须到小客厅里去，用茶几当餐桌……总之这房子是怎么难住就怎么设计，处处给你掣肘。更关键的是，房子面积的大小也决定着性生活的质量，这已经是许多人都证实过的了。我认识一个朋友，他没有结婚就想搞性事，每次都要去借房子，这是很尴尬的，借给他的人固然是朋友，但也不可能天天借啊，而且每次出借都是在不伦不类的时间，猪狗才利用那样的时间，而且朋友脸上还要挂上一丝微笑"又要借了啊？"就是这样，你必须从借房子去搞，到在随时要提防着被孩子看到小房子里搞，最后可以在大房间里肆无忌惮地乱搞，人生的三部曲，并不如诗歌说的那样，只是八九点钟的太阳、茂盛的夏天和收获的秋天。也是三种搞法，在秋天的房间里搞当然是最放松的，但也是你心有余而力不足的时候。我听说有一家人，由于多年表现一直不好，一家人的房间小得只可以支高低床，孩子睡上面，夫妻俩在下面，多年已经训练得搞起事情来举重若轻，床纹丝不动，孩子也睡得香。此事被房子大的同志编成段子，像挂在厨房里的曝腌肉，茶余饭后就要讲上一遍，而且把结尾改成"咯叽—咯叽—咯咯叽。完了！"这家人在评上正高后搬进了三室一厅，丰收的秋日，辽阔的田野，但什么也不搞了，新房子和马桶使他们丧失了欲望。我的房子的设计确实已经足以令我牢记自己昔日的过错、懒惰、个人主义和自命清高，我每天都要下一遍决心，表现好些，再好些，比昨天再好些，以尽快离开这小地狱，到大卫生间里去方便，乘年轻就赶紧到大房间里去搞，别在这里憋出病来。所以，一般来说，分到房子的时候，昔日那些犟头犟脑，随时准备"我辈岂是蓬蒿人，仰天大笑出门去"的热血人早已蔫了，感激涕零，这个时代出不来李白这种人，我看与房子有关，栖居，但毫无诗意。

当然，无论如何，房子是分到手啦。一旦成了房子的主人，文件、图纸就管不了啦。图纸规定的一切我在房子里可以完全推翻，我要把客厅当成卧室，把卧房改成育婴室，把厨房叫作"四川菜馆"，把卫生间改为储藏室……谁也管不着了。装修当然是要搞的啦。现在已经没有人会分到房子就搬进去了。古人李渔说："及肩之墙，容膝之屋，俭则俭矣，然适于主不适于宾。"谁理会这一套，装修的根本目的就是要在分房子的那几年所受的窝囊气上出口气，就是要装修给别人看的。分房子你没办法，职称管着，投票管着，表现管着，装修你它妈还管得着我，我就是要装修得比当官的好，你要怎么着！我就是要把这四十多平方米装修成总统套间的规格，就是要给大家看看，给房管科的看看，给评职称的看看，给秘密投票的看看，给领导和群众看看，给朋友亲戚看看，我是不是有能耐，是不是只是一个只配住没有阳台只有蹲坑的狗窝的落后分子。其实，石灰白墙、钢窗、水泥地、木门、防盗门……如说住的话，基本的东西已经足够，合适的温度、遮避风雨，抵挡偷盗、睡觉、做爱、养娃娃、煮饭、洗衣服、招待客人……缩缩身子钻进去，也差不多吧。比古代的"茅屋"不知牢固多少倍，何止是可以抵挡秋风，就是地震也不在话下。而在三十年前，这样的房子对我国大多数人来说，简直就是梦寐以求的总统套间。但如今，对于拥有它们的居民来说，这已经根本不是房子，只是半成品，只是所谓"毛坯房"。

把它们视为毛坯房的另外一个意思，就是它仅仅代表一个公共的起码标准，而房子却是私人居住的所谓

"自己的房间"。半成品完成的是一个起码的结构，任何人都奈何不了的，这是构成所谓"世界"的基本东西，就像谁是你的父母你自己无法选择一样。其实在我看来，世界的格局就是由四合院或者三室两厅之类决定的，在四合院的世界里，因为有厢房所以就有三妻四妾。住单元房自然是一夫一妻制了。世界的结构是从复杂变得越来越简单，说过去的世界，需要《红楼梦》这样的伟大史诗来啰唆。说今日的世界，几个短篇就可以了。住在规格、设计都一样的房间里，当然令人讨厌，要把这个基础遮蔽起来，与你的身体大小、嗜好相符，唯一的办法就是装修，令房间至少在表面上看起来具有私人性。从结构上看，房子都是一样的，都是大大小小的长方或四方的盒子，都是长 × 高 × 宽的东西。但世界的奥妙就在这些一模一样的小盒子里，如果上帝在某个夜晚把这些盒子的顶都掀开来看的话，他要大吃一惊，在基本结构都是一份图纸设计的建筑内部，人类的小世界真是千姿百态，五花八门。尤其是在我国，1966 年的那场横扫一切的革命才过去不到三十年，人们已经居然敢于如此光怪陆离地装修他们的卧室，真是不可思议。如果考察二十世纪六十年代以来的社会风俗史，你会惊讶地发现，曾经像铁一样控制着思想的意识形态对于人们在生活方式上的影响几乎等于水豆腐，已经荡然无存了。很难想象经过了那样仇视日常生活的极端时期，曾经把整个中国历史并且把当下生活的全部什物，诸如香烟、花布、书籍、字画、古玩、领带、屋宇之间的画栋雕梁、香皂、发型、时装、避孕套、皮鞋、人参、山珍海味、才子佳人、京剧花灯、中元节、清明时节雨、梅花、竹子、杨柳岸晓风残月、唐诗、莎士比亚、牙签筒、格子窗、四合院、假山奇石、曲径通幽、繁体字……都视为垃圾、罪证的革命之后，中国人这么快就恢复了对腐朽生活的热情。在传统中，人们对居住的想法从可以遮挡寒暑的层次上升到诗意的栖居（把哲学、文化和日常生活融为一体，变成具体的建筑格局。）经历了数百年，画栋雕梁的奢靡风气到明以后才盛行起来。世界从一种色调转移到另一种色调，例如从宋代的本色到清代的大漆，需要数百年的时间。并且受到顽固无比的、代代相传的美学传统的影响，例如朴素、灰调子、疏影横斜水清浅、暗香浮动月黄昏、花明柳暗、不显山露水、诗意、对自然的移花接木……富贵，但要有"富与贵，于我如浮云"的格调；热闹，但只是"红杏枝头春意闹"。并不会把一个城市都装修成红色以制造热闹。旧世界并不被视为危险的，相反，却是新世界的保障、安全感、永恒的依据。而在此时代，不过是二三十年的工夫，人们已经从艰苦朴素的革命公社进化到了疯狂的装修阶段，在私人卧室中全面地向昔日有产阶级的生活趣味投降。看着那些比比皆是的用进口的壁纸和柚木地板装修起来的成千上万的套间，真令人怀疑这是否依然是那个曾经全体一起拥护"不爱红装爱武装"的国家。从另一方面来看，"文革"，如果它是一场对中国生活腐朽糜烂的装修的强烈反感和愤怒，它的打击几乎是摧毁了一切的话，那么它同时也是新的建设和大装修，这当然不是装修私人生活的房间而是国家的形象，是按照新国家的大形象装修所有的私人房间。如果那些旧寓作为旧世界的基本结构无法彻底破坏的话，至少也要使它的居民意识到它的地狱性质，至少也要在舆论上把它消灭、遮蔽起来。"文革"其实完成的只是心的装修，它成功地使居民们一方面住在旧社会的建筑结构里，却有着一颗与它格格不入的"红心"。这种大装修的方向就是要使中国世界的形象焕然一新，要用装修把基本的东西遮蔽起来。因为基本的东西来自旧世界，"文革"企图令人们相信，世界只是刚刚开始，过去的一切都不是世界，只是一个地狱。世界可以重新从一张白纸上开始。新世界当然要住在一个地方，它不可能住在天上，如果"文革"时代还没有那么多资金和建筑材料来使这个世界像"新罗马"那样亮起来的话，它至少要在纸上、在辞典里把它建筑起来。新世界的装修方式依据的标准就是"维新"，它要把世界装修成一个天天在过节而不是过日子的地方。崭新、明亮、亮堂堂、高大、宽阔、金光大道、艳阳天、莺歌燕舞、钢铁炼成的、改天换地、焕然一新、热火朝天……一种节日喜庆式的装修，要把整个国家搞得像是天天在庆祝什么，凯歌嘹亮、鼓声隆耸、彩旗飘飘，热烈、热闹、热情、热火朝天、热情洋溢、热烈欢呼、沸腾、炽热、发热发光……我记得在 20 世纪 60 年代末，旧日中国在色调上已经被"阴暗"一词所概括、定性，并且宣判了死刑。在色调上，阴，是旧日中国审美世界的基础，旧日中国是一个酷好冷调子的世界，从中国的天空上看，下面这个世界的顶是灰色的，明月、梅花、起舞弄清影，没有什么特别刺眼的，很少那种大红大绿的东西。在二十世纪六十年代，"阳"被广泛地推崇，中国世界被投进了熔炉，热起来、亮起来、响起来、轰轰烈烈起来。我至今还记得那些巨大的装修，它们经常出现在我的梦里，那种装修的强烈和热实在是太刺激神经了。我记得我少年时，一条一条街道的门面都被漆成红色的，漆下面是清代和民国建筑的旧房间，每个房间里都挂上了领袖像以及印刷成红色的语录。我家附近的展览馆，把长一公里的墙壁全部涂成红色，画上毛的各种画像。"红海洋"可不是一个形容词，而是具体到每个人的穿着、器皿、房间、布、纸张、课本，每一栋建筑，都必然是红的或者红着某个部分。这种巨大的红色装修是指望着无法装修的部分也成为红色的，所谓"红心"。这种装修与二十年后在私人房间里盛行的装修不同，它不是要让人们安静下来，在物质生活的成就感中过日子，而是使人们憎恨只会"过日子"的"小家庭"，这种装修成功地使国家成为一个色调统一的大家庭，"小家庭"成为贬义词，真是了不得的成就。那是一个热得要死的时代，红光闪闪，永远在燃烧，多年后我想到那个时代，总是感觉那是一个高温的夏天，我记得在那个夏天，我惶惶不可终日，整日兴奋，在红色的世界之间日夜燃烧着，安静不下来，我甚至在梦里也跟着大人喊口号、刷标语、背诵语录。后来得了神经性斑秃，头发一块块掉光，成了豹子头。但历史表明，心是世界上比较难以统一装修的东西，心不是物，无法通过一把油漆刷子统一色调。所以，三十年后，我们发现，在私人装修中铺天盖地涌来的东西，无不是1966年的革命对象。

但也不能完全低估油漆刷子对心的作用，气味、色调、化学配方、大量的单词、词组、语法惯例、印刷品、高音喇叭……其实也会对心造成潜在的影响，改变它的分子结构。把顽固的对抗改变成部分的认同，把反感改变成同情，把愤怒变成温顺……在一个被无所不在的亮和新的世界里住久了，哪怕它只是油漆和纸，并不是性生活，也会对人心发生潜移默化的作用。如果"文革"时代的装修活动主要只是在精神领域发生作用的话，那么今日的装修却使人与物质王国的关系密切起来。如果昔日的装修只到容光焕发的层次，那么今日的装修则是技术精湛的整容手术。当装修不再是巨大的社会运动，而是人们的私人生活情调之际，人们固然抛弃了"朝霞般的鲜红"，但他们也没有认同古朴所产生的"阴暗"。在规模浩大的私人装修活动中，你可以普遍地看到，古代美学的阴暗趣味依然是人们避之唯恐不及的灾难，它与魑魅魍魉的关系太密切了，过去时代已经使它如此倒霉，它甚至已经不是什么强迫接受的意识形态，而是生活的常识。唯物的人们如今希望住在一个没有鬼魂出没的新世界里，他们不需要旧中国藏着一打神仙和小鬼的美学，人们已经普遍接受"维新"的美学，虽然"守旧"和对"维新"的惯性反感曾经令他们一度坠入革命时代的深渊。在装修的基本的方向上，当他们实际上已经可以为所欲为之际，他们认同的恰恰就是昔日公共的意识形态装修中那些曾经令他们难以接受的基本原则："焕然一新"、崭新、破旧立新、全新、簇新、新生、新风、新奇、新兴、新鲜、新异、新颖、欣欣向荣、亮堂堂、高大、宽阔、金光闪闪、华美、日日新……当然这不再是打印成各种命令的意识形态，而是各有千秋、性质迥异、眼前一亮、朝更牛B的路上一路狂奔的建筑材料。无论过去还是今天，唯新已经成为生活的基本目标，就像昔日中国生活的"守旧"一样。于是我们看到，在1966年，旧日中国在文化上轰然倒塌。二十年后，它又在物质载体——建筑上轰然倒塌。神仙们拨开云彩，再也不能故国神游，不仅在世界的顶上看不到瓦，在瓦的下面也看不见多少旧的痕迹了。在旧日中国的美学趣味看来，今日的装修真是俗不可耐！情有可原者，在1966年之后，人们在装修上已失去标准，人们没有栖居上的传统可资借鉴，那是一张白纸，而习惯于"言必某某"、习惯于"拿来"的居民们其实只有模仿，而模仿的往往是只是西方过期的"现代化"的庸俗标准，香港或纽约的报废图纸。古人李渔说："土木之事，最忌奢靡。匪特民之家当崇尚俭朴。盖居室之制，贵精而不贵丽，贵新奇大雅而不贵纤巧烂漫。凡人止好富丽者非好富丽，因其不能标新立异，舍富丽无所见长，只得以此塞责。"谁会以为李渔有道理？人们只以为这个老地主在胡说八道，只以为李渔的这一套是老土、霉气、闹鬼。人们不知道现代化只是技术质量的标准，而不是栖居的标准。在栖居上，李渔的那一套其实是永远不会过时的。但在这个国家，李渔式的栖居人们已经到了连想象出来都感到困难的地步。有一点是毫无疑问的，无论过去还是今日，装修的目的都不是指向存在，而是为了虚饰，它的本质乃是人类对世界基础的无能为力。装修永远只是时代的过眼云烟，一切喧哗之后，像当年满街的大字报一样，时间一到，就全部剥落。世界基础再次卷土重来。基础是河床，河流永远无法摧毁把它自己盛在里面的东西。昔日，伟大的巴尔蒂斯看到元朝倪云林的一幅画，说，"就是那么漫不经心的寥寥几笔，画得疏疏落落，笔墨简得不能再简。可是，背后包含的东西很多，很深。"这画画的是一个棚子，四根柱子支着一个茅草的顶，一点山水。基本的房子。我可以说他画的是"栖居"，几百年后，海德格尔才悟到同样的东西。他如果看过倪云林的画，用他的画去说明"栖居"恐怕比凡·高画的靴子更清楚。这时代没有人欣赏倪云林和巴尔蒂斯，他们再也看不见基本的东西，他们要装修。

诗人帕斯说，是诗人使世界适合居住。而人们却以为，是装修使世界适合于居住。所以，今日每个人拿到房子钥匙的时候，首先想到的不是如何住，不是"斯是陋室，惟吾德馨"，而是如何装修，他们不信任这房子，更不会信任倪云林、巴尔蒂斯和帕斯。他们信任看得见、摸得着闻起来有一股香蕉水气味的装修。

在单位上，每个人的趣味都是为了表现好，赶快分到房子，所以与领导和群众打成一片是很普遍的。群众说朴素好，你就要艰苦朴素。领导说，春城烟不错，你也应该抽春城，关键的时候再可以恰到好处递上一只。只有到了装修的时候，那些潜在的鲨鱼才一只只露出水面来，"子系中山狼，得志便猖狂"，这句古话的含义在装修的时候才真正体现出来。要知道一个人真正趣味，去他家里看看才会知道，开会、大合唱、单位春游之类的，你是永远看不出来的。在单位上，人们对分给他们什么规格的房子逆来顺受，能分到就不错了。在房子里，人们却通过装修来和他们的分到的房子对抗，水管，挖开，埋起来，五次。电线、挖开、重新埋，三次……过去，中国的房子到处都是暴露的水管、电线、钉子，大家习以为常，但现在人们已经敏感到看见任何线头漏出来都不舒服的地步，就像是自己的血管没有被皮肤遮住那样。装修的目的就是要使房子的本来面目完全遮蔽，不漏出丝毫破绽，即使工程复杂，资金浪费，与自己的文化修养、生活习惯、经济状况完全不符也在所不惜。这个人本是优秀的、脱离了低级趣味的党员同志，上班都要穿打了补丁的裤子的，家里却按照电影上某个资本家的豪宅的样子来装修。老处女，要把自己的房间装修成粉红色的，她其实内心私下仰慕的正是某种她用身体来拒绝的情调。小市民，他的全部积蓄其实只够装修到招待所的那种档次，也要千方百计让人把他的房间误以为是五星级宾馆的标准间，880元一晚上的那种。我认识一位老同志，到他家里看见的真是令我大吃一惊，居然在家里搞了希腊式的壁炉（假的，没有火，安了一个塑料的火焰形状的东西，里面装个灯，一闪一闪的，像舞台上的那种）。猩红色丝绒面子的沙发，法国路易时代的家具（家具说明书这么说，但价格很便宜，真是物美价廉）。洗手间的马桶是玫瑰红的。这个老干部就这样坐在房间里，每天看《人民日报》，在第一版上画红线条。他是否觉得在从前的工作岗位上看《某某日报》很不舒服？我敢肯定，《某某日报》绝对不是为装修成这样的房间出版的。有把自己的房间装修得像是酒吧间的、有装修成某歌星的卧室那种样子的、有装修成艺术品陈列馆的，老唐把自己的客厅搞成日本式的，干什么都要盘腿，参观的人离开后，主人才发现对于他的中国腰来说，盘腿是多么痛苦的一件事啊！只好割爱，再把中国的高桌子买回来。但总是觉得高矮不对，气氛怪诞，像是住在日本的监狱里。瘸子先生发现长腿同志在自己的客厅里搞了有阶梯的小酒吧，就把自家的客厅搞成小舞台，中间是舞池式的，下去一台，每天要在这台阶上像袋鼠那样蹦跳无数次。装修的人总觉得有千万双眼睛在看着你，虽然是各家搞各家的，但有一个公共的标准是大家都达成默契的，就是无论怎么搞，都要"光"。昔日，客人来家参观，叫作光临寒舍，就是亮来照亮暗的意思。家，本是私人地面，敝帚自珍，有仙则灵的陋室。世界上最阴暗的所在，供人们藏污纳垢，解开领带、脱掉裤子放屁、裸体睡眠、把臭袜子扔在沙发上的、养蚊子、吃残羹剩菜、密谋各种人生大事小事、做娃娃、做爱、手淫、懒惰、无耻、下流、闭目养神、装疯卖傻、痛风、躲着令你心烦的人群、把存折藏在某处，就是要把火腿和扫帚挂在客厅里，在马桶上看报纸头版头条、高呼打倒单位上的某某某，就是要把只啃了一嘴的烧鸭整只扔进垃圾，就是要穿着花衣服照照镜子，看看一个男人骚起来什么样子——文件、教科书、守则、标准统统管不着的地方。世界从来没有公布过一份文件，规定在家里脚应该洗几遍、面粉不准长虫、客厅的灯应该多少瓦、墙上应该挂谁的肖像、床要支朝哪个方向（"文革"时候虽然大家都要挂领袖的像，但那并没有文件规定每个人家里都必须这么挂，只是没有人敢不挂）。现在却随时担心"来个人看见像什么话嘛？""光临"，已经变成了"观光"，你先把家搞成"光"的，然后照亮客人。一切都是为了照亮客人。亮的、争光的，成为我国装修运动中的一个普遍的公共标准，意思就是要使别人到了你家里也和在飞机场的候机室或者酒吧里一样顺眼。并且预想中的观光客都是发达国家来的，中国香港、日本、新加坡先富起来的那些，没有人会把光临寒舍的预设为"结庐在人境，而无车马喧"的陶渊明、写《茅屋为秋风所破歌》的杜甫、住在陋室里的刘禹锡、李渔或者一个失业工人、守着五亩菜地的下马村的农民、非洲部落的居民这类暗淡人物。根本不怕他们笑话，而是怕五星级饭店的服务员笑话。装修成为比学赶帮超的牛 B 马拉松，各家各户还要互相串门取经，你牛 B，我更牛 B，你玩法国式，我就玩意大利式，比怪、比奇、比价钱贵贱，比新、比亮……是否适合自己的身体住已经不在话下了。所有的房间都要吊顶，人们已经看不见顶是房子最基本的结构之一，没有顶的房子是房子吗？但无人看得见顶，都要吊一个，哪怕这样会使房间更矮，呼吸困难，也要调。吊的顶是在顶上再加一个顶，象征财富，并没有什么实际功能，实际功能只是令房间的高度更矮，空气减少，呼吸更困难一些。你把顶吊成葡萄园，我就吊一个挂满玻璃钢做的苹果的顶，结果观光的离开一年后，有一个假苹果掉下来，砸在喝小米粥的老母亲的头顶上，送到医院去了，在急诊室没有装修过的屋顶下面治疗。老李家的大客厅里摆了28英寸的彩电，我就买38英寸的，后来发现这样的彩电温度太高，在10平方米的客厅里根本耐不住，像是装了取暖器，冬天还好，夏天怎么办？并且眼睛离得太近了，看得一家人都成了金鱼眼，只好在最后一批观光的客人走掉半年后，减价卖给客厅大的同志。前红卫兵先生一分到房子就为自己订购了全套仿造的明式家具，"古典风格的红木材料，意大利的加工技术；橡木碗橱、长沙发、钢琴……"这颇令人怀疑他在1966年某个时候的疯狂行为，是否仅仅因为嫉妒？当时他们冲进剥削阶级的四合院，把明式家具的正牌货统统捣毁砸掉，把德国进口的钢琴砸烂，红卫兵先生当日消灭了那些房间内部带有私人汗液气味和脚臭的一切之后还不过瘾，又用刀子把房屋表面明朝木匠花了二十年才刻成的花鸟虫鱼刮掉。明代没有在明亡时灰飞烟灭，在清朝被奉为伟大的经典，却在 1966 年的某个下午荡然无存了，目的仅仅只是为了拥有一套赝品么？大家突然成了建筑材料方面的专家，各行各业的人，说起自己的专业来，也许言语不通，隔行如隔山，但是人人可以对建筑材料津津乐道，就像精通政治内幕那样。不仅是精通各种材料的性能、质地、价格，知道什么最新、最亮，而且知道在何处可以找到它们。除了在电视机里对光明世界依样画葫芦以外，在如何装修才能更新更亮更奇上，人民群众的触类旁通的想象力也是空前的，把天花板想象成变化莫测的星空，安上各种射灯，营造出群星灿烂的效果，这是比较普通的想法。把墙壁想象成大海，搞上几只三层板做的海鸥去飞翔的也有，把墙壁想象成澳大利亚的沙滩的也有，比较精彩的是把客厅想象成鱼雷艇、监狱、老虎的嘴、鳄鱼皮、精神病诊所、迪斯科舞厅等等。奇怪的是，私人房间里的这种惊人变化，在把房子分配给他们的单位上你永远看不出来，它虽然使家庭们拥有了自己随心所欲的领地，而它自己依然是难看无比的水泥办公大楼、办公室、文件、报纸、文件柜、灰尘和按时送达的各种纸张、文字和依然散发着油墨香味的图章。没有人会为它的装修去开动一秒钟的在装修卧室时不断闪现的万千灵感。它只好保持着基本的样子，使人们从家里来到单位上的时候，忽然梦醒，想起自家的房间再怎么装修，基本的东西其实还是和这里一样，是同一份图纸的结果。

钥匙刚刚发到手，一栋楼就乒乓、轰隆、噼啪地响起来。轰隆，一堵墙在二楼倒下去了；哗啦，一个洞在某处打通了，灰尘从一家家的窗子冒出来。把这里敲掉，把那里封死。一整个楼弥漫着油漆、香蕉水、木料、水泥的气味、民工在里面进进出出，挤挤插插，散发着刺鼻的由于数月没有洗澡导致的酸味。他们每一伙的来历都不同。四川、湖南、浙江，五湖四海，目的都是为了使已经焕然一新的新房子再次焕然一新。大家都在装修，不装修的人就是有病了，中国历来如此，大家都是革命者，你不革命就是落后分子，就要出问题，就要成为革命对象。没有人管你是怎么想的，你无法在一栋灰尘滚滚的大楼外面贴上一张告示，说明你不装修的理由是因为李渔说："土木之事，最忌奢靡。"你立即会在这栋楼的群众中被孤立起来，人家不仅以为你有神经病，还认为你不装修其实是对大家的讽刺，或者是经济困难的借口。古人说，择邻而居，这是古代的事了。如今，分给你哪套房子就是哪套，隔壁是杀人犯你也得和他搞好睦邻关系。我怎么敢得罪一栋楼的人，让他们一吃晚饭就拿我家的各种小道消息佐餐。我惶惶不可终日，本来不想怎么装修，已经完全可以好好的住了嘛，有墙、有顶、有窗子、有防盗门、有水、有电，基本的都有了嘛……但现在的情况是，如果你不搞一搞，弄些玻璃、钢筋、塑料、甲苯乙烯、硝酸、甲醛、油漆……弄些现代化的东西进房间去糊在表面上的话，这一栋楼的灾难、霉气都要被赶到你家来了。如果一整个城市都是旧的，幽灵出没的夏天，你会很舒服。但如果一个城市都在装修，只有你一家不装修的，那你就不正常了，要出事了，就要和鬼同居了，因为鬼是旧世界的魂魄，只有他们的鼻子才受不了甲醛的气味。这种经验我太熟悉了，当年在一个三千人的集体中，只有我一个人剃了光头，因为斑秃嘛，我因此被单位上找去谈话，"为什么？""斑秃。"不相信，拿出医院证明也不相信，从此一直怀疑我心怀不满。所以，如果我不把房间文饰装修一下的话，恐怕自己也无法在自己的房间里安稳地入睡。并且，说到底，毕竟这房子并不是为我这个人的身体的居住要求设计的，而是根据我的表现和文件规定设计的。想到这里，我更坚定了装修的决心，就是和那没有人性的图纸对抗老子也要装修它一把。其实后来我进一步意识到，我确实不得不对房子内部进行革命性的改造，除了基础是无能为力之外，只要可以动的地方，都要拆掉，就像重写一种历史那样，才能勉强适应我一家三口的身体。

我站在自己的房间里，像一个站在自己领土上的帝王，指着阳台和客厅之间的隔墙和窗子，一声令下，敲掉！民工们一拥而上，大锤、榔头、撬棍，咚咚、叮当乱响，硝烟弥漫，灰尘四起，呛得肺叶就要冲出来大吼，场面激动人心，就像工人阶级打进了冬宫。轰隆一声，客厅与厨房之间的隔墙倒了下来，文件对此房子只能厨房 7.5 平米以内、客厅不超过 15 平米的规定被撤销了。工人们干得快感得很，在他们老家，这样的墙只有乡政府才有得起啊。发声喊，工人们几锤下去，一堵墙就倒下了，几锤下去，一个卫生间就消灭了，窗子拆掉，走廊与卧室的隔墙拆掉，阳台与客厅的窗子敲掉……革命是破坏，痛快、迅速，世界立即就明亮起来、宽阔起来。而建设却是细节，图纸、材料、规格。可不是喊一声敲掉那么容易。敲掉的时候，工人们比你还乐意，你只是有这个意思，还有些拿不定主意，他们已经动手了。就这样，我的房子在一场地震之后，只剩了四面的墙壁，最后的疆界，我这才发现，重新设计分割它可不是我干得了的事情，什么材料用在什么地方，什么材料和什么材料可以衔接，管子要如何搞、电插座要在什么位置、马桶要如何下水等等，一堆可怕的乱麻。包工头理抹得清清楚楚，他现在从容不迫，滴水不漏，故作谦虚地问，你要怎么搞？我很茫然，我自己是这房子的主人，我当然要知道自己要怎么住啦。但现在，我才发现，我只知道在这房子里我想舒服地睡觉、吃饭、方便、洗澡、看电视……但我根本不知道，那些五花八门的建筑材料要如何组合才能达到这一点。我可以信任包工头么？他知道我为什么喜欢睡直接放在地板上的床垫而不喜欢床么？他知道我喜欢在马桶上看书么？他知道我喜欢在厨房里榨果汁么？如果我告诉他我希望这个房间空气要好，我要作为卧房，他就可以做到么？当然可以，把窗子开大点。就开大，大到窗框直接和两边的墙连在一起。但后来我发现窗帘挂上去，在墙壁和窗框之间，窗帘没有过渡区，永远拉不严，漏着缝，天一亮，一条光就直射到我的脸上。我发现这位包工头从来不需要图纸，只是凭着眼力做事，差不多吧，他总是说。他是建筑公司的一个工人，文化程度小学毕业，后来自己出来干，干到十年的时候，已经承包过为六栋大楼遮遮掩掩的工程。他的杰作是把一栋六十年代盖的楼用马赛克瓷砖重新装修之后，看上去像新的一样，使楼主得以把大楼以比原价贵十倍的钱把它卖掉了。他是我的朋友介绍的，可以信任，朋友告诉我，就是他也很难找啦，他好歹还有点经验，现在这一行骗子多得很啊。我后来马上发现我朋友说的是对的，包工头带来的工人，敲掉一切时动作相当麻利，力气也大，但进入建设的时候，马脚就漏出来了，我发现这些"老工人"其实是上个月刚刚乘火车抵达昆明的四川农民，他们的专业是种植红苕。在建筑事业上，他们能干的事情，只要几分钟就可以学会。拌水泥，把砖头从一楼搬到五楼，倒灰、整理水泥袋……但后来我又发现，其实一切都是他们干，包括装浴盆这种难度大的活，他们什么都敢干，有一种无产者的大无畏的精神，从来没有什么他们不敢干的，把门拆掉，当然可以。做一道实木门，当然可以。装锁，当然可以。接灯，当然可以。安电话，当然可以。把奔驰车的音响修一下，行！最后我发现，他们是先把活接过来再说，边干边学，摸着石头过河，在实践中摸索经验。我甚至忘乎所以，在焦虑和担心中教起他们技术来，例如提醒接电线的时候不能用铁器。工人就这么干，把我的家当成学习各种装修手艺的大学校，这些名堂我是在付了一半的工钱之后才恍恍惚惚意识到的，已经只能等着他们毕业了。包工头只是在施工过程中对关键的地方交代一下，细节就由他们自己去试验探索了，包工头同时负责着八个家的装修。施工开始，我立即看出工人们技术拙劣（没有看出他们是第一次干），用砌猪圈的质量给我的客厅铺瓷砖，而且漫不经心，因为这猪圈今后要养的猪并不是他家的。我气愤无比，把包工头找来，他正在楼下那一家的厨房里测量天花板。叫他们重来！他说。就把水泥未干的瓷砖撬掉，再重新铺上去，还是有很宽的水泥缝，黑乎乎的，并且有的地方凸起来，显然是未来的隐患。当我在客厅里穿着拖鞋踱过去放 CD 的时候，很可能有一次要被凸起来的小坎绊一下。结果如何，那就不好预测了。不行，这样不行。再去找包工头，他正在另一栋的六楼为另一家的水管打洞，原来的洞打歪了 20 厘米。小工用不来钻机，他示范一下。把什么活交代了后，跟着我下到六楼，再爬上五楼，我的肺部像是搬进了一个水泥袋。蹲下来，撬起一块来看看，说，老于啦，你买的这种瓷砖质量不好啦，你看，它在工厂切割的时候边就没有切齐，每一块的长短都不一样，误差只有几毫米，肉眼你不容易看出来，这样几块一接在一起，当然有缝隙啦。我这才知道原来瓷砖还有这种名堂，你为什么不告诉我。我说我给你买，你又要自己买。他买的价比我买的高 50%。我并不是财主，什么都要量力而行，只能差不多，不能精益求精。但这也差得太多了，这是客厅啊，一个家的脸面。只好全部报废，重新买。包工头说，也不必扔掉，可以用来装在卫生间和厨房的地上，那里有些缝不怕，别人看不到。

我只好照着他说的牌子再去买。那建筑市场好像就是一个骗子的难民营。似乎所有卖主都在想方设法把到手的一切东西推销出去，每一个人都在说他货物是最好的，也不断有人在这个众口一词都是"最好"的市场买到劣质的材料。我至少已经上了三次当，在巧舌如簧的关于品质"最好"的说辞下，我已经买来了五把无法从里面锁死的破锁，而且发票被我扔掉了，不能退。一个已经开裂但肉眼看不出来的软管，一盒比面条稍硬的钉子。在装修伊始，朋友就告诉我在预算中要加进 20％的由于买了劣质产品导致的损失。没办法的，必须要买，你不买也得买，不是撞在这种材料上，就是撞在那种材料上。我的这部分预算已经用去了五百多元，不能再粗心大意马马虎虎了，否则就要超支。这次我不会上当了，我照他说的牌子去买，曙光牌。但找到这个牌子的时候，我有些怀疑，价格比我买的那个劣货还便宜。我又去另一个店，价格却比刚才的同一牌子贵 30％。老板说，我们的是真货。难以置信。再返回去看那家便宜的，根本看不出来。为什么便宜。我们是出厂价。解释说。还是相信贵的那家了，敢贵，恐怕得稍微有几分真吧。也不敢再马虎，三百多块瓷砖，一块一块比量，看合在一起有没有缝隙。雇三轮车拉回去，再次坐在后面，跟着车夫穿小巷，三轮车不准进城，要躲着警察。而且先说好了，如果逮到的话，罚款由我付。还真的被逮到，罚款三百。还不准进去，再走另一条路，警察下班了，终于把那些瓷砖拉到了家。包工头说，还行，但买贵了，我去的话，每块要少 5 角。小工折腾了几次，怎么把水泥抹得厚薄恰到好处也有了经验，差不多吧。算了，虽然干掉后还是有几个地方稍微不平，但还不至于绊到脚。而我呢，买了几次建筑材料后，几乎已经成了建筑系的进修生了，我甚至知道水泥、沙和水的比例，小工没法偷工减料。但我不知道在墙上刷乳胶漆的工序是三道，他们只刷了一道，我是搬进去住了半年后才知道的。有一点我也知道的太晚，很痛心，瓷砖要砌得平的话，必须随时使用水平仪，那些小工从来没用过，建筑系的进修生也是从来不知道这个工具。知道又怎么样呢，世界已经凝固。

在施工中，我还经常和包工头进行美学争论，他常常不按照我的愿望去做，而是自作主张，房间里的墙，原来都用石灰刷白，我希望保持原样，不进行任何装修，他答应得好好的，可过两天我来，他已经叫工人把这些墙用乳胶漆刷过了。白得刺眼，完全丧失了石灰墙的气味和那种有些糙的颗粒感。我气得要命，他解释说，如果那样的话，就太农民了，农民才用石灰，石灰刷的墙已经过时了，别人会笑的。你看啦，现在多光滑，你摸摸，永远不会旧、不会脏。我立即想到我房间的墙永远不会有历史了，即使在里面住一生，我的房子也将看起来像是刚刚搬进去，焕然一新。我并不喜欢这一点，就像我年轻时候，由于胡须出来的比别的同学晚了两年，成为同学中一个"长不大的土豆"的笑柄，我整日担心我是否落得一生都要有一个不长胡须的太监下巴的噩运。这个包工头是个从来不读书不看报的人，可他的美学思想和国家规定的一致，焕然一新，日新月异。我的墙要再复原已经不可能了。任何东西都有一个原，这个原是它的基础。大地有大地的原，人工的东西也有它的原，原就是你无法选择的东西，按照你不知道的秘密创造出来才与你发生关系的东西，在你先来的东西。三十年前，一个中学数学老师教会我什么是原。当时我和弟弟正在学习自行车的狂热中，母亲向他们教研组的马老师借了自行车来给我们学，那单车非常破旧，就是人家说的除了铃铛不响、什么都响的那种。我们学了一个下午，摔倒无数次，到傍晚我发现车子已经伤痕累累，漆又掉了许多。我就不敢把车子还给老师。我和弟弟在惶惶不安中，忽然想出了办法。第二天，我们去找了一些黑油漆来，把这车子全部刷了一遍，只有镀克罗米的部分我们没有办法，才保持了原。车子焕然一新，油光闪闪，我们欣喜若狂，以为这下好了，我们不仅不会挨骂，还要受到表扬。当我们把这辆"新车"还给马老师的时候，他的表情难看极了，你们干什么啊，干什么啊，他痛苦地说，这车子我已经骑了二十年，被你们搞成这样子。我们完全不明白他为什么不高兴，还有些委屈。后来我知道了"原装"这个词，才渐渐明白了些。装修当然就是对"原装"的表面否定，其实基本的原装是来自房子的分配方案，那是无可奈何的。作为房间，它也暗示反映着一个时代的基本精神：改造、解放一切，粗糙、简单，把居住者潜在地视为改造对象。其实这房子如果倒着搞的话，装修成牢房倒是更容易，窗子是铁的，再加上下铁条封起来就行，水泥地、砖墙、打开窗子要使很大的力气。但如果从现代派的美学来看的话，这房子表现某种无产者的先锋派美学风格，以抗议资产阶级的风雅舒适腐朽糜烂的生活趣味，倒是比较得天独厚。我的一位西方美学研究生朋友就想到这一层，我国住宅的卫生间那些普遍地裸露在外的铸铁管子和各种水管，一般住户都要千方百计把它们遮掩起来，而他却把他想象成蓬皮杜中心外面的通风管道什么的，也仿效着刷成红色、蓝色的，使卫生间看起来就像杜尚的草图。客厅的墙则把墙皮敲掉，露出砖来，再写些意思含糊的字，也颇有越狱者留言的效果。我的想象力没有发达到这种地步，我只是感觉从小在这种用白石灰刷墙的房子里住惯了，比较喜欢石灰刷的墙，我的身体已经适应了这样的墙。我还记得小时候，每到春节，买白石灰来刷墙是多么好玩的事情，石灰一碰到水，就咕嘟咕嘟地涨起来，我赶紧去拿一个鸡蛋来放在石灰里面煮。后来全家一人拿个可以刷的东西，刷子、扫把什么的，站高站低地刷，刷到第三遍，就看不出刷子的印子来了。但现在一切已经无法复原了，与包工头讲清楚"原装"的为什么好，真是比讲三角函数还困难，他可以理解为什么古董越古越好，但是不明白古董为什么就是从这种的原装的墙壁开始的。古董的价值其实不是古，而是原。他不懂。

　　我继续与包工头的美学思想斗争。我决定要在客厅和卫生间的隔墙那里装一个窗子。这个窗子是我在我小时候住过的那个老巷里摸黑捡回来的。那里是老城区，拆掉了，这种窗子丢得满地都是，但你不能白天去捡，你一拣呢，小工就围上来，要问为什么，就要收钱，他们一秒钟以前还认为一钱不值的东西，就因为你要，他就以为是什么他不知道的宝贝，就要钱，他不知道值多少，但开个价也吓着你。于是晚上我和马云骑着车，溜到那废墟之间，借着月光，把窗子弄来一个。不是什么精雕细刻的东西，就是昔日普遍的格子窗，像石灰墙一样。雕了几朵梅花，中间嵌这个寿字，但是原装。被烟子熏得黑乎乎的，洗了两天，用细沙子把表面各个年代的漆层砂掉，看得出它曾经被漆成红的、绿的、棕色的。还糊过棉纸、报纸、画报纸，后来管不了那么多了，就由着炊烟去熏。我耐心地把各时代的装修刮去后，窗子的本色露出来，原来它是土红色的，而且梅花上还描着金粉。这窗子真是美得不得了啊，历尽沧桑、铅华尽褪、木色若隐若现，正在穷白返本的途中。我心花怒放，这窗子一安上去，水泥房子就会柔软下来，安全感油然而生。但包工头坚决反对，我们也是朋友啦，我给你讲真话，这个窗子安不得，这个是什么？人家扔掉的破烂噻，这么好的新房子，搞个这种旧东西在里面，不伦不类！又不值钱，如果你真的喜欢古代的东西，我给你去定做个新的来。我根本不听，就是要安这个窗子。包工头没有办法，只好帮我搞，但表情很嘲讽。装好后，他被镇住了，他虽然不知道什么是美，但还是被美震撼。说，我知道了，这个窗子肯定管着你家的风水，你找人算过吧。我不想再和这个傻B啰唆，就说，是呢，安了这个窗子，我就要发啦。包工头说，我也要在家里安一个。就跑掉了。后来垂头丧气回来说，那里什么都没有了，小工说，已经当柴烧掉了，那个工地只有一大堆水泥。

折腾了两个多月，包工头磨磨蹭蹭，工程漏洞百出，大多数时候简直就是在搞修补，好像我分到的是一套破房子。因为要把蹲坑改为马桶，导致某处暗埋的水管漏水，而水管是埋在水泥里面的，只好撬开，结果又把电线搞断了，把水管接起来、把电线接起来，再用水泥遮蔽起来，干掉，电又不通了，再次敲掉重来。房子装修完工的时候，我已经对这房子丧失了基本的信任，提心吊胆，老担心着电路是否会断掉，水表是否出问题，电话有毛病吗，地板会不会翘起来，马桶不下水怎么办，墙壁的皮是否会掉下来一块，书架上的油漆是否干掉之后颜色会深浅不一，顶会不会垮下来呢，玻璃是否会突然碎掉，门关不严怎么办？我先是由于不信任房子而装修，现在又对装修疑心重重了，我该信任什么呢？真要惶惶不可终日，有了房子还像丧家之犬么？于是强迫自己适应它，毕竟我只能住在这里，我不适应谁来适应？适应它的地板上的小凸凹；适应窗子有一个插销销不紧；适应有一个电话的插座不能用，已经埋在墙里面了；适应抽水马桶有一点点漏水，适应它的声音并当作催眠曲；适应晾洗脸毛巾的架子只能小心轻放，否则就会垮下来；适应桌子的一个角短五毫米，要用硬纸板垫起来；适应房间里要散发两年的化学气味；适应洗碗槽的漏水，每次记住用过后要拖地板，否则水就会钻到地板下面去……慢慢适应吧，最难适应的还是这个房间假惺惺的中产阶级情调，那样的客厅，在那样的地毯、台灯和放着香槟的酒架之间，你总得每天都有一个大花瓶并且里面盛开着白玫瑰吧？但这笔开支，几乎就是科员月薪的5％，不好适应啊。装修的时候一时兴奋，忽发奇想，满脑子都是人家会怎么看，这个设计，那个构思，已经忘乎所以，完全没有想到，一切完工之后是谁要住在这里，是喜欢"法国路易时代沙龙风格"的赵克斯基？还是喜欢意大利式门框的奥丽修拉？或者热爱这种德国合资的马桶的蓝主任？或者喜欢这种"有些忧郁"的灯光效果的雷邻居？

但无论如何，自己的身体适应这个陌生的房间的时候毕竟开始了，看着新崭崭的房间，没有丝毫原来的痕迹，心里面还是蛮高兴的，已经完全看不出来这原来是分给一个在单位上表现一般的小科员的小房间，倒感觉确实有些像是法国某公寓的一个角落了。就躺下来，兴奋地想着以后要如何如何，要订上一年的《时尚》杂志。但忽然就瞥见（我这段时间已经练就了看穿任何破绽的火眼金睛）右边的墙壁二米高的位置上有一小条不太起眼的裂缝，掀开被窝跳起来，搬把椅子站上去，把头凑近仔细看，确实是一条裂缝，用手摸摸，就松动了，就掉下来一大块，漏出来的正是丑陋无比的原装部分。不行，明天要去找他们来补，那掉下的一块即刻就从墙壁移到心里面，心上也跟着掉下大片来，并且越来越大，使我睡不着了。一夜想着怎么把床搬开，补了以后掉下来的石膏粉怎么办，补好之后再开裂又怎么办，后天朋友和单位上的人就要来观光，请柬已经发出去了。这个漏洞太显眼了，太阴暗了，太丑陋，太不吉利了，污点、眼中钉、疙瘩、掌握了我的阴私的卖马者、叛徒、内奸，简直让我的房子原形毕露，心血白费，如果不把它消灭掉、彻底毁尸灭迹的话，我的身体和绝望的心是永远睡不着的了。

2000 年 4 月 3 日星期日开始

2001 年 12 月 8 日结束

治病记

　　我母亲在六十岁的时候平生第四次住进了医院，她第一回住院是生我的时候，第二回住院是生我弟弟的时候，第三回住院是生我妹妹的时候。此后，过了四十一年，她才第四回住进了医院。这回是因为极为严重的心绞痛，在她不知道的情况下，我们自作主张将她送进去的。痛一缓解她就出院了。我怪她住都住进去了，公费医疗又不要自己出钱，忙着出来干什么。她说她开了药了，在家里慢慢治还不是一样，在医院不习惯，家里有你爸爸呢。说着她边收拾她从医院里拿回来的药，又告诉我，这些药好得很，如果不是你姨妈在这个医院当医生，这样的药也难开着。你别给人家说啊，知道了你姨妈要犯错误的。你姨妈也说，在家里自己吃吃药得了，何必到医院来活受罪。

我母亲平常都是这样，有病就熬着，自己治。她即使去医院，也是为了开药回家来储备着，有病就叫我爸爸为她对症下药。不独我母亲有这种习惯，我父亲、我、我妻子，还有我认识的许多人，都有这种不上医院有病自己治疗的习惯。一般人家都有一个装药的箱子，甚至药柜，里面装满了各式各样的药品。临到病起来，才去找药的人要么是太年青，不晓事，要么是小孩子或大官，不用操这份心。药柜是我们这个国家的每个家庭拥有安全感的根本基础之一。我在春节前整理房间，一项工作就是整理药箱，我的药大多已过期，我已有很长时间没有去医院开药，因为这个药箱给我一种安全感，我反而不大生病，如果我的药箱空着，我没了安全感，病说不定就要来了。我的药还清楚，都是我曾生过的病留下来的药，也无非就是克感敏、阿司匹林、干草片、胃舒平、跌打止痛膏之类。老彭的药柜就不同了，老彭是四九年以前参加革命的干部，可以在高干病房开药。他的药柜里不只有他生过的病的剩余的药，还有他至今未生过的病的预备的药。看他的药箱，好像老彭在时刻准备着把各种病都生一遍，否则真是白白亏了那些好药。那是一个装衣服的三门柜的一扇门里的整整一格，可以挂五六件毛呢大衣的部分，整整齐齐地放置着各种五颜六色的药，瓶装的、纸包的、盒装的、片剂、针剂、膏丸、散……并且分门别类，按内科、外科、五官科、妇科，从眼睛到心脏、从痔疮到前列腺、从肝到胃、从皮肤到头发……归档，一目了然，唾手可得。他的药很高档，他早在一九六六年以前就在收藏印着外国字母的药。他儿子秘密地告诉我，他父亲用的避孕套都是印着外国字母的。少年时代，跟着老彭的儿子小怪物溜到他家去看他爸爸的药是我的业余活动之一。如果为老彭的药柜开一个清单，大约得耗费两千字的篇幅，这里我只列出最令我好奇的一些：奋乃静、克脑迷、对氨基水杨酸钠、普鲁卡因安、雌二醇、苯乙酸睾丸酮、肝乐、L－门冬酰胺酶、至圣保元丹、香砂六君子丸、十香暖脐膏、二丑丸……其实老彭并不完全知道这些药有什么用途，他储存它们，只是为了一种安全感罢了。小怪物没有药柜，他到四十岁还和他父亲住在一起，用他父亲的药治病。用他父亲的电视机看电视，用他父亲的水费电费煤气费伙食费，就像他父亲有终生的公费医疗一样。他乐滋滋地告诉他的女朋友，他的工资全存在银行里，"娶你么，不成问题。"他的女朋友说："你太有福气了，太划算了。"就让小怪物拿他爸爸的乌鸡白凤丸给她吃，还说，不吃白不吃。小怪物的爹年轻时，家里还整整齐齐的，药柜也整整齐齐的。到了五十岁以后，他的药就像霉菌一样从药柜里蔓延出来，桌子、柜子、冰箱、床头柜、茶几、电视机柜、橱柜的面上都是药瓶、药丸、药盒、药酒瓶，空的、还剩一半的、满满的、过期的、新药、旧药……房间里弥漫着一股混杂的药味。小怪物说，只消闻闻病就好了。但他父亲的病并不见好，而且病越来越多，真正是把他年轻时储备的那些药所能治的病都害上了。他总是身体稍有不适就服药，就去医院检查、化验、观察。他总希望通过服药，总有一天他会身上一处也不痛，各种指数都正常。但这一天从来没有到来过，他总是脖子上的炎症刚刚痊愈，胃肠功能又出了毛病。上半年与神经衰弱搏斗，从七月份开始又与关节炎纠缠上了。在他父亲五十岁以前，服药是为了工作、革命。五十岁以后，他的工作就是服药。生活越来越混乱，用洗脚帕洗脸，在浴缸里小便，但服药却特别讲究，用三十个原来装施尔康的一模一样的小瓶子，每十天配一次药，每瓶都要放进七八种十多粒药片，刚好满满的一小瓶，每天服三瓶，每隔六小时服一瓶，上好闹钟，铃一响就服药，像上班一样准确。小怪物说，看他爹服药就像看有特异功能的人吞食玻璃，又残酷又快感又过瘾。

此外，还要服食种种浆液、丸散。小怪物继承了他爹的传统，才四十岁，就开始储备八十岁用的药，他现在已拥有速效救心丸、前列康和专治脑血栓的一种特效药。当然都是在他父亲那里报账。最近他知道他爹已不久于人世，全报销的公费医疗就要作废，他就加快了储存药品的速度。他的药像邮票一样新崭崭地、一板一板一瓶瓶地收在柜子里，比他父亲的药好看多了，小怪物越看越喜欢，越爱，舍不得吃这些药。

我家也有一个药柜，是我父亲的书桌左下方的柜子，这个柜子他用锁锁住，说是怕我们乱拿药吃。童年时代在我的心目中，药是很稀罕的东西，那个时代从外观上看，是贫穷而丑陋的，药是当时算很漂亮的东西。我抵抗不了药作为食品和小玩意对我的诱惑，八岁那年的一个没有食物的下午，我父亲一时疏忽，没有锁上药柜就出门了。于是我成了那个药柜的临时皇帝，我立即打开一瓶钙片，从第一片开始，思想激烈斗争，战胜假想中的父亲，胜利，吃一片；失败，含着口水，晃晃瓶子，以为还看不出来已吃过的迹象，就再为自己虚构一个理由，成立，就再吃一片。就这样，斗争，胜利，吃一片。节节得胜，吃一把。在三个小时中，我把一大瓶钙片吃掉了大半瓶。当我吃烦了钙片，开始把其他的药倒出来，堆起一座小山时，门突然开了，父亲魔鬼般高大地走进来，一把夺过我手中的瓶子，吼叫着，罢免了我的帝位。在我的记忆中，那个柜子是一个聚宝箱，"仓库重地，闲人免进"。在任何时候，我只要身体不舒服，父亲就会从这个柜子里拿出一些黄色或白色的药片来，我的病就会复原。在我的印象中，这个柜子是属于我父亲的，只有他有权力往这个药箱里拿药。连母亲也不能随便碰这个柜子，母亲也有这个柜子的钥匙，但她要吃药总是让父亲去拿。我母亲很少去医院，她和我父亲一样，有公费医疗。但她是教师，看病开药得上医院去，她不喜欢去。我父亲是干部，单位上有专门的小医院，开药很方便。我父亲的药箱虽然不及老彭家的高档，但各种药品也还是一应俱全的，从我出生到今天（我已四十岁），这个药箱像我家的米袋一样，从未空过。与我外祖母装药的捧盒比起来，我此前提到的这些药柜可说是很专业的了。我外祖母一生都没有住过医院，她在四十岁以前在家里生下又带大了五个孩子，以后就一直在家里做饭，喝生水，脖子永远由于刮痧而紫着一块。她没有公费医疗。她的药装在一个清朝留下来的朱红色捧盒里，曼陀罗水、气痛散、清肝散、明目地黄丸。就这些。

不去医院，有了病就自己医，自己服药。有文化的家庭，就自己买些医书，病来了，就自己对着书看症状，自己服药。许多人因此成了业余医生，一般小病是能立即就对症下药的。我父亲不仅小病，有些中病他也能看，这得归功于"文化大革命"，当时什么书都要烧，只留下革命的书，连讲吃的书都要烧毁，因为孔子讲过：食不厌精。但医书却可以留下来，并且再版，但要加上前言。我父亲的书架上，除了领袖和导师们的书、革命文艺家的书就是几本医书，可以说他的书都是治病的书，治思想上的病和身体上的病。他的医书有这几本：《急诊手册》《赤脚医生手册》《内科手册》《中医学新编》。在当时，他在业余时间看这些书是可以的，我发现我父亲把这些书当作文件来看，他在每一页上都划上许多红杠杠，他划得最多的是中医的那本。在第一章，开头就是毛主席的语录："马克思主义者看问题，不但要看到部分，而且要看到全体。"然后讲五脏六腑的关系。在第三节，毛主席又说："每一事物的运动，都是和它周围的其他事物相互联系相互影响着的。"然后讲气的作用。毛主席的语录确实和中医的理论相吻合，指导它是很贴切的。那时候的书很少，根本没有什么大人看的书和小人看的书之分，我父亲看什么书，我也看什么书，我更喜欢看西医的书，什么病是什么样子书上说得一清二楚，还有图，人体的各个部位，它都清楚地画出来，男人也画，女人也画。我对中医不感兴趣，我觉得它太深奥，什么气啊神啊，一个"气"字就有好几种意义，这里是肾气，在那里又是肝气，在全身又有中气，我确实搞不懂。在西医的书里，毛主席语录只有前言里有，中间各章就没有了。《急诊手册》的前言是这么写的：急诊是指突然发生的疾病和意外的损伤而言……因此，急诊是一场争分夺秒的战斗。在抢救过程中，医务人员必须高举毛泽东思想的伟大红旗，全心全意为人民服务，在党的领导下，群策群力，克服一切困难，去争取胜利（见人民卫生出版社《急诊手册》，1971年2月第二版第九次印刷）。我十三岁时，得了手淫这种急诊，不敢问父亲，只好争分夺秒自己秘密地治，我从西医的书上为我的病转为慢性找到了可以继续快乐地病下去的根据，书上当然没有与之有关的章节，我是通过一种复杂的推理，从它关于其他病的叙述中再结合民间传说猜出来的，例如：实验室及其他检查。七，精液。"精液最好直接射入洁净干燥之玻管内，及时送检。"后来，我也学会了自己看书治病，我发现这一点对维持一个人的尊严非常重要，难言之隐，一看了之，我父母至今不知道我十三岁时患过手淫这种病。我母亲不喜欢看医书，她的病由我父亲诊断，通常是十不离九。但她喜欢和我大姨妈讲自己的病，她的病就是腰疼。大姨妈的病也是腰疼。但她们关于腰疼的话也就是"腰疼"这两个字。这两个字像是一大串唠叨的源头、动力。腰疼一开始，话就要流到对儿女们数落上来。腰疼的隐喻，就是：我、我弟弟、我妹妹、我表弟、我表哥、我表妹全是饭递到手里都不会动一下的吃完了抹抹嘴就走的不知道农民的粮食是怎么种出来的等等。这是事实，我们这一代人从小接受的教育，就是要有远大的理想，要做大事，要胸怀全球，所以我们一般都以为跟"腰疼"有关的事（如扫地、洗碗、拖地板、腌咸菜之类）是小事、琐事、妇人妈妈外婆之事，不会自觉自愿地去做。我母亲也找不出理由来证明做这种形而下的小事是与国家社会的前途联系在一起的，她只好说腰疼。我母亲的腰疼也切实有效果，它形成一种话语压力，常令壮志凌云的我感到内疚。于是我就会在内疚中勤快一阵，小不忍则乱大谋。我大姨爹也好钻研医术，他甚至学会了针灸，他和我父亲谈起医学来，口气很专业的。大家都盼望着国家能出现一种能包治百病的疗法或好药。有一段时间，这种好药终于出现了，叫作红茶菌。我父亲买了好几只玻璃缸，养红茶菌，让我们每天都喝一碗。味道有些酸，加了红糖要好喝些。那是一个业余的时代，专业没人搞，专业的书成了禁书，大家都去搞革命，革命是什么，就是治病。先是治思想的病，精神的病。治的时间一长，人们就开始怀疑自己浑身是病，所以红茶菌出现了。包治一切的医术也出现了，叫作甩手疗法。我母亲很热衷于此，动员我们全家都学这种疗法。我们一家五个人跟着她，把客厅里的茶几抬开靠墙，腾出空间，然后一个个闭目甩手，还要默念着：把感冒甩掉！把失眠甩掉！把胆结石甩掉！把风湿甩掉！把乳腺癌甩掉……其实那时我才十二三岁，活蹦乱跳，却以为把什么甩掉是天经地义的，做得认真得很。我外祖母也懂一点疗法，但任何病她都让我服气痛散，或者刮痧。

当然，自己业余学习医术也好，储备药物也好，病重了还是得上医院治疗。上医院是大事，病总是一拖再拖，自己先拿着书对症状，试着服药，无效了，熬不住了，才上医院。进医院是倒霉的事，无谓的麻烦，倒不仅是在医院的麻烦，还有其他的麻烦。在我国，一般都认为，病是不好的，不正常的，不吉利的，不雅观的，不道德的，有损尊严的，有碍面子的，需要遮掩的，人的理想境界是"无病无灾""正常人"。没有人会把病看成人的一个组成部分。一生病就认为一切都完蛋了，不正常了，不是人了，没脸见人了。在汉语中，"病"是一个贬义词，它的意思是：1. 生理或心理上的不正常状态。如疑心病、神经病、红眼病。2. 弊病、毛病。如政治上的幼稚病，工作方法上的急性病。3. 错误、缺点。如语病、通病。4. 祸害。如病国殃民，天下骚然。5. 某事向坏的方向发展的程度，如病入膏肓。丧心病狂。"他有病"，在汉语中是一句很严重的话，骂人的话，往往就意味着你这个人的智商、能力、精神状态有问题了。某人红得发紫，嫉妒他的人就巴望他大病一场。病了不是还会痊愈么？不会了，在吾国，大病过的人一般是不会再被重用的。在医院里，遇见熟人，问了，"噫，你不是过得好好的嘛？怎么到医院里来了。"这话先就暗藏了判断，来医院肯定就是不正常，过得好不好，话已不只是指身体，已暗喻你的经济、婚姻、前途、命数。现在你得赶快为你的病找一个说法以证明你很正常，日子是过得火火红红的。消除他的胡思乱想，一般都赶快说，"我来开点药。"开药是公认的比较正常的来医院的理由，正常的没有大病的人，与某医生相熟的人才会来医院只是开点药。熟人也就会心一笑，相信你来医院，是由于日子过得好。你即使真是来治重病，也只好这么说。就像平常人家问你，吃饭了吗？你饥肠辘辘，也得胁肩一笑说：吃过了。难道你敢说，我是来人流的？我得了二期梅毒？或则，我右下腹隐隐地疼，眼球发黄、不想吃饭……但如果是在精神病院或性病专科遇到熟人，那就要飞快地解释，我是陪某某来的，这时候说话则一定要具体，陪的是谁，开药的是谁，病到什么程度，症状如何，之前如何，预后如何，越具体你越摆脱干系。被人说，他有病。你耸耸肩，依旧我行我素。但被人说，他神经不正常。那么，在我国，就没有人会和你谈论爱情友情人情了。被人说，我在治性病的地方遇见他。嘿嘿……你试试。我有一次肾结石发作，没去学校上课，上课的老师问：某某怎么没有来，班长洪亮地答道：上医院了！又平静地补充道：他肾疼。全班，学习现代汉语的 56 个人，一起哄堂大笑。我十九岁时患了急性肝炎，痊愈后，有两年的时间害怕被人提及，有好朋友总喜欢在聚餐时揭我的老底，大家筷子此起彼落，口水早已混为一谈，他忽然揭发，筷子指着我：他有肝炎！立即激起一片惊叫，我只好一遍又一遍地解释。我知道大钟早在三年前就患上了乙肝，但他至今不敢告诉别人，包括他的女友。他只是开朗的性格突然变得孤僻了，再也不与朋友下馆子。他的不懂事的女朋友一开始还把这件事抬着逢人就讲，以博取同情。但后来发现"同情"

可怕得很，人家真的提着苹果、黄果、罐头去看望，但眼神特别，举止小心谨慎，言谈客气礼貌，朋友之间讲到大钟，说，你知道吗，他得乙肝了嚜！好像早就在等候这一天。其实他们都很爱大钟，但他们就这样说话，让大钟的女朋友听出了意思。他女朋友后来明白了，又逢人就讲，大钟得的不是乙肝，是甲肝。好像大钟犯了什么错误，现在减轻了一等。但大家不相信她，大家相信大钟得了乙肝，但不相信他还会恢复正常，他不再是原装的了。小怪物为何至今未结婚？因为，她有慢性肾炎（初恋）。她得过肺结核（第三次恋爱）。这也怪不得小怪物，因为我国的习惯，在介绍对象时，一个最关键的问题，就是：他或她有没有病？肝炎结核倒也罢了，你无非成为别人的可怜对象。如果你得的是梅毒艾滋病（通过注射感染的，但无人相信，当着面，人人都说，是啊，是啊，而心里却坚信，这种病只有乱搞才会染上），一旦传开去，那就不仅仅是生理上的不正常状态，而且是道德、政治、名誉上的不正常状态，你就要被开除。被朋友、同志、恋人、熟人、生人、大人、小人、邻居、单位，被今生今世吾国吾民开除。所以没事最好不要去医院，不要把你和病这个不吉利的字眼联系在一起。治病，就是既治了病，又摆脱了与"病"这个字的种种引申义、转义、暗喻、象征的干系的一种复杂的艺术、语言活动。我母亲是教学的，在表达方面比较笨拙，在医院里她经常面红耳赤，羞于启齿，无论在熟人还是在医生面前。她又比较正统，连开药这样的话她都说不出来。她去医院开药，总是很紧张，似乎那药是偷来的。所以她尽量避免去医院。

一般都认为进医院谁不会进，捂着肚子就进去了。看病谁不会看，生来就会。所以中国的学校也不教"上医院"这一课。但许多人被上医院这件事弄得昏头昏脑，他又不好意思说出来，他怕人家认为他是一个笨蛋，连上医院都搅不清楚。首先，挂号就是一件令人头痛的事。我经常看见一些病人，茫然地望着密密麻麻的挂号牌，不知道自己的病该挂哪一科，他既不敢问医生，也不敢问病人，"同志，我的下身这个地方痒，该挂哪一号？"他说不出来，他懂礼貌。他从小看惯了中医，中医讲究的是整体。一个郎中，就是一家医院，内科外科妇科小儿科跌打癫痫全能看。老郎中平易近人，与病人不隔，不穿白大褂，不用消毒液洗手，不用脱衣服不用打针不用抽血开刀，不用冰冷冷的钢铁在肉上捅来捅去。不用挂号，不用你开口，不用你罪犯似的老实交代那些难言之隐。早些年代更讲究，如是妇人，连面都不照。用通灵的手，摸摸；用神仙的眼，看看。就知道你哪里不适。就知道你的病在上还是下，在外还是内。还问问你生辰八字，意思是这服药是只为你一个人开的，只你吃得。一大堆名字取得像诗的草药：神曲、桂枝、蝉衣、佩兰、郁金、泽兰、谷芽、菊花、甘草、梭罗子、木蝴蝶、山慈姑、银柴胡、使君子、绿豆衣……混在一起煮煮，就能从头治到脚，还兼壮阳补肾。且说话含蓄中听，梅毒雅称为花柳，批评了你又暗示你到底还是好样的，"十年一觉扬州梦，赢得青楼薄幸名"，寻花问柳不是为大诗人津津乐道的么？在医院里，人却要把他的五官四肢拆散：胃到一楼去看病；肝又在另一个房间；腿要上到五楼去诊断；检查鼻子，又得到三楼。取西药在东二幢，配中药又要到西一楼，用针头注射在一个地方，用针头吸血又在另一个地方；肺要用刀来割，鼻子又要用电烙（激光疗法），肝可以用长针穿刺，胃可以用玻璃从喉管里塞进去，屁股上的皮可以移植到脸上……如果李时珍来这医院看病，恐怕当场左眼麻痹，右耳风瘫抬去看急诊了。人在这里不是人，是一些可以随便用刀子针头化学品装配切割摆弄的没有姓氏的耳朵、舌头、牙齿、神经、肺叶、输尿管、蛛网膜下腔、脑表面大动脉分支连接处、上运动神经原性延髓……医生动不动就要洗手，弄得你很自卑，仿佛自己是个大细菌。而且先生开的是什么药啊，天爷！撒烈痛、索密痛、康毗箭毒子素、易蒙敌、磺胺异恶唑、磺胺苯吡唑、碳酸氢钠、对乙酰氨基酚……讲汉语的人一见这些名词就害怕，就不信任、就怀疑、就以为是毒药，不是毒药也肯定是副作用很大的。好在这些名词一般是用英文写的，倒另有一种神秘感，效果和看见汉语十全大补、万金油差不多。有时要写汉语，也要另取一个顺眼些的名字，如：磺胺甲基异恶唑另命名为百炎净，异丁呋酒石酸盐叫作小儿宁，去氢甲睾酮叫作大力补、苯丙酸诺龙叫作多乐宝灵……病历本也不敢轻易给人看。上面什么都写得一清二楚：外生殖器溃烂、脓肿……虽然诊断并非性病，你敢让人看么？看病的时候，周围有许多人旁听（其他病人，他们排队排得不耐烦，对每一个人的病都发生了旁听的兴趣）。你发现你必须当众交代你的隐私，你想叫医生请这些旁听的出去，可你又没有勇气说出来，这个要求首先就暴露你有见不得人的隐私，你要证明你的病是见得人的，你不怕旁听。何况一个诊室有四五个医生在看病，四五个病人在说病，四五个人在陪四五个人看病，你叫谁出去？临了，你结结巴巴说不清楚你到底是什么病，你考虑着是不是隐瞒某些细节，把情节说得含蓄一点，朦胧一点，好听一点，能像中医那样说就好了。

农村来的汉子，在一幢门诊大楼里穿来穿去，捏着一大把单据，牵着病歪歪的婆娘，目光疲惫而茫然，他要把这一大把单据处理完，至少得进出十个房间，而这些房间分别在一楼到七楼、东一单元到住院部，他觉得这个医院像个大迷宫，比一个公社的自留地还难搅清楚。他甚至连在医院里为什么要排这么多的队都搞不清楚，他清楚的是他外祖母给他刮痧不兴排队，他母亲喂他药不兴排队，他因此认为在医院里排队是被迫的。排队和看病有什么关系，从未有人告诉过他（在我国，人们一般都认为，排队与所要做的事是无关的，被迫的，没有人将排队视为做成某件事的一个必需环节，所以人们一排队就以为是在白白浪费时间。所以人们永远要抢在红灯中过马路，集体不排队使这个国家成为一个很慢的国家）。他永远被医院里的各种长队弄得心情恶劣。存自行车，排队；挂号，排队；交费，排队；取西药，排队；取中药，排队；验血，排队；照 X 光，排队；灌肠，排队；验大小便，排队；看内科，排队；看外科，排队；看五官科，排队；交住院伙食费，排队；站着排、蹲着排、左顾右盼地排；心急如火疼痛难耐地慢慢地慢慢地排；两眼目不斜视地盯住前面排；聊着排、吵着排，骂骂咧咧怨天尤人地排……他永远无法心平气和地排队，因为总有人插队，而他又梦想成为那个插进去的人，他又不敢，他害怕成为队列之外的众矢之的，他像一个心怀不满又不敢反抗的奴隶，期待着不排队看病的自由。但这种自由永远不会出现，而又没有人告诉他，排队正是使看病能够自由的条件之一。但这个病人一旦发现一个可以插队而又不会成为众矢之的的空子，他就会毫不犹豫地钻进去。正是他这种心理和行为使队列变得漫长无比，而他又不可能每一次都钻着空子，因为窥觑着空子的人是无数的他人。所以这个期待着总有一天，能不排队或者现成的空子出现的病人永远在医院里情绪沮丧，他边排队边把排队归罪于社会时代，这些无所指而又以为知道的名词，自己则在夸张的诽谤中成了被迫害的清白的一员。

有文化的住在城里的人也不见得就搅得清楚，有文化的人之所以还能分清自己的某个部位属于哪一科，要挂哪一号，靠的全是自学。但这自学也很歪人，西医和中医不同，中医有天然的业余性和普及性，会讲汉语的人，耳闻目染，"熟读唐诗三百首，不会吟诗也会吟"，多少都懂一点。我父亲掌握着祖传的治疗雀斑的秘方；我母亲知道治跌打的草药怎么配；我舅舅会医小儿夜啼；

老候用鹿胎和淫羊藿泡了一罐酒，其于补阳的奇效邻里皆知；小怪物去了一趟大理，回来用一长者秘传的偏方：把子弹里的火药就着水火油日服三次，胃就不疼了。在这个国家，掌握着一到两个秘方、单方、验方或偏方的人一条街都是。人们会在征婚广告中说，业余爱好：酷爱文学、艺术、摄影……却不说爱好治病，因为这是人人都会一手的，就像不会说酷爱烹调一样。但自学无非是一种带着问题学毛选的老办法，不病就不学。所以自学者要么精通于阳痿不举的秘方、要么烂熟于治疗胆结石的疗程。他并不会去钻研前列腺是什么，脑积液在哪里，氨甲环酸吃了治哪个部分。他皮毛看些医书，治愈了几回感冒鼻塞，再次到医院去用公费开药，医生问他哪里不舒服，他就据经验说：感冒。医生鬼火起，既然你敢下结论（这本是医生的专业）说是感冒，我就当感冒治。结果这个业余医务工作者一病不起了。原来，他的发热、多痰、咳嗽是急性肺炎，被诊断为感冒耽误了。呜呼了倒也罢了，无非自己害着自己。但另一位自学者就不同了，他因此以为看病是一件业余的事，他就敢业余为人看病，感冒会治，梅毒也敢治，还做无痛人流、拔鸡眼、灭痔疮。一个人这么胆大包天倒也罢了，他最多不过误个二三百号人。但现在我国一般都以为业余行医和业余卖肥皂胰子是一回事，许多人都准备有朝一日在本行混不下去了就下海蹿它一家伙，专业只能干一种，业余倒样样能干、敢干。这种业余化波及医院，就使你不得不时常会在一个很专业地方遭遇一些业余的人物、业余的念头、业余的行为。人都这山望着那山高，学中医的想兼通西医，以便晚上去业余为人做人工流产；在中国做手术的想到外国去做手术，私下把自己的专业调整为攻克英语；当护士的以为自己低人一等，羡慕当医生的；当医生的以为自己低人一等，盘算着调到银行去；在妇产科的羡慕五官科清闲，在门诊的想调到住院部去，守大门的又嫉妒守单车的。人人都以为生活在别处，专业不是生活，业余才是生活。总盼着把专业时间变成业余时间，干点什么改变生活。你要到一个很专业的地方去看很专业的病，在我国，你必须先专业些，或者，一病成医，才会少惹上些业余造成的麻烦（这也是中国有文化的人都喜欢看医书的一个理由）。

为了减少麻烦，一般人去医院，都要有人陪着去，丈夫陪着妻子，情人陪着情人，本单位的陪着本单位的，大的陪着小的，少的陪着老的……我从小到十六岁进工厂都是我父母陪同我上医院的，他们陪着我我才在医院里有安全感，我从来不会自己一个人上医院。一到了医生面前，我就口齿混乱，我永远无法在医生面前说清我的病症，每当这时，都是我父母代替我说话。我像个傻瓜一样，我父母说我哪里不舒服我就哪里不舒服。我习惯于在家里由我父母给我看病喂药。这种习惯导致我成人之后也喜欢有人陪同我上医院，尤其是住院的时候。我发现如果你住在医院里没有人陪同你，没有人常常来看望你，在别人看来你就不正常了，你的病比别人的病更是病。我患急性肝炎住院时，一间病室住八个人，每个人的一举一动别人都看得一清二楚，你不可能像在家里那样独处，做一些很不像样的动作。所以病室就像一个生病的单位，大家都过一种可以公开的生活，能认同的部分就都认同，但有些部分是病人无法自主的，比如谁会来看望你，陪同你，有多少人会来看望你，来的人会带着什么东西来看望你，都是不同的。这种不同事实上就为这个生病的临时单位建立了等级制度。比如当时住一号床的是个六十岁的老同志，他是因为高干病房的单人病室满了，先暂时住在这里的。来看他的人是这个医院的副院长、科主任、主治医师等同志，所以他在这病室里最有威信。来看我的人一般都穿着牛仔裤、大皮鞋，病室里的人和我讲话就比较小心。三号床是个农民，大家都穿着医院发的条子睡衣，怎会知道，就是来看他的人都是农民模样的同志。只有四号床的那个中年男子大家都不知道他的背景，但一致断定他是这个病室里唯一一个不会活着出去的。因为从来没有一个人来看望过他。这个可怜虫必须自己去取化验单据，自己去打饭、打开水；当一瓶点滴注射完，他得自己扯着嗓子喊叫护士；他得自己爬到另一幢大楼的七层去照ＣＴ，两天后又爬上去取片子。当他去取片子的时候，我们就热烈无比地议论他，分析他："他肯定是把所有的人都得罪光了，才落到这一步！他的单位组织上怎么也不来看看？他是不是有什么问题？他没有单位，总还有爹妈、兄弟、姐妹、朋友、老婆、娃娃……怎么一个也不来？怪了，怪了！要不要向医院反映一下？他是流窜犯怎么办？晚上睡觉小心着点儿！在对此人同仇敌忾的批判打击中，大家的友谊增强了，关系密切和谐了，肝胆相照了。只要他一不在，大家就议论他，从他的背景的猜想，到他的长相、动作、病的程度、夜里的梦话……统统不漏过。那个可怜虫后来被转到高危病房去了，大家失去了打击目标，还空虚了几天。占据他的床位的是一个六个人陪着他来的青年，他没有引起大家的特别注意。陪同既是一种精神上的慰安也兼及护士的功能，陪同的人并不轻松，他必须知道诊断、交费、化验、注射、取药、照片子、动手术……各项程序运作的所在地点，疼得死去活来的病人是不可能找到这些所在的。他还必须记住各个部门不同的作息时间，避免无效的排队。在关键时刻，他还必须帮病人说话，报告病情，让医生相信病人应该吃某种药，做某种检查，请某位专家来看看……在医院里经常会看见这些精力充沛的陪同者在各个门诊部大楼里从弥漫在空气中的各种细菌和呼吸着它们的患者中匆匆穿挤过去，他们其实是一些业余的护士。一个医院，真正有病要看的病人不过三分之一，其他的都是来看望病人的人，陪同病人的人，找医生开药而不看病的人。

　　所以医院总是拥挤喧嚣，挡脚绊手，问这问那，像一个患了遗忘症的蚂蚁国的问事处，永远给人某种充满福尔马林气味的乱麻的感觉。就像看病的"看"这个字一样，你不太清楚它究竟指的是什么，它有时意思是中医所谓望诊，有时的意思是"治疗"，有时又似乎是"自疗"，有时又似乎是说诊断结果。轮到你看病了，里面有四张桌子三个医生，你第一眼就瞄定那个样子最显老的，你相信老医生（老中医、老军医、老华侨，一……就……）。看病找医生的次序，是先找最老的，七八十岁左右；其次，五六十岁左右，无可奈何，才找年轻的。可是样子老，不见得就是经验老，你今天刚好碰到一个老样子的实习医生，你还抢先一步，抢在一个妇女前头把病历本递给他，他受宠若惊，你以为是他胸有成竹。他"看"，哪里不舒服？你说，重感冒。你说的是一个诊断，是"看"。你这样说，倒与那个自学成材的业余医生不同。你是基于一种话语习惯，从小老师就教你看任何事情都不要只看表面现象，而要透过现象看本质，说一件事，只唠唠叨叨地叙述一些枝枝节节的表象是一个人没有文化没有头脑没有思考能力的特征。只有文盲才会这么说话：医生哎，我脖子里面、舌头根上疼咧，脑门后面也疼咧，屎也屙不出来……这种不知"道"的话，就让医生心烦，听着像是感冒的症状，但又不敢下结论，只好叫这个文盲去进行各种检查。其实在医院里，对病人来说，就是一个讲述现象的地方。下结论、判断正是医生的专业。文盲的病人倒无意促成了医生的专业性、责任感。文化人却让医生省事成了业余的。医生一听就知道你是个会看病的，知"道"的，有文化的，就有些肃然起敬，更和蔼地问，要吃什么药？你说，开点儿先锋霉素、板蓝根、川贝枇杷露。吃这些药也没错，医生就照开。你又有些不放心，真的就是吃这些药啊？你又不愿意核实，怕被看病的笑话。文盲呢，医生就不得不为他设身处地地考虑该吃什么药，他的专业被文盲的无知搅醒了，他得用脑筋去想想，他只能根据现象和化验结果下判断。他给文盲开的是阿司匹林、干草片。还要一一交代，一日服几回吃几片。他不敢疏忽，该开什么开什么，该说什么就要说个清楚。有文化的由于自学，看到可以治感冒的就吃，但同是治感冒的药却有轻药重药，配方不同效果也就不同。他吃先锋霉素治好了本来吃阿司匹林就能治愈的感冒，下次他的感冒吃阿司匹林效果就不大了。他进化了，要后现代的药才治得了。他吃亏吃在半清不楚，吃在业余，他碍于面子，不想在医生面前"不知道"。这是文化造的孽。自学成材的病人见多了，有些医院就以为病人都是知道的人，就免去了许多专业的操作细节，看病的"看"就更乱，不知道的人倒以为人人都知道都会看病的医院去看病，就会觉得自己像傻B一样，自卑得很。照ＣＴ和照Ｘ光有何分别，不知道；打青霉素皮试，不知道；人流要预约，不知道。厕所在哪里，不知道。在医院你到处都会遇见这些不知道的人，像进了迷宫的绿头苍蝇，想问又不敢问，找又找不着，惶惶不可终日的样子。常见人大声呵斥这些不知道的人，呵斥者毕业于名牌大学，他肯定懂礼貌了，他只是见怪于这些人啊，怎么连克感敏一日服三回，每次一片这样的常识都不知道。小怪物在医院第一次验大便，他不知道验大便的量是多少，医院也不公布，化验的人以为这是常识。小怪物包了一包屎从小窗口递进去，被医生大骂着摔出来。小怪物委屈得很，"我不知道他们需要多少啊"。他抱怨道。我见《大众医学》某一期登的笑话说，某人把避孕套拿回去当药引子煮，某人把避孕套套在鼻子上用。不知道，不敢问，也没有人告诉他。这还用问么，还用告诉么？在我国，问避孕套怎么用的人，很可能会要么被视为流氓，要么被视为傻B。我的孩子刚生下就出黄疸，医生叫我去买人血白蛋白，说是医院没有，我以为这是买酱油一样的事。找了好几家药店，都没有，偶然听说这药是冷藏的，一般药店不会卖。就到另一家医院去问，说有，四百多元一只。我听了狐疑，因为有买过的人说，是三十多元一只。细问，说是成人用的。才知道还有小剂量的，供婴儿用的。我算幸运，花了三天时间，跑了十来公里路，学会了买人血白蛋白。另一个不知道的，大大咧咧买了四百多元一只的，只用了五分之一，剩余的就作废了。他不知道，这药只能打开一次，用不完就报废，因为不能接触空气。

　　"看病"之乱的另一后果，是病人怀疑一切。我岳父是大学教师，教了一辈子书，五十岁时发现肺癌。是在省的一家医院确诊的，发现时肿瘤尚小，医生说，最好的办法是立即动手术割除。但他不相信医生，他相信同病室的一个自学成才的患者，这个患者是他以前在双柏中学同甘苦共患难的同事。"割不得，割了人就废掉了。医生对个个都是这么说，只有开刀，我才不信。再等等看，万一不是肿瘤呢，万一它自己就不在掉呢，李老师，你不就是白挨一刀么。依我说，还是保守疗法比较安全，先找几副偏方吃吃再说。我认识马街二中的一个体育老师，他掌握着一个专治肺癌的单方，好像是用白果树的树叶煮这棵树上爬着的蚂蚁吃，我听说有好几个比你还严重的病人都吃好了。"鲍老师语重心长，真正是为他着想，我岳父觉得这话说得比开刀有道理，他是一个知道的人，我岳父就不开刀，保守疗法。我岳父就去吃单方，蚂蚁煮树叶也吃了，专治肺癌的验方也吃了，楚雄神医在世华佗的秘方也吃了；又听说用桉树叶煮鸡蛋效果好，就吃桉树叶煮鸡蛋。又听说吃蟥虫吃了有奇效，可是昆明没有蝗虫，要坐车出去五十公里以外的田野里才有，只好算了。并且是几种药同时吃，前后吃了几千元的药。"好像精神也好了一些，呼吸也顺畅了点，脸色也好了一点。"鲍老师说。于是我岳父又到医院去

照片子，结果是肿块已经扩大，阻塞了气管。开刀已经
晚了，只有立即住院。但住院他还是不相信医生，阳奉
阴违，医生开给他的药他不相信，"怎么就是吃点维生
素？"他认为像他这样的重病应该吃很贵的药、好药。
但医生不开给他，不告诉他。于是他自己私底下到外面
找老中医开药吃，自己买药吃；癌转移到肾上，他偷偷
地吃延生护宝液，因为那宝液说它对肾有好处，结果发
了高烧。病却越来越重，病越重，他越不相信医生，越
发怀疑一切。不相信被单是消过毒的（他发现被单上有
印子），不相信针头消过毒（因为他听老鲍说，小儿科
去年由于针头感染死了九个孩子，他们的父母昨天还来
医院打官司）。不相信医院的伙食（他听老鲍说饭里面
发现头发），不相信医院的空气（他总觉得气闷，在家
里不闷嘛）。怀疑护士把药和针水拿错了（他听出护士
的口音是专县的；又听老鲍说，妇产科的小护士是两个
月前才从农村招来的）。不相信医生会真心为他的病尽
力（医生闲聊时曾透露，他以前在军队里干过兽医，后
来才上的医科大学）。要我们送一千元给主治大夫。但
大夫说，送一万给我也没办法。他不相信这个医院的药，
相信这个医院没有的药，越没有的药他越相信，越要千
方百计找来吃。他不相信为他治疗的医院，却相信外面

的医院，他老念叨他现在如果是在某院就好了。我们将他转去这个医院，他又念叨如果是在北京协和医院就好了。吃着中药他又说也许还是西药有效他不相信医生的话，相信同病室病友的话。那些话其实全是道听途说的谣传，但我岳父坚信不疑。我岳父又出现新的希望，同病室的老乡告诉他，在昆明福寿巷有一个贵阳来的老中医，治好了几百个晚期的，锦旗在墙上挂了三层，一般药要四百多元。于是雇一辆三轮车陪他去，那医生确实不凡，金丝眼镜八字胡，长袍马褂，桌子上一副太极图。从墙上的锦旗看，先生治愈的癌有十多种。排队两小时，他每天只看两小时，破例为我岳父加班，先问生辰八字，把脉，写处方（用毛笔，柳体），抓药。又拿出一小包，握住我岳父的手，将包置于其手心，郑重其事地叮嘱，十五天后的上午十点半面朝北方服此药。我还以为是进了金庸的小说里。我岳父把小包贴胸藏好，紧紧地抱着一大堆药回去煮。两个月后，他在另一家医院里病故。

　　所以，在我国，开药比看病更重要。医生根据病人知道的开药，病人则省掉排队省掉诊断，去医院就是直接找医生开药。不认识的医生当然不会你想吃什么药就开什么药给你，你想住院就让你住（床位有限）。你想照照胃是不是还好端端的就让你照。开药是医生的权利，开什么药更是医生的权利，让不让你做ＣＴ、Ｂ超、理疗是医生的权利，让不让你住院更是医生的权利。所以在我国，健康的人都以认识一两个在大医院工作的医生（小医院的医生不行，他开的药不能报账。）为个人交际之重要任务，其重要性恐怕仅次于和上司搞好关系。有些病人天真地以为，他的病的程度就是吃药、打针、住院的权力。他不以认识医生为然，我不便多说，他不知道。在医院找认识的医生，就好比家里有了一个药箱，健康就有了保障。认识的程度越亲密，药箱的档次就越高越安全（它甚至可以为你储存床位、血浆、手术刀）。到了医院，立即直奔主题：最近有什么好药？因为是为储存而开药，为万一⋯⋯而开药，省略了看病的开药，它不是对症下药，是为了防止生病而开药，所以这种开药不是专业的而是业余的，不是治病的而是防病的。开药的人不会开什么"去氢甲睾酮"（作用与用途：促进钙、磷在骨组织沉积，加速创伤修复）。他要开好药，好药是什么？这是在中国众所周知的那种药：益气通络，养元安神，扶正固本，滋肝补肾⋯⋯此药什么都不治，什么都治，在治与不治之间。犹如在中国的寺庙里许了愿，有了好药，好人就会一生平安，就无病无灾，就心安理得。

我母亲在医院里开了药，回到家，把药储存在那个柜子里，犹如快刀斩断了乱麻，心里一阵踏实，病也就渐渐好了。

1996 年

住房记

　　我小时候没有独自一个人住一间房子的概念，这可能与我一有生命就寄住在我母亲的身上有关。我母亲可以说是我在这个世界上的第一个家、第一个房间。此后，我也是一直与她与我的父亲、弟妹住在一起。到了结婚，我又与我的妻子住在一起。那时我知道的几乎所有所有的家都是父母夫妻老人孩子共住的。一个人住的房子几乎没有，一个人住，在那时给我的印象是非常可怕的事情，我们讲到与鬼、怪、疯、傻、恐怖、死、灾难、鳏寡、老朽这些可怕的字眼，都和一个人住的屋子有关。在我小时候住的那个机关大院里唯一独自一人住的，是谢疯子。他住在二栋楼的六号房。在夜里，我们绝对不敢从他住的房子前走过，万不得已也要结伴而行。在早先，谢疯子并不疯，他是和他妻子住，后来有一天，他妻子搬走了，他就与众不同，一个人住了。再后来，他就有些疯了。他住的房子在他和他的妻子共住的时候开始是正常的，和别的房子里外没有什么两样。里面也是，一张双人床、一个五抽桌、一个书柜、一个衣柜、两只箱子，还有一个洗脸架。墙上也贴着毛主席的像和禧字，窗子上也有窗帘，也是遮得严严实实的。从外面看，里面的动静是看不见的。但独自一个人住之后，这屋子和其他的屋子就不同了，先是任何人路过这屋，都可以大叫一声：老谢！或：谢疯子！大人小人都可以叫。后来这屋就没有窗帘了，有人干脆把他的窗子上的玻璃也敲掉一块，之后，有人又砸掉了另外几块。再后，窗子最上面的玻璃也给用石块砸掉了，老谢就挂了一块布稍微遮挡着。但布挂了没几天，就被人撕掉了。老谢也就随它去了，再不遮挡了。这屋的窗子就成了几个插着些玻璃尖的洞，里面一览无遗。再往后，他屋里的家具也没有了，只剩下一张双人床，弹簧的。露出一团一团黄色的棉花，尿素造成的那种黄。蜘蛛也搬进去住，蛆也成长起来。老谢就干脆整天睡在这床上，旁边只一个脸盆，用来拉粪便。人们就用石头往里砸，把垃圾往里倒。老谢的家是我少年时代印象最深的住房场景之一，他也是我少年时代所认识的第一个疯掉又死掉的大人。我看着人家连同他的弹簧床一道把他抬上大卡车，把他下垂的暴露在锈弹簧上的黄色瘦手收回被单里去，拉到小红山去埋掉了。我工作之后才知道，原来这是有规定的，单身的人不能一个人住，要么和家里的人同住，要么住集体宿舍。在《现代汉语词典》里，家的意思是：以婚姻和血统关系为基础的社会单位。这也是住房分配的依据之一，他结了婚又离婚，没有了家的社会基础，却又不自觉地及时搬回集体宿舍去，这大概是他倒霉的一个原因吧。

小时候一开始我们家有三间房，是我父亲的单位分给他的。我们家只有我父亲一个人有房子，我外祖母和我母亲都没有房子。我外祖母原来是有房子的，住了一百六十年的老房子。听我外祖母说，她的祖父是三百年前从中原流放到云南来的。听我外祖母说，她的老家在南京；听她说，她的父亲是个铜匠；听她说，她的房子是来云南一百年后才盖起来的。我外婆的老宅在昆明武成路福寿巷的一个四合院里。但革命一来，她就自动把她的家用低廉的价钱处理掉了。她当时只是一个小商贩，并非革命的头号对象，但她是一个安居乐业、清静无为惯了的人，怕麻烦、怕是非。那时，没有家的人还安全些。我父亲就是抛弃了在四川省沱江边上良田千顷、朱门深户的家，投身于一穷二白的革命，他不是又分到家了么？反而倒是他那些视家如命的哥哥弟弟，一个个后来落得个无家可归的可耻下场。我外祖母的老房子，处理的时候，有一个小表姐贪便宜，出钱买了下来。这个表姐是个老处女，一直住在她母亲的家里，因为嫁不出去，受尽闲气。她的理想，就是有一天能够有一所自己的独门独院，朱门深闭，种上梅花和丁香花，在月明花香的晚上，在家里弹琴唱歌，"诗意的栖居"。这种不合时宜、过于精致和贵族化的理想令她鬼迷心窍，她公然在一九五三年的春天，用她父亲遗留给她的钱，买了我外婆畏之如虎的老房子，还有一套清代式样的家具，包括床、梳妆台、圆桌、太师椅等等。她要"一个人睡一张大大的床，睡到十二点也没有人来叫我起床"。她种上的梅花还没有开花，这个院子就成了居民委员会的办公处，她只能自觉地搬到耳房里去住，清式家具无偿献给人家办公。她没有成为想象中的唐宋时代的仕女，而是成了一只丑陋的灰老鼠。不过，她并没有倒霉倒尽，甚至还被分派了负责每天打扫这个院子的革命工作，每个月十九元人民币的工资。每天六点钟就要起床，在居民主委到来之前把院子收拾干净。她毕竟还被允许住在她自己的院子里，时间长了，她打扫这个院子，像弹琴唱歌一样愉快。但十五年后，这个有着空谷幽兰的心灵世界的老姐姐，却瘦死在异乡，一个开满野梅花的流放地。我外祖母的家一处理掉，我母亲和她的哥哥弟弟姐姐就都没有家了，他们立即轻装上阵，一个个哼着进行曲加入了革命队伍，住进了集体宿舍。但我白发苍苍的外祖母就没有队伍可以加入，她已经六十岁，又是文盲，她甚至不会唱歌，她因此没有被接纳入集体宿舍。幸而我父母及时地结了婚，我父亲分到了住房，她才在我父亲分到的家里有了一个床位。过去她可是一条街上最能干的妇女，我外祖父四十岁时在进货的途中被土匪杀掉了，她一人要照顾两间卖土布的铺子，进货，往返于昆明和马街之间，养活四个孩子。如果以今天的生存能力的标准来衡量，她当之无愧是一位女中豪杰。但现在她却成了一个没有单位组织、没有工作、脱离时代、思想糊涂的家庭妇女。那个时代大家都投身于革命，最多余无用的就是她这种人，最看不起的也是她这种人。每天，当我的父母去上班，我们去上幼儿园，院子里空无一人，她独自一个坐在草墩上，看鸡。她本以为可以守住祖先传下来的老宅，在故乡的夕阳鸦鼓中善终，却在最后成了一个没有家的人。

当时我父亲分的房子是旧社会的老房子，也是一个四合院，住了同一个单位的十多家人，在一条小巷里边，这个院子是一个有两层楼的四合院。这院子所有房间的窗子、地板、天花板、隔壁都是木头的，走廊的栏杆也是木头的，并且处处画栋雕梁，墙上有壁画，院子中间还有花台。但我们搬进去时，雕梁画栋和壁画都被油漆和石灰涂抹掉了，是住了一久，涂上去的东西剥落了一些，才被我发现的。二楼的走廊尽头还有一个阳台，中秋节可以在这里赏月。这个院子要请曹雪芹这样的作家来描绘，用词才会到位。有时候在瓦蓝的天空下，听着邻里的鸡叫，看着炊烟在瓦上散去，会让人误以为是住在与世无争的明朝。这里肯定从前不会是好人住的房子，要不然他们怎么会一家人住我们要十多家人住的房子，并且无缘无故就连家都不要了，让我们搬进来住？应该说，这个院子作为家来住的话，是相当不错的，它完美地体现了人类在"栖居"这件大事上的文明进程和想象力。院子里的十多个房间大小结构不同，各具用途，有正厅、堂屋、厢房、耳房、过道、走廊……有的房间以前是客厅、有的是婴儿室，有的是客房、有的是盥洗室、有的是洗澡间、有的是书房……但现在所有房间都统一只有一个用处，就是住宿。房间按每个家长在单位参加革命工作的年限长短计算面积，大小搭配，恰好够家长在里面睡觉和从事与生存密切相关的基本活动，如吃饭、洗脸。至于那些不是与家长的基本生存有关的活动，如会客、看书、养花养草是不分配面积的。生儿育女也不分配住房面积，并没有谁生下一个人，就给这个人分一间房这种荒谬绝伦的规定，更没有给临时来住的亲戚客人分配住房的规定，更不可能有什么偏房、填房、闺房、陪房之类的乱七八糟的东西。当时有的同志还担心革命可能不彻底，其实再顽固的社会结构，只要把它最基本的物质元素——人的住房，用一种新方式来分配，把它复杂而多余的用途简化为一种，旧社会的生活方式也就随之瓦解了。每家人除了有资格分配房子的家长外，其他人都是寄居在家长的房子里的。因此，房子虽然分配得很公平，但每家人的居住空间并不一致。有的人家无子无女，居住空间就大。有的人家寄居者多，居住空间就小。穆家住的是从前的客厅，宽敞明亮，只有一个小孩寄居。他家有一张铜制的双人床，散发着与一般家具不同的光芒。在光线柔和的卧室里，像资产阶级的床那样支在房屋中间，而不是通常靠墙那种支法，还挂了垂地窗帘。这场景是我少年时代印象最深住房场景之一。我不明白他家怎么会有与我家的床不同的床，我家的床是公家统一发给的木床，床边用白油漆编着号。穆家在一九五七年被举家流放掉了，不知道他家去了哪里，我想他家的厄运肯定与那张床有关。鲁家住的两间，一间是过去的厨房，一间是过去下人住的耳房。这两间房子暗无天日，但面积和我家的一样。我从来没有看清过他家的床，但我知道他家的床与我家的是一样的，因为后来搬家的时候，它们被抬了出来。杨家住在西厢房里，西厢房一共有三间屋，东边的一间原来是储藏室，中间的一间原来是游戏室，北边的一间原来是书房。他家寄居者太多，娃娃有五个，还有两个老人，分配给两个家长的面积有七口人寄居，只好三间房都用来住人，还用上了集体宿舍那种高低床，厨房就占用了阳台的一半。客人来了就搬个小凳坐在走廊上。但那时很少有什么要来闲聊的人，大家有什么事都是工作上的事，一般在单位上也就解决了，所以一般来的人都是亲戚，在走廊上坐坐也不见外。他家的房间光线最好，一到星期天，这家人就大开着门和窗子睡午觉，阳光可以照到他家的床上，一直照到下午，他家的床和我家的一模一样。我家住的是东边的厢房，结构和西厢房相同，但我家把中间的一间用作饭厅和洗脸间，另外两间，一间我父母和妹妹住，一间我和外婆、弟弟寄生。原来我父亲想把中间这一间作为客厅兼书房，但如果这样，就不能保障基本的生存活动，没有地方吃饭洗脸，只好算了。这间屋的内壁中央还有一个壁炉，因为不可能使用，这个位置要放置吃饭的桌子。我们用旧报纸和旧杂志把它塞满，又用布遮住。我父母住的那一间，以前原来是客厅，有两个门，一个通向楼梯口，一个通着阳台，为了安全，就把通向阳台那个门封了，去阳台就从走廊上绕。我家是把厨房搭在走廊上，阳台上堆杂物，当储藏室用。这院子唯一保留原用途的，是厕所，这个厕所只有一个蹲位，男女共用。每次去解手，都要问里面有没有人，虽然麻烦些，但方便的时候相当清静，决不会像公共厕所那样，老有人站在你的面前，旁观并暗示你快点。这个院子由于木料用得多，院子座向好，所以屋子冬暖夏凉。但住在这院子里的人并不高兴，因为单位上的大多数人是住在另一个机关大院里，那个大院才是这个单位正式的住房。而这个院子是因为那个大院住不下了，才让一部分人临时搬进来的。这个院子周围的住户大都是旧社会的老住户，小市民、像我外祖母一类的人，他们的生活方式、衣着、口音、幽默感、惯用语与新搬进来的住户是格格不入的。他们都讲昆明老话，而搬进来的全是北调南腔，并且都是有高度革命觉悟的、艰苦朴素、严肃活泼、憧憬着未来的、穿洗白了的铁灰色干部服的、来自五湖四海的同志。当时我们家与这个四合院沆瀣一气的只有我外祖母，她常常赞扬这个四合院比她从前的那个四合院好，她公然穿着旧时代手工缝制的阴丹蓝褂子、黑色兜裆裤，在正午的阳光中，搬个草墩，在八小时之内，坐在阳台上，扯开一卷长长的布带裹绑她的三寸金莲，很有些邻居看不惯。当时这个四合院距机关大院不太远，所以这个院子的住户基本上都是到大院里的食堂打饭吃，那时能在一个食堂打饭吃，是相当光荣的。我记得我那时是很羡慕住在那个大院里的孩子们，他们不说"单车"而说"自行车"，每个人都穿着鞋厂制造的"解放牌"胶鞋，缝纫机缝合的衣裤。而那时我还在穿我外祖母手工缝的布鞋，他们说我穿的是刀豆鞋，我非常难堪。我记得那个大院里有一块黑板，上面常常发布什么"今天下午到食堂办公室领国庆节会餐券"。"明天上午机关分苹果，每人二公斤"。"星期六在机关大会议室举办联欢晚会"之类振奋人心的消息。大人们一进了那个大院，就像回到了自己的家里，声音表情都开朗起来，平时紧绷着的阶级斗争的弦大约也就放松了。我们住的那个四合院，连个可以砌黑板的空墙都没有，空着的墙都被从花台里爬出来的藤蔓和花遮住了。六六年红卫兵来贴大字报，砍掉了藤条，但还是贴不上墙去，那院墙古老到那种程度，纸刚一粘上去，整个的墙皮就剥落了。我们虽然住在这个四合院里，但乐业而不安居，犹如住在一条要沉的旧船上一样，都知道是不能长住的，只是暂时地住一下。不久，机关大院空出了两间房子，我们家就欢天喜地搬过去，回到了革命队伍的怀抱。后来的事实证明，留恋这个院子的人，全都在后来的革命中和这个院子一道沉了下去，这个院子、我外祖母当年的老宅今天都早已荡然无存，在轰轰烈烈的旧世界的改造中，一条欣欣向荣的大街踏平了它们。

如果作为家来住的话，那么这个新的住址可不太好住。这个大院是解放以前的法院，并不是人们的家。修得坚固牢实，栖居不是建筑的目的。这种建筑根本不考虑光线、朝向、温度、人性这些因素，我的意思是我小时候去动物园，看见黑颈鹤、大灰狼、非洲狮、蟒蛇住在完全不同的地方，是根据它们不同的兽性安排的。例如，黑颈鹤是住在一个水池中间的岛上，而大灰狼是住在铁笼子里。这个大院却是完全照着"囚"这个字的意思和样子建造的。不分男女、不分是老人住婴儿住还是青年人住，你说它是审讯室也可以、办公室也可以、会议室也可以（多年后这个大院还真的又成了一家单位的办公室和会议室）。每间房大小、结构完全一样、窗子和门的位置一模一样，就像文件柜两边的抽屉。每家人住在里面，床放在哪里，领袖像贴在哪个位置，柜子放在哪个角落，桌子靠哪边的墙，在哪里洗脸，在哪里煮饭并没有明文规定，但基本上都是一样的。因为房间都一样，你想把床支在一个与别家不同的位置，你就要冒一开门就要被人看见你的床的风险、甚至把领袖的像挂到边上的危险。因为没有专用的厨房，所以每家人的厨房都是自己搞的，公开在外，走廊、过道、有空处的地方都用来做了厨房。所以做饭的时候，隔壁这一家吃什么，怎么吃，请谁来吃，都是有目共睹的。那时大家吃的都差不多，并且基本上都是在公共食堂里吃，自家开伙的时候很少。邻里之间关系密切，犹如一个大家庭。在这种居住环境中，一个人不大敢搞特殊，他如果有什么可疑的行为，别人立即就会发现。他想吃点好的，也得背着人偷偷摸摸地享用。如果被人发现了，就会说你吃独食，那是很难听的。洗澡就到机关澡堂去洗，两个大池，男女各用一个，一周洗一次，所有的人都脱光了在一起洗。所以一个单位的人，不仅彼此的历史、现行都一清二楚，身上的某个部分有个疤或鸡眼也是清楚的。有一个干部从来不去大池和大家一块洗澡，大家对他就有怀疑，但也不好强要他来洗。后来，运动开始了，就有了机会，他不得不去当众洗澡，结果发现他的胳膊上有刺青，这是旧社会流氓的印记，结果是才脱了衣服就被抓起来，立即送去游街了。当时我跟在后面，看得一清二楚，刺的是一颗心，下面是两个字母：ST，在左臂上。整个大院只有一个公厕，每天早上，每家人都要端着痰盂去厕所里倒，这件每天要做的事被大人们视为不雅，倒痰盂都做贼似的。而走到厕所这一段路至少有三分钟要处于光天化日众目睽睽之下。所以干这事都要早早起来，快速行动。如果错过了清早神不知鬼不觉的黄金时间，就只好让它在屋里捂着，夜里再去行动。但孩子去倒就不怕，随时可去，一院子的人都端着碗在吃的时间也可以去。大人们以为孩子倒痰盂是勤劳、思想品德好的表现。所以大人都让孩子去倒痰盂，以便从小养成热爱劳动、不怕脏的习惯。这是那时的社会风俗。由于当时干部群众好人坏人都要在里面解手，所以经常会有这种事，干部们在正在开展的运动中斗得你死我活，有人明天可能就要被送去劳改，今天却相逢在厕所里，臭气相投，很不舒服，这是公厕的不足之处。老谢在没有发疯之前，被揭发和外国人有来往，就开始批斗他，"打倒反革命分子谢××！"喊得天摇地动，我们（这个我们指的是全大院的少年）也跟着喊，少年人的脸气得通红。但批斗会完了，老谢还和我们一道在同一个厕所里小解，都用一样的动作，我们就很生气，但也说不出不让他这么做的理由。所以后来他疯了，不再到公厕里来，独自拉在洗脸盆里，我们倒觉得这样才对了。这个大院的好处是有利于集体生活，宜于编号管理。从外边看，这院子真是铜墙铁壁，有很长很宽的墙面，为粘贴标语口号提供了方便。我父母都为能搬进这个大院而庆幸，只有我外祖母与这个大院格格不入，最格格不入的就是她的小脚，全大院就她有一双，一副顽固地继续在老路上磨蹭的样子。她一在院子里修她的小脚，就有一窝孩子围着看，像看江湖艺人卖艺。她可能感到一种侮辱，再也不在光天化日底下清洗修剪她的脚，她躲在房间里，拉上窗帘老眼昏花地摆弄。她离开了太阳光就看不清东西，所以经常被剪子把脚尖戳破。

　　我家的两间房，一间在三栋楼的一楼，另一间在四栋楼的二楼。我父母和妹妹住楼上的那间房。我、我弟弟和我外祖母寄居另一栋楼楼下的一间。我父母的房间是什么样，我不太记得，依稀的印象是，墙上挂着一幅叫作马克思恩格斯和农民在一起的油画印刷品。一张大床，一张桌子和一个书架。书架上书籍的陈列次序和老谢的书架是一样的，第一层是革命领袖的著作，第二、三层是干部学习材料，然后才是其他的书。这些家具和老谢（就是本文开头提到的那个离了婚而没有及时搬回单身宿舍去的倒霉鬼）家从前的家具一模一样，都是公家发的。侧面统一编着号，印着单位的名称。只有床和老谢的弹簧床不一样，是木床。老谢的那种弹簧床在我们大院里只有老谢家唯一的一张，那张床是没有编号的，来历不明（我听到大人们私下里议论，想想看，在旧社会，谁能睡这样的床？这话使我对老谢有了警惕心理。当时他还没有疯，得意扬扬地"把那些弹簧弄得直叫唤"。这是小肚听见的）。我和外婆住的这一间，一块旧垫单缝成的大布把屋子隔成两半，里面支了一张大床，一张单人床。外婆睡单人床，我和弟弟睡大床。床和床之间，是一张写字桌子。桌子不用，放着我外祖母的黑箱子，这只黑箱子和装食品的黄色大橱柜以及一面木框雕着花的椭圆大镜子是我家唯一没有编号的家具。我外祖母虽然没有家，但她留下了一两件实在舍不得扔掉的老家具。里面一半住人，外面一半就做起居室，洗脸、洗脚、漱口、吃饭都在这里。做饭就在楼梯口的空处。那里支一个煤炉、一只装煤炭柴禾火钳通条的大木箱、一只水缸、一张放置碗碟佐料的小桌。碗碟佐料要用的时候才从屋里拿出来。水缸每天要打五桶水，水管是一百多家人共用的，用桶去提水的话，经常是要排队的。地上一溜全是铁皮桶、木桶，那时还没有塑料桶。做饭烧水是用柴和煤炭，一时不用的柴和煤炭叠放在床底下，那时床底下的意思就是储藏室。煤炭、烧柴、鞋子、瓶子、腌菜罐等等统统放在床底下，老鼠一家也寄居在床底下。有很多年，我们一直是和老鼠同住的。当时我外祖母养着几只鸡，鸡白天在院子里放养，晚上就回家里来和人住一屋。我家的鸡住在饭桌底下，一到六点钟就扯着脖子歪叫。六点钟正是我做梦梦见我当解放军打战的时候，鸡一叫，梦就散了。气得我用被子捂住头，它越发叫得狂了。那时我最恨的人除了地富反坏右，就数这些鸡了。我老盼望过春节，好杀了它们。但春节一过，我母亲又买鸡回来了。我们睡的床垫着棕垫，每到夏天，棕垫上就生跳蚤，把床板咬了许多洞，住在里面。一到晚上，跳蚤就跑出来咬我们，咬得一屁股血。一整个夏天，我身上全是红疙瘩。我们想办法整治跳蚤，用开水烫，把床板拆下来，把开水从那些洞里灌进去，再洒上六六粉。但第二年夏天，它们又生机勃勃地出现了。

　　由于我一直和我弟弟睡一张床，所以我们几乎养成了完全相同的生活习性，相同的说话声调，如果统计一下的话，可能我俩储存的词汇都大同小异。睡觉的姿势也差不多，也没有什么坏习惯，或见不得人的秘密。但他小我三岁，他十岁的时候，我已经十三岁。十三岁的人身体开始发生一些变化，对某些事开始有朦胧的渴望，开始想入非非。在暗地里，我渐渐成了一个和我弟弟不一样的人，真正是同床异梦，但我们仍然睡在一张床上，我只是觉得不像以前那么方便，可以撑撑脱脱地睡了。我实际上早已和这种寄居格格不入，但我从来没有想到一个人可以单独有自己的房间，因为那时全世界都是集体居住的。我即便先知式地觉悟了，我也没有分配房子的资格。后来我的脸上开始长出粉刺，并且越长越多，长得一脸稀烂。镜子往往就在一个人意识到自己变丑的时候到来。我开始有了照镜子的习惯，老觉得自己在和大家所公认的那种正确的相貌背道而驰，越长越不像样，企图通过镜子，找出些与正确的长相在外表上的近似值，以获得些安慰。对我这个恶习我父亲相当不满，一见我照镜子，他就要批评，说这是小资产阶级作风，我弟弟也跟着讽刺挖苦打击。以至这件事成了我生活中的一个压力，我那时又没有钱去买一面小圆镜，只能用我外祖母留下来的老式圆镜。这面老式圆镜挂得比我高出一个头，是供我父母洗脸时用的，我必须踩在一个小凳子上才能看见我的脸，所以照镜子往往是提心吊胆，一有动静就吓得脚板蹬空。那时我成天担心自己成个麻子，越担心越想照，一照就要很长时间，微观、宏观、比较、分析，一会儿沾沾自喜，一会儿垂头丧气，有时到了一天要照十几次的地步。由于我父亲对我照镜子极端鄙视，我只好经常到大街上的商店里的镜子里，或借着橱窗玻璃反光去发现自己。但在大街上，我发现，也很少有对着镜子左顾右盼的人，如果不是试衣服或帽子的话，是没有一个人会专为了一张脸站在镜子前面的。我一般只是经常绕路从镜子前面路过，利用经过的那一秒迅速地偷看一眼自己，往往看见自己就是一个大麻脸。而在橱窗玻璃的反光里发现的自己呢，往往是：像魔鬼。只好回到家乘父亲不在时再证实，但我弟弟的阶级觉悟也相当高，一发现我照镜子，就向我父亲告发。我父亲不知道，我在相貌方面的自卑感就是这时期形成的。

我们搬进这个大院的时候是六五年底，惊天动地的日子，发生的一切和住房已经完全没有关系了，住房啦搬家啦床啦这种事在那个大时代，真是鸡毛蒜皮，想都不应该想，写都不应该写。一位老同志提醒我说，当时这个大院里自杀了多少人，你记不得了？但我当时只是在玩玻璃球的时候听其他孩子说过这些事，自杀的人我一个也没有看见。我唯一记得的一件大事，就是大约在七〇年前后，大院里的一个干部家买了一台电视机，这是我们大院里的第一台电视机，那个干部很得意，欢迎我们到他家去看。一到晚上，他家就成了电影院，大人小孩每人拎一个小凳子去他家坐着，床上就坐他的小孩，看到十点才散。如此几天，这个干部耐不住了，因为影响他第二天工作，就宣布不要我们去了，他立即成了这个大院孩子们的头号公敌。我们恨他的程度超过了恨美帝约翰逊，我们当时第一个想到的报复他的计划就是破坏他的住房，因为我们直觉到这是他的身体的外延部分，是我们唯一能使他受到伤害的部分。我们用粪便堵了他的锁眼，爬到他家的屋顶上，把他的电视机的天线切掉。但我们没有能使他恼羞成怒，他只是和颜悦色、公事公办地叫来机关大院的修理工，帮他打开锁，重新装了天线。然后对我们说，这是公共财产，要爱护，懂吗，你爸爸怎么教你的？他照旧关着门在家里看电视，我们只能一伙地集结在外面听听电视机传出来的声音，咬牙切齿，跺脚、怪叫、吹口哨。

我十六岁还差几个月，就到一家工厂去当学徒工。住在单身集体宿舍，这是厂里规定的。这是一栋用红砖草草砌起来的四层楼房，这栋房子盖得和我父亲单位的那个机关大院的楼房差不多，图纸上的数据我都能猜测出来。不就是，长多少、宽多少、高多少，然后高除以四（因为是四层楼），用宽除以二（因为每一层楼两排房间），最后用长除以二十再乘以二（因为每层楼有两排各二十间房），再乘四就是这栋楼房间的总数。楼道里光线很暗，白天要摸索着走，夜里才开一盏 40W 的灯。永远有一股尿臊味，因为楼里没有厕所，解大小便得到楼外面的一个大厕所里去。晚上没有人愿意跑那么远去上厕所，就都在过道里撒尿。有时早上起来，一条过道都被洗脸水和尿淹了，有人就扔几块砖泡在脏水里，踩着走路，这种走法，要有技术，才不会摔倒。这个楼道是我印象最深刻的住房场景之一。工人把这栋楼叫作光棍楼。每间房子都是十五平方米，支四张单人的两层木床，两张写字桌，三个没有靠背的椅子。住八个人。所有的家具都编了号，是公家的。我们这间房住的八个人都是一个车间的，最小的是我，最大的是李师傅。这房是分给八个人的，但很少有八个人一起住的时候，因为大家都上不同的班次，但这个宿舍人最少的时候也有四个人在住。在家里睡觉，因为从小就是血缘相通的集体，所以彼此之间也没有多少隐私。但在集体宿舍住呢，譬如，打鼾、放屁、脚臭，这些隐私就不能随便。更不能当众照镜子，这是工人最瞧不起的一种举动。不过这时候我有自己的工资，买了一面旅游用的小圆镜，藏在衣袋里，没有人的时候就照一照，粉刺也好掉了，但对自己的外表的信心一直没有恢复。别人也不会故意要监视着你的一举一动，但你的一举一动肯定和单独一个人的时候大不相同。睡觉洗脚更衣之类的事，毕竟是人类生活中最基本最日常不过的私事，但在集体宿舍，你睡就要有睡相，吃要有吃相，让公众看得过去，必须合群。大家打牌，你也要打牌；大家喝酒，你也要喝酒。你得容忍在看书的时候，有人也在后面看，并在精彩处由他伸手抓过去，让他先睹为快；得容忍在你写信的时候，有人在后面斜瞟，看到有趣的段落还可以念出声来；得容忍别人笑嘻嘻地翻你的枕头，打开你的抽桌随便翻翻，并把翻出来的某样稀奇什物立即公布于众，提着，"你们看，你们看，他还藏着这个！"得容忍半夜睡得正死，有人把牙膏挤进你的鼻孔里，或者把你从床上拖起来，陪他一起熬夜；得容忍有人随便拿你的肥皂用，穿你的拖鞋上厕所……当然啦，你同样可以这么对付他。这些行为并无恶意，而是风俗习惯，被大家公认是彼此之间情投意合亲密无间，能够长期共存的基础。是将各种不同的生活脾性都调整得彼此可以适应，形成相同的生活规律和对事物的共识的必要规矩。你不能有任何东西私有，你的一切都必须时刻位于向公众开放的状态。你如果有什么需要用一把锁锁起来的东西，它立即就会成为公众关心的焦点。如果你要自私，不让哥们共享你的私物私心；或者人家聊天，你却要午睡；大家一起骂天骂地骂某某领导，你却保持沉默……那么在这个天天吃喝拉撒都在一起的集体中，你是一天也待不下去的。由于我从小就习惯于集体居住，所以这样的环境对我并不特别难受，很快就适应了。在集体宿舍住，大家都成了无性的人，性成了和泌尿系统无关只和舌头有关的热门运动。性虽然在集体宿舍里是天天讲月月讲，但在这儿一般是无法对这些话有所体验的。带未结婚的女友来体验，那时候想都不会想。三皮是我们这宿舍最有想象力的，他捂在被子里体验，弄得床很有节奏地响，有人立即明白了这不同凡响的声音来自何处，也不知道这只耳朵怎么就能那么准确地辨别出这声响的源头。本属于三皮个人身体的事，并且是在他自己的床上，但集体宿舍的每一张床都无一例外地被视为公共场所，所以也就马上在厂里传开，众所周知了。大家，几乎是全厂（一千多人）都知道三皮"天天晚上"躲在被子里"射电筒"。不久，三皮的绰号就被大家改成了"电筒"。本来加工车间的团支部正准备发展他入团，也就取消了。三皮从此在大家眼里，和流氓、坏分子差不多。有了三皮的前车之鉴，没有人再敢在集体宿舍私下体验与泌尿系统有关的行为了。但据我所知，当时我们这个宿舍的青工，除了集体宿舍，另外的住处就是自己的父母家，他们是否在别的什么地方偷偷摸摸地体验，我就不知道了。但我觉得他们个个讲到这方面的事，切实有深刻体验的人才能讲出来的。

我们这个宿舍除了五个青工，还有三个是老工人，老的意思不是年纪，而是说工龄。这三个人是铜蛋、老木棒和李师傅。他们都是专县上来的，除了这间房，就无处可去。李师傅五十岁了，还住单身宿舍，因为他没有结婚，老家又不在昆明。没有结婚就不能分房子，只能住单身宿舍，这是规章制度，谁都不能特殊，五十还没有结婚也不能特殊。宿舍里的空处大多给李师傅的东西占据了，一屋子都是他的味道。他甚至把他的床位三面用木板封起来，又裱上报纸，在上面挂着茶叶、干辣椒、腊肉、水烟筒之类，看着就像一个猎人小屋。李师傅有些什么东西，我们都知道。八个人住在一起，什么看不见啊，当时大家如果吵架的话，最常用的一句话就是："你有几条汗裤我都知道。"他每个星期都要整理他的两个木箱子，两个箱子里放的都是新布，有十多块，毛呢、咔叽、灯芯绒都有。李师傅把它们叫作料子。一到休息天，李师傅就把它们一块块取出来，放在床上。每取出一块，他都要抚摸一番，仿佛它们是猫。但他自己从来不穿新衣服，他所有的衣服，连内裤（他叫作汗裤）都打着他自己缝的补丁。李师傅因为一贯艰苦朴素，所以年年被评为先进工作者。当时都认为，穿的衣服上补丁越多的人越是好人。除了两只木箱里的布，还有床底下的木材、焦炭和几块玻璃、一袋子水泥都是李师傅的。他说将来成家，要用。每到春节或什么节，李师傅老家就会有人来，把李师傅攒下的布带回去、把他攒下的水泥带回去、把他攒下的玻璃带回去……我才知道，老李并没有把这地方当成他的家，他的家永远都是马关县的大营村。这可能也是他一直没有在这里娶媳妇的一个原因吧。很多年后，李师傅退休，立即回家去了，听说，他是五十五岁当的新郎。我们为了让他起居方便，自己的物品就尽量简单，尽量少在宿舍里待，只是下夜班的时候才溜进去睡一觉。李师傅的对头是老木棒。老木棒的家也不在昆明，可他已经结婚三年了，还住在集体宿舍。他老婆是电工厂的女工，每逢星期三是休息日。

他和同宿舍的每一个人都达成了协议，逢星期三这一天就让他和他老婆同房，只是白天。我们都很通情达理，他是领了结婚证的，当然比"电筒"有资格体验。逢这一天老木棒的老婆必来，从不缺席。每到星期三白天，我们就自觉地不回宿舍，这已成了舍规。这一天我们都确实地知道有两个人大白青天在屋子里体验什么，心情就很复杂。三皮每到这一天，就不知躲到何处，踪影全无。唐甸生一到这天心情就格外好，大声说话，想入非非地笑。李础娃就心情特别烦，干什么都心不在焉，容易出工伤事故。弹子就蹲在厂门口，逢人就说，"今天是星期三嘞！"他把嘞这个音拖长一拍，听说的人就会心一笑。到了晚上，老木棒像个得胜回朝的大英雄，被大家围着问长问短。老木棒吞吞吐吐，讲半句不讲半句，我们就帮他把不便讲的部分补充齐全。老木棒其实是个很笨的工人，技术拙劣，不懂几何，不会看图纸，经常出废品，闹工伤事故。但就由于他在性方面不仅仅是嘴上说，而且还可以体验，所以受到大家的敬佩。白天李师傅也不回宿舍，他蹲在车间里抽闷烟。但时间长了，老木棒会发现李师傅悄悄地蹲在宿舍门口，也不知道是几时蹲在那里的。老木棒很气愤，但又不好说。但此后他和他爱人在里面，总觉得李师傅蹲在门口，听得见他在喘气。有时铜蛋偶尔回宿舍拿些急用的物品，猛敲门，发现老木棒脸色寡白，淌着细汗。她老婆在蚊帐里抽泣，震得蚊帐直抖。后来，老木棒和他老婆离婚了，他老婆逢人就说，他不行。什么不行？我很纳闷，就问铜蛋，他哈哈大笑，说"电筒漏电了"。老木棒离婚，铜蛋却结婚了。他也没有房子，只好扮演从前老木棒的角色，只是他老婆是星期四休息。这些事现在听起来像是虚构，可当时情况就是如此，有些当事人现在都还在，你可以去调查。铜蛋比老木棒厉害多了，他对我说，你搬回家去住吧，我有老婆，你没有。我觉得在集体宿舍住太累了，就搬回我父母家去住了，那里虽然也是集体住，但可以随便一些。他又设法把其他在城里有住处的人都支回城里去住。只剩了他和李师傅、老木棒三个人，他又把房间一分为二，李师傅和老木棒住外面一半，他住里面一半。虽然隔开了，但鸡犬之声声声入耳，大家是否相安无事，我就不知道了。我在这个工厂工作了十年，再也没有住过工厂的房子，厂里虽然一再强调要住集体宿舍，但很多在昆明有家的人都不住，要回城里自己父母的家去住，厂里也没有办法，而且厂里房子也实在是太少了。那时厂里几乎就不盖什么住房，因为一开始的时候，工人大多数是年轻人，一两栋楼足够全厂职工住的了。厂领导忘记了他们都会长大，都要结婚。有很长一段时间，厂里对结婚这种事是不鼓励的，提倡晚婚。因为没有房子，多一对结婚的，就要多一份与革命生产无关的麻烦。当时工人们觉悟都很高，结婚的事能拖下去就尽量拖，如果早早地就结婚，一般都被视为不求上进没有远大理想的表现。当时的先进人物，大都是晚婚甚至终身不娶。由于社会风气如此，分房子是大家不会当回事提出来的事，要房子和闹名誉闹地位都是属于思想落后的行为。房子，在我们这些新社会长大的更年轻的人看来，根本就不重要，我在结婚之前，可以说从来就没有自己单独有住房的愿望。这是我这一代人和那个空谷幽兰的老表姐的最根本的区别。有人以为我们和老表姐们的区别由于是一代人与一代人的不同，我认为恰恰就是对待家这种最基本的问题上的区别。一个可以幽居的家是她一生的愿望，而我却以为这根本不重要。无足轻重。

但这种区别在我是很快就动摇了，这是由于我认识了芒。芒是另一个车间的。他是我中学时的同学，以前关系并不密切，中学时代，我从未去过他家。我和他密切起来后，就觉得这个老同学有一种以前我没有感觉到的对我来说是很陌生的魅力。后来关系密切起来，芒提出来邀请我去他家玩。我很想去看看芒的家，但一开始我很犹豫，因为怕见他家的大人。我搬回家去住了，但仍是和外祖母和弟弟住一间，而且外面半间就是全家的起居室，全家吃饭做事，父亲与单位上的讨论国家大事都在这里。有时我的朋友来找我，我们只能坐在我的床沿上，拉上隔布，窃窃私语。但年轻人的话和父母的话是不一样的，而父母又控制着可以讲什么不可以讲什么的大权，所以，我和我的朋友要讲并且非讲不可、不吐不快的话是一句也不能叫父母听到的。可那时的父母，又特别喜欢听孩子们讲些什么。因为他们早已习惯自己讲的话被人听，并且时刻严格要求自己只讲一千句一万句都可以被别人听的话。他们都坚信，孩子的话有什么不能听的。他们很害怕孩子们讲出什么不能被别人听的话来。但事实上在很小的时候，我就有许多一句也不能叫父母听到的话，很多孩子为了掩饰他们的另一种语言，很小就成了说谎者，为的是让父母们相信他们和他们都有一样的共同语言。所以，凡有可以胡说八道的好朋友来找我，我就十分压抑，我们和父母的距离那么近，犹如监狱里探监时家属和犯人的那类距离，我们只有相视而笑，神秘地眨眨眼睛。乘父母出去散步或做别的什么事的空子上，我们才能讲讲自己的话。奇怪的是，我们讲这些话，并不害怕我的外祖母听到，她好像是和我一样有那种不能公开讲的共同语言的人。当时我认识的同龄人，几乎都是像我一样，住在父母的家里，处于在他们无微不至的倾听下。这也是我从小就不喜欢待在家里的原因。我实际上认为，这里只是一个睡觉的地方，我的家是在另外一些场所中，比如厕所后面的空地上、学校附近的乱草丛中、圆通山的石头群里，在那些永远美妙的去处，我们干了多少父母们永远不知道或者他们知道但不准我们干的好事啊。芒与当时的大多数年轻人不同，他居然没结婚就一个人有一间自己住的房子。他告诉我时，我立即不祥地想起了老谢。我问他怎么能够一个人住，他说他父亲是某一级的干部，他家的房子很大，他和他哥哥妹妹都是一个人住一间。

其实到一个人家去玩，在我国是很日常的事。在乡村，自古以来彼此串门子是村民们团结和睦的一个重要基础。门不闭户是一个家庭光明磊落的象征，所以我之所以从小就可以随便进入许多邻居的家，把他们睡觉的床都记得清清楚楚，这并非偶然的。就是今天我已是人到中年，我还是可以参观许多朋友家的床。就在我制作《住房记》的期间，还曾停工应邀去庆祝一位青年作家的乔迁之喜，他特意把我们领进他家的卧室，让我们欣赏他"价值一万多港币的啦！"的进口双人床、床垫和床罩。我国人民的日常问候语之一，就是"改天上家来玩啊"。我以为，"家"的意思，除了以婚姻和血统关系为基础的社会单位居住的所在这个意思之外，它还是由私有化所衍生的一个私人生活之场景。（由于《现代汉语》的【家】这一条，没有这一意义，我自己补充了我的这一发现。）也就是说这是一个夫妻进行房事、养儿育女的所在，家人点数钞票收藏存折家私的所在，议论家常的所在，私人洗涤内衣、内裤、乳罩、袜子的所在，可以嗅出一个人的真正气味的所在，也就是专供私人进行藏污纳垢的所在。这样一个关键的内幕，竟成为像公共场合那样可以随便让人去玩（玩，《现代汉语词典》规范的解释是：用不严肃的态度来对待）的场合。可想见一般人对家的无足轻重是很普遍的。严格地说，邀请别人去的地方应该只是家的可以公开的一部分：客厅。既然整个的家都可以邀请别人进去玩，说明客厅的功能已经取代了家的功能。这种家无论其居住方式，还是居住内容，都不再是私人性的。用客厅取代卧室，这正是革命最深刻的成果。只有这样的家才可以公开地自豪地邀请别人去玩、去串门子、去参观、去庆祝乔迁之喜。试想一个在私生活上有见不得人的秘密，成天忧心忡忡，担心家丑外扬的人敢成天把"有空来家玩啊"这句口语挂在嘴上么？只有客厅式的家，才有利于广泛地评选五好家庭，并在全社会形成向这种家庭看齐的良好风气。为了让我家成为五好家庭，我父母总是不断地督促我，要我和弟妹把床铺收拾得整整齐齐、干干净净，衣服朴素大方，灵魂深处和一言一行都要符合标准。要外婆把桌子椅子等家具擦得干干净净。他们自己更是不仅身为父母，而且身为师表。心如明镜，让我们一眼就能照见自己身上的灰尘。父母总是说，被子不叠好，让人来看见像什么话！这也是真的，从小到大，我睡觉的地方从来都是外人来了可以参观的。而来的生人都会要求参观一下这个家。我父母在摆设家具的时候，念念不忘的一件事就是别人来了看见会怎么说，他们觉得家是他们最大的一个面子，一切都要让别人看了满意，所以有时虽然某种布置会令家居很不舒服，也硬要这么搞，比如我们家因为地方小，几面墙被家具一放，挂印刷品的位置就只有支饭桌的这一面墙。当时我说把挂历挂在这面墙上，因为天天要看，还要记些备忘的事在上面，挂在这里用起来最方便。但我父母一定要在这里挂领袖像，说别人看见不好。只好把挂历挂到我和外祖母睡的里间，我父母每天要把头伸进隔布来看日子，每次看都要开电灯才看得清楚，浪费了不少电。后来到了"文革"末期，昆明社会上流行在家里的客厅摆设木沙发，其实大多数人家都没有客厅，但风气一开，就都要在接待客人的那间屋支上两个沙发，我家也在我和外祖母睡觉房间的外面那一半支了两个沙发在饭桌旁边，这样一来，房间就更小了，如果进出不注意的话，磕膝头就要撞在沙发扶手上。尽管这个世界对于我一开始就是一个大客厅，我来到这个世界一开始就是寄居的身份，后来又习惯于集体宿舍的床位，还是从我外婆那里不加批判地继承了一些现成的与"家"有关的套话，"有空来家玩啊"就是其中之一。梦里不知身是客，每逢熟人就要言不由衷地说，有空来家啊。实际上我指的是集体宿舍，那个支着高低两层的单身床铺而不是沙发茶几的客厅。我记得，我中学时的一个同学还上过当，她相信了，当时我还住在厂里，她冲着"来家玩啊"找上门来。一宿舍的人都停下来，将这个人上下打量，弄得她很紧张，满脸通红。最后我只有带她到工厂外面的田野里，坐在田埂上，开始我们的初恋。这次初恋从未进入过房间，在春天田埂上开始，在夏天的田埂上结束了。

我到芒的家里去了，我相信芒家也是"客厅"一类的所在，那是一九七二年左右，那时候还会有不是客厅的家么？一排平房，都是他家的房子，家具等什物倒也没有什么特殊之处，和我家的差不多，也是编着号的。芒的房间比他本人的床位大七八倍，有我在厂里的集体宿舍的一间半那么大，他的房子给我留下了强烈的印象，立即成为我永远难忘的住房场景之一。这间房子像个垃圾堆，鞋子啦袜子啦短裤啦啤酒瓶子啦罐头筒啦扔得满地都是，他睡觉的地方不是床，而是支在地上的一个大垫子，我估计是运动员翻跟头用的。上面是乱七八糟，像是刚刚干过了什么需要激烈运动的事。所谓罪恶的深渊是什么，在我的想象中，不就是一张这样的床吗？稍微仔细些看看床单，就知道他肯定经常关着门在这床上体验那种令"电筒"倒了大霉的事。被子肯定是从来没有叠过，只是打开盖上，盖上打开，散发着芒身上特有的味道。墙角还放着一面可以照出全身的穿衣镜，我立即把自己清清楚楚地看了一遍。最令我吃惊的是，他居然在墙上挂着一张他本人的黑白照片，并且放得有通常挂在墙上的毛主席的像那么大，并且也就挂在那个位置。我也有自己的照片，但它们都是一律放成大一寸，或是120底片那么大，别在相册里。我从未想到可以把它放那么大，挂在墙上。那时候，墙上是不可以挂任何私人照片的，中国所有的墙都留给了领袖像和标语。这虽然没有明文规定，但早已在人民中间约定俗成，事实上在此之前，我从未在哪个人的家里见过这样大的私人照片。我因此怀疑芒是不是思想反动。这个家真是令我目瞪口呆，我觉得这里不是什么"家"，而应该叫作"窝子""巢穴"之类的地方。我在词典里有关"家"或"住房"的词条下找不到关于这种"家"的解释。我还真在"窝"这个词条里发现了这个"家"的某些含义，窝：鸟兽昆虫住的地方。坏人聚居的地方。【安乐窝】泛指个人（构筑的）所谓安逸舒适的、与世无争的生活环境。窝，虽然与世无争，但肯定是人所难容的，如果被单位上的人看见，芒就倒霉了。我记得那天在芒的房间里，我的第一句话是说，人来了看见怎么办？芒说，不会，这是我的房间，不会有人来的。他又说，即便来了又咋个呢（咋个，昆明方言，"怎么"的意思）？我爸爸都不管我，谁又敢管我？我自己的房间，我想咋个就咋个。想咋个整就咋个整，我又不整给哪个人看。这种明白如水的话，当时在我听来，就像经过深思熟虑的异端言论。芒的住房充满了令我心痒毛抓的秘密，我在有礼貌地喝了一杯茶之后，终于不由自主地开始翻弄起来，芒说，随便翻，随便翻，就当你的家一样。我于是连床垫都掀起来看过之后才罢手。

芒的住处立即成了我的窝子，而我的父母的家倒成了旅馆，我觉得只有睡觉这件事才和它有关系，我父母也看出来了，他们说，你怎么成天到晚一得闲就往芒家跑，他是你爹还是你妈？我们这里是不是不收钱的旅馆？我觉得这话很对，但我说谎道，不是不是，我是在他家练哑铃。我在芒家又结识了另外一些像我一样，在这个世界上，只有床位而没有家的人。芒家的门从来不锁，我们可以随时在任何时间到来，以最流氓的姿势出现在房间里，犹如脱下了笨重的棉衣，你做什么都可以，只要你想象得出来，并乐于体验。但我们的想象力是十分有限的，因为没有这种私生活的参照物，我们只不过学会了聊天的时候抽烟、吐烟圈、上床不脱袜子、躺着喝酒、大声说话，学会了胡说八道，学会了直言不讳，学会了唱黄色歌曲，学会了跳两步舞……学会了当时社会上见不得的许多名堂。往往，在我们得意忘形之际，会猛然听见一阵钥匙转动的响声，我们闪电般地复原，这时不是芒的父亲就是芒的妈妈会探进来一个头，说，声音小点，不要影响别人。我们发现，芒的父母都有芒的房间的钥匙。我问芒，他们是不是随时会进来，芒说，偶尔过来看看，不过他们不会说什么。有一回我正在看一本手抄本，忘了销门，猛回头看见我父亲正站在我后面，吓我一身冷汗，也不知道他是什么时间进来的，我看迷掉了。李壳是我们中间最有想象力的，甚至把他的女朋友带来这里，借芒的床用。他的理由是，那些三十岁的人可以日，我十九岁的人为什么不可以日，我还不是长着一根鸡巴。说得如此痛快，以至我忽然发现以前我基本上就没有撑撑脱脱（昆明方言，无拘无束一类的意思，但如果说无拘无束就没有特色了，只有昆明妈生的耳朵听起来会觉得酣畅淋漓）地说过话。我实际上一直在吞吞吐吐、说些我不知道为什么要说的话，比如，有空到我家来玩呗！在芒家我们慢慢养成了撑撑脱脱说话的坏习惯，这种习惯像手淫一样，一时痛快，后患无穷。那毕竟是一个大多数人都在被一只看不见的耳朵监听着的时期，最痛快的话实际上也就是在家里不准说的话，出了家也不能让别人听见的话。所以后来我们又长大几岁，懂了些世故，意识到已经养成的恶习，会带来多么严重的后果时，已经来不及了。所以，我后来干脆选择写作这活计作为自己一生使用舌头的方式，因为这是一个唯一可以撑撑脱脱说话而被视为职业道德的职业。但其他人没有选择写作这种方式，而是选择了学会说大家都可以听的话。所以这些当年曾经一句顶一万句的青年，后来都学会了形容啊比喻啊含沙射影啊口若悬河但不知所云者何。芒的房间让我看见独自一个人住是怎么一回事，这种住房甚至会改变一个人的话语方式，那时芒对我们说过许多话，我闻所未闻，张口结舌，仿佛是在听一个精神病人的自言自语。这个房间使未来的时代提前到来了，使我在十年前就能像十年后那样说话。幸运的是我在十九岁这样的年纪，就及时地遇上了芒，要不然，我得等上十年才能明白许多事，十年是什么意思，就是一个人稀里糊涂就被时间熬成了傻B。其实芒并不是先知或天才，也没有什么九死一生的经历，一如那个时代的许多人那样。仅仅是他有一个自己的单间，因而可以过一种与众不同的、别人看不见的、可以自言自语的私生活。但这种拥有私人生活场景的房间当时却成了对抗公共生活的一间展览私人生活的"客厅"，至少它在许多年里成了我和好几位青年的客厅。因此，这个房间其实是最不具私人性的。这其中一个原因，我以为是由于这个单间从根本上来说并不是芒的家，芒也是一个寄居者。芒现在还在昆明，是一家医院的药剂师。

到了七十年代末期，开始盖了一些住房，分房子这件事才开始渐渐成为人们生活中的一件大事。当时我和我弟妹都参加了工作。但都还是住在我父母家里，相当挤，因为我们每个人都长到五十公斤以上了，而我们住的房子是我们只有十公斤左右的时候就在寄居的了，早已容纳不下，我们每个人在家里实际只是有一个床位罢了。幸亏我父亲又分到了房子，他是我们家第一个分到房子，并且又一次分到了房子的人，那时我们都觉得，分房子这样的事，只会与他有关。我们又要搬家了，这回是搬到另一个新建的大院里去，所有人都想象得出来的那种大院，今天已经铺天盖地屹立在欣欣向荣焕然一新的祖国大地上的那种大院。一家人先过去看房子，17栋504室，有厨房、厕所、阳台，计算了一下，这房子足够我们一家六口住的了。还可以有一间真正的客厅。一家人高兴得像分到了天堂似的，讨论如何布置房间就讨论了几晚上。别人家都是用油漆刷墙裙，我家也刷；别人家都是用油漆刷客厅，在卧室铺地毯，我家也是；别家把窗子敲掉改成铝合金的，我家也改。我建议把阳台封起来让我住，父母同意了；我建议房间里不用床，像日本人那样，直接睡席梦思，父母不同意，说，外人来了看见像什么话！在搬家后的第二天，我外祖母就去世了。她是坐在为我家搬家的大卡车的驾驶室里搬过来的，怀里还抱着一个水壶。我听到她在车上嘟嘟囔囔地说，这里连鸡都养不成啦，太阳也晒不到啦……到了新房子后，她说要睡一下，就自个去睡了，我们也没怎么在意，当我们把一切收拾好后，才发现她已经不在人世。第二天，我看见楼下放着一口黑漆棺材，这是我外祖母多年以前就买下的，一直藏在我姨母家里。她早就知道后来的人都是要用火烧掉的，她害怕她的棺材放在我父母家里，会被没收。所以这件事我父亲也不知道。这口用陈年楠木造的老古董式的棺材，依据的是晚清的样式，与这栋新房子很不协调，但我外祖母安详地睡在里面，那样子我永远都记得，那是睡在自己家里，自己的床上才会有的样子。

我终于有了一个自己住的单间，是阳台改造的，七平方米，刚够支一张单人床和一张写字桌。布置这个房间令我兴奋了好几天，我终于也成了我的朋友中独自拥有自己的房间的少数幸运儿之一。我在墙上贴了诗人普希金的像，因为我见过一位诗人的家里也是贴这张。贴了用毛笔书写在宣纸上的颜体字：奋斗。贴了大海的风景、高山的风景、落日中的河流，还贴了足球明星的照片；把以前放在木箱里的书籍都陈列在桌子上。这个房间布置得充满隐喻，使来客绝对想不到我当时实际上还是一个工厂里的工人。而以为这里住的是一个多愁善感的、热爱大自然的、有文化和教养的将要写出不朽的抒情诗篇的不知道靠什么混日子的青年。这个长达三天的安居工程，费尽心机的是墙，然后是书架、桌面。为了让一个维纳斯的石膏像与墙上的印刷品协调，我反复多次地调整它的位置。至于床，我后来随便抬了一张那种编着号的木板单人床，它是我父亲单身时睡过的，我父亲对此举颇为满意，认为我继承了艰苦朴素的家风。他只是对我在墙上挂的条幅"奋斗"，有些意见。他的意见是，为什么奋斗？不清楚，是不是个人奋斗？外人看见不好。这次我是我行我素了，没有采纳他的意见，只是为了让来玩的人印象更深刻，我又用水笔抄了一段马克思的格言贴在"奋斗"下面："只有在崎岖小道上攀登的人，才有希望抵达光辉的峰顶。"这个房间的缺点是没有锁，我说要装一把锁，家长说没有必要，都是一家人，锁着干什么。我想想父母的房间也一样不锁，就不再坚持，但在里面装了一个插销。我终于能在夜晚独自一个人以我个人的姿势睡觉了，这是我认识芒十年之后，当时我才十九岁，现在我已经二十九岁。芒早已结婚，结束了寄居，有了自己的房子，与一个女人和一个男孩建立了新的集体。那夜，我像睡在一间陌生的客房里一样，无法入眠，胡思乱想，忽然想到自己今后或许会有同房的机会，心一阵猛跳，就爬起来打开灯，拿出专门为住这间房而买的折叠式台镜，把年近三十的脸凑近了，细看微观。

一九九六年二月六日于昆明

翠湖记

打开电脑，写下翠湖记三个字，忽然觉得找不到词，望着蓝屏发愣，记些什么？半天，这个湖在我的屏幕上还是一片空白，我发现关于它，我实在没有多少话可造。硬鼓着要造的话，恐怕也是些陈词滥调。这倒不是因为关于湖的美文华章艳词丽句在文字堆里早已汗牛充厩，而是翠湖在我的记忆里几乎就是一片空白。苦思冥想，搜肠刮肚想得起来的也只是些支离破碎且难以提炼升华的片断。我见过的湖很多，但湖这个词作为一个具体的命名在我的生命中苏醒，是从翠湖开始的。童年时期，它是我的人生世界中最大的一片水域。我关于水这个世界的一切，都汲取自翠湖。波浪、水草、游船、亭子、假山、翻着白肚皮的死鱼，这是我最初的关于湖的印象。

但这一记忆相当模糊，我可以想起来的仅仅是扯着父亲的衣角，在湖堤上走。是否有风，是在春天还是在秋天，是在阳光之下还是阴郁的冬日？湖水是蓝的、灰的还是绿的？没有颜色的湖。还有什么？好像我是在翠湖里学会的游泳，只有孩子敢于在翠湖里游泳，它周围一圈水泥柱的栏杆围着，栏杆外面就是大街。那年我在湖的东边，和弟弟，光着屁股，栏杆边站着许多看热闹的大人。在水里踩着踩着，忽然就浮起来，再也沉不下去了。好像是在黄昏，一群金黄色的小孩，肯定着水呛过，水是什么味道，记不起来了。我还记得什么？好像有一次，从一片浅水企图逃票偷渡进公园，提着鞋子和裤管涉水，上岸，把鞋子扔在红泥巴的地上，滑滑的，把脚套进去，鞋跟还未拔起来，就被管公园的抓住了。一列小孩，被押到公园的大门口，站着示众。大门是什么颜色？好像是红油漆的铁门，记不清楚。还记得什么，和表哥在里面的一个塘子里钓鱼，管公园的人来了，把表哥藏在身上的鱼钩盒搜出来，扔到水里去，表哥心疼得眼泪直淌，那铁盒子是他的宝贝。印象较深些的是，有一段时间，翠湖干涸了，水塘的黑土上长出了茂盛的青草，草长得很高，我曾躺在那里看天，用网兜捕捉蜻蜓。还记得什么？某年的夏天，在门口等一个人，她迟到了近一小时，后来与她在公园的一片草地上开始谈一种没有乱说乱动但惶恐不安的恋爱，因为经常有"工人纠察队"在附近反复巡逻，有被捕的危险。如何的惶恐不安？想不起来了，没有细节，总之大感觉就是老在东张西望。还记得些什么？湖中间的岛上过去有一个图书馆，我在那里读过不少书，听说钱钟书或沈从文之类的人物也去过这个图书馆，这倒是很值得一提的，可惜这个图书馆已经搬到一环路边上去了，现在里面是个茶馆。还记得些什么？连天乔木无穷碧，映日荷花别样红，这说的是西湖吧？当然，还有小卖部，儿童乐园什么的。再说的话，也就是些小学生的流水账了，一年三百六十五天，天天要看见翠湖，绝早沿湖小跑减肥、八点钟送女儿去湖边上的幼儿园，傍晚再接回来。隔三岔五的要进公园去一回，领着小女儿把儿童乐园各种新旧名堂都耍一遍。门票最早是五分钱，现在是两元。还有散步啦、打酱油啦、买卫生纸啦，都在翠湖附近。但这些鸡毛蒜皮的事有什么积极意义深刻之处？值得写吗？值得为人道吗？也许印象最深刻也最有意义的，就是八五年的冬天，西伯利亚的海鸥忽然改变了南行的路线，把翠湖当成了它们的越冬基地之一。这倒真是开天辟地的大事，我从少年时期读过的课文就有高尔基的散文诗《海燕》，知道海鸥乃是革命者的象征，一直梦想有一天能面对"波涛汹涌"的大海，朗读这首诗。现在好了，海鸥就在翠湖里，满满一湖，叽叽喳喳，闹得翠湖像个养鸭塘。既没有暴风雨，也没有灰色的海浪。美中不足，严重的不足。但这件事还是有得可写，净化人心啦、启发爱心啦、拯救环境啦，题目多的是，可我还来不及动笔，这件事的深刻闪光之点，就已经被人发掘光了。大报、小报、摄影比赛、歌词评奖，甚至树碑立传什么的，关于海鸥的那几个身价百倍的形容词，像纯洁啦、高贵啦、白衣天使啦早被哄抢一空，我有什么可说？望着干燥的电脑屏幕，关于翠湖，我恐怕是只有废话可说了。

　　说到底，我其实是素来不把翠湖这种小家子气的地皮放在眼里的（近年冬天是个例外，有海鸥嘛）。这塘水就在我住的翠湖北路17号五号楼下面，而且是自我生下来之后到今天，将近半个世纪的时光，我一直住在它旁边，从未移动一步。说起来，这个水塘倒也是我的寓所窗子外面的唯一可以想起所谓"风光"一词的地段。在四周的密密麻麻的水泥楼层的包围中，勉强暗示着大地的部分原样。一个像颐和园西湖那样有水有船有亭翼然的种植着乔木花草、并且在池子里养着数百尾金鱼的区域。但凭这些就称它作"湖"，简直就像捡到一分钱交给民警被写在黑板报上公开表扬一样夸张。它根本没有什么"湖"这个词所必须具备的容量、深度，也没有这个词会派生的种种状态，比如"水是这样的透明，二十五至三十英尺下面的水底都可以看到。赤脚踏水时，你看到在水面下许多英尺的地方有成群的鲈鱼和银鱼，连前者横行的花纹也能看得清清楚楚，你会觉得这种鱼是不愿沾染红尘，才来这里生存的……"（梭罗《瓦尔登湖》）或者"八月湖水平，涵虚混太清。气蒸云梦泽，波撼岳阳城……"（孟浩然《临洞庭上张丞相》）"至若春和景明，波澜不惊，上下天光，一碧万顷；锦鳞游泳，岸芷汀兰，郁郁青青……"（范仲淹《岳阳楼记》）之类。所谓"翠湖"者，"它现在的水，等于是昆明地区下水道流出的污水……"（《云南日报》1996年8月25日）实际上它只是有些在文化意味上的"湖"这个词所具有的某些常规罢了（这些常规，我称之为"西湖化"），虽然文人在里面挂了匾，还夸张地说什么"城市别开仙佛境"，其实不过是一潭死水被些假山楼台和植被遮掩着，如此而已。但比之通常所谓水塘，它又要大许多，绕着它走一圈也还要二十多分钟。如果对水的质地视而不见，闻而不饮，仅仅看看它中间的假山以及如广告旗般招摇的棕榈树或柳树，也还是令人怦然心动浮想联翩的。在偌大一个昆明市区，毕竟只有此处还有些"意境""幽处"，还可以理解何谓"风光不与四时同……"但翠湖毕竟是不伦不类，非湖非塘，更未见于正史（外地人说起昆明，都知道滇池，谁知道什么翠湖。就像外地人到了北京，都是直奔着北海颐和园这些进入了正史的地方去，谁会去什么红领巾公园？）也没有什么英雄名臣的墓在里面，不过是那些已经名震江湖的名湖的一个赝品罢了。

这种赝品当然不会令人肃然起敬，在昆明，它不被纳入文物名胜之列，而是被日复一日地像地主家的长工似的最大限度地利用着。方圆不过七八个足球场大的地盘，管理它的部门不仅让它容纳亭台楼阁，花坛柳堤。水里要挤满游艇画舫，岸上要遍布展览活动，而且还建了儿童乐园、大人玩的飞船，还有规模庞大的美食城、三四个工艺品商店、十多处烧烤店、小卖部、茶馆……平日里，人们把它视为一个公共的免费大健身房或空调机，每天清早，跑步的人就像热被窝里钻出来的气喘吁吁的马，小腿紧绷地围着它跑步。练拳的人则随风而动，俯仰之间，汲天地之精华。还有练功的、吊嗓子的、熊一样吊在树上的、老虎一样长啸的、甩手的、打拳的……或者，在太阳高过柳梢的时候，慢悠悠地迈着企鹅般的步蹀进去，找个阴凉处下棋、品茶、搓麻将。或者，到了傍晚，顺时针方向绕它一圈，消食、纳凉；此外，约会啦、聊天啦、谈恋爱啦、解闷啦这些都是由翠湖张罗，谁也不会环绕着水泥建筑去做这些事的。在昆明，人和人要约个见面的地方，往往就会说，翠湖见，八点，竹林岛。莫迟到嘎！到了星期六星期天或者节日，翠湖就更热闹了，几乎湖中的每一条船上，每一块空地，都占满了人，铺天盖地的都在舒筋活血，喝茶聊天，犹如一个大盆景，布满了活生生正在蠕动的虫子。在翠湖外面，大家等级分明，科长、书记、主席、委员、大亨、小姐、先生、女士、工人、农民、君子、小人、教养、学历、资历、离休的、退休的、在机关里的、在社会上的，分得一清二楚、一本正经，分得装模作样，分得衣冠楚楚，分得道貌岸然，分得壁垒森严，分得立场坚定，分得井水不犯河水，分得硬邦邦剑拔弩张一触即发。可进了翠湖，大家就一起软掉、松掉。像各种品牌的糖遇到了合适的温度，融化了、温柔起来、低垂下来、下流开去，可以甜言蜜语、柔词软句，可以抚摸、可以亲近……种种俗不可耐的小名堂、犯规的小勾当都干起来。有小赌小博的、有小撕小啃的、小吐小嚼的、掏耳屎的、张开大胯抖热气的、骑在假山上练腿的、用手揩清鼻涕或油炸鸡腿抹在嘴角上的油腻的、唱花灯的（平时他可不敢唱，怕人家说他骚。骚，在翠湖是读阳平、比读阴平的骚意思更毒些）。搂肩搭脖的、挤眉弄眼的、讲B侃膀的、窃窃私语的、摸摸捏捏的、相亲相近犹如水中鸥的。俯卧，用两手支着下巴的；仰卧，双退叉开的；脱掉鞋修剪脚指甲的、互相搂抱的、彼此不分连成一体的、玩鸟的、观鱼的。"三月三日天气新，长安水边多丽人。"满园的美女个个是在家的行为，慵懒无力，脱鞋、宽衣、解带。在樱花树下，在海棠树下、在飞檐下、在竹瓦下、在花花绿绿的阳伞下，风过处，揭开一条条洁白修长的腿，也并不脸红，就任它那么晾着。其间，到处穿插着男人们温柔的话、厚颜无耻的话、体贴入微的话、肆无忌惮的话、肉麻有趣的话、浅薄无聊但意思清楚的大白话……在这场合，如果个别人一本正经，在一片昆明土腔之间，卓尔不群，用普通话思考，做出正式场合的深沉孤傲状，大家感到了，只是觉得有点累，倒也不会说他什么，只是觉得这种人难玩，以后不约他来就是了。

　　"小姐　倒几盅茶来"　一大家子　扶老携
　幼　背着麻将和点心　拎着水果

186

在柳树和枫树之间　就座　一模一样的靠背椅　不分家长位　晚辈席　铺开布

麻将打起来　淡水鱼的游戏　小赢小输不图个你死我活　罪孽边缘的娱乐

光明磊落　玩得比较轻松　洒在桌子上的不是象牙金子　是无偿的　碎阳光

终身不嫁的老姑姑　忘记了钥匙　在一只蜜蜂的脚下面　含着水果糖

当众睡着了　她的老妹妹　悄悄地说：

"拿件衣裳给她盖着腿，莫被蜜蜂戳着"

一桌　四个男人玩二十一点　郊区的工人阶级　穿着羊毛背心　牛皮鞋

另一桌　男男女女　花花绿绿　嗑瓜子瓣石榴　削梨　啃甘蔗　喝三种水

发言的　说天下大事　发呆的　想个人问题　发笑的　发现了好笑的　另一桌

下白子黑子　另一桌　看书　另一桌听鸟叫　另一桌　看另一桌的美人

小家庭　石凳上做梦　三位一体　四世同堂之族　在草地上午餐　印象派的起源

湖面上停着些画舫　一艘　坐着小王和小赵
另一艘　昆生和丽媛　鱼戏莲叶北

有人空地上舞剑　有人唱花灯　有人在柳树下
梳头　有人形单影只　独立

有人成群结党　社交　有人把脚放入湖水　有
人用神仙的声音问：

"是哪里的缅桂花开　这么香？"

一个被阳光收罗的大家庭　植物是家什　人是
家长　活着的　都是亲属

蛇伸出头来　吃些零食　鸟跳下来　与人争光
抢地盘　比高低　鱼戏莲叶西

各族昆虫　明目张胆　打开翅膀　拱出甲壳
开始户外活动

磨磨蹭蹭　路过桌子　茶杯　手表　金戒指
新大陆　令爬行者眼界大开

会被正在捕风捉影的蜻蜓　戳着鼻梁　会被盲
动的小飞虫　一头撞上眼睛

会被树枝　揪住头发　会身不由己　被阳光驱
赶着　从热点向冷门转移

黑色会计师　在石拱桥上　突然发现　世界的

背景材料　不是金属　而是

　　天空　水　阳光　大地　植物　中年人　像
骆驼出了沙漠　眼睛潮湿

　　裙子们　举着几个女学生　匆匆穿过　绿
杨荫里白沙堤　在夹竹桃和仙人掌那边

　　桃花潭水　深千尺　同学目前的作业　是
把手伸进水中　摸一下　金鱼

　　托着荷花的　刺　老儿子　在六角亭里遇
见了父亲　子曰：

　　"刚刚　在西园　看见竹笋"

这些是买了门票在里面的，还有不买门票的，就围
着翠湖外围的水泥栏杆活动，往往是栏杆上坐满吊着两
条腿的闲人，有的向外，对着行人和汽车；有的朝里，
对着湖上的游船和对岸的柳树，有的里外各吊一条腿，
头对头讲话。也有技艺高超的，巴掌宽的栏杆，他有本
事躺在上面睡觉，一颗头支在栏杆柱上，手背垫着当作
枕头。栏杆下面，到处是卖小吃的，煮花生啦、五香鸡
蛋啦、越南春卷啦、腌萝卜、烤红薯、蒸荞糕啦，还有
摆象棋子赌博的、摆几个石膏做的小玩意，交一块钱，
发给你十个圈，套中哪个奖哪个的、画肖像的、剪纸的、
做彩色小糖人的、做棉花糖的、爆玉米花的、耍猴的、

卖艺的、捶背捏腰的盲人、算命的盲人、乞讨的人、样样都要伸头去看的人。正二八经的人也有，不三不四的人也有，都围着翠湖打转。

凡此种种，在别处必被视为有碍市容观瞻，必被视为庸俗无聊、视为小市民的低级趣味、视为精神污染，严重时，还要成为革命的对象。但在翠湖这个大圈子里，却可以随心所欲地大暴露在光天化日底下，似乎这里是一个世俗的大教堂，那湖中间供着一个俗不可耐的神，它的吸引力不是引领人向上升而是向下沉，它的面目不是严肃正经，而是轻松解放。它的圣经在自然界的山水花鸟风花雪月之间，在人之常情、人之常态、人之常欲之间，在人生的被文化的正统压制着的下流卑俗之间。发现它不消仰视，扭歪脖子；不需修炼到来世，只需要从一小市民的视角就可以看见。但这个神没有神位，在花名册上找不到它的名字，所以也不是像进了教堂寺庙那样谁都可以见得到的，有些人眼睛上一辈子蒙着亚麻布，他们可以想象那些天上的神、外国的神，但他们永远看不见就在眼皮底下的灶神（在中国的正统文化中，世俗的神其实一直是偷偷摸摸，东躲西藏，时不时要人人喊打的）。白天，满园慵慵懒懒，熙熙融融、其乐无穷，肤浅到只消再剥掉一层，就是赤裸裸的地步。但到了某个时辰，满园的庸人纷纷起来，摇身一变，恢复了身份，戴上了面具。穿外衣、穿袜子、穿鞋，用餐巾纸把皮鞋头上的冰淇淋汁揩掉，搞亮；收拾东西、整理头发、揩嘴、抹些口红、拉平衣服、用手拍拍屁股上的碎草……检点完毕，遗下满地的快餐饭盒、苹果皮、香蕉皮、瓜子皮、话梅核、糖纸、酸腌菜根、花生壳、板栗壳、鹌鹑蛋壳、瓶瓶、易拉罐、口痰、鼻涕、小便、牙签、吃剩下的烧豆腐、烧洋芋、烤鸡翅膀、羊肉串、炸带鱼……好像这一切从未与他们"火红的年华"发生过任何关系，个个迈着君子的步子、官员的步子、大家闺秀的步子，领班、绅士、老板、教授、副高、工人阶级、公社社员、无产者……的步子，一脸的庄重，一身的板扎，跨出去，好像外面正支着一个巨大的照相机，而他们都是某个会议的成员，现在，是集体合影的时候。

玩归玩，乐归乐，俗归俗。翠湖虽有这么多的功能——饮食娱乐、吟风弄月、唐诗宋词回忆录、健身房、养鱼塘、婚姻介绍所、吸氧器、空调、明目清心丸、酒（醉翁之意不在酒，在乎山水之间也）、最后的昆虫保留地（水泥铺平的昆明只有这里还可容少量昆虫栖身）……但没有人会因为翠湖好玩好耍就真把它当回事放在眼里。在普遍的公认的审美标准看来，翠湖毕竟是一个没有什么深度、名堂、内容的而且水脏的公园，故而只配与一些鸡鸣狗盗男盗女娼鸡毛蒜皮登不得大雅之堂的勾当有染，其地位说难听些，比起市内的广场、寺院这些超凡脱俗、妙相庄严的大场合来，它不过是个妓女罢了。所以，比如大家在翠湖里照相，都要避开它那些天天如此的平庸场面，只在海鸥飞来的时候，或者繁花似锦的时候，才去抢些镜头。没有什么英雄豪杰的故居墓穴做背景么，照相的人就自己摆出英雄的动作、明星的动作、大人物的动作、远眺、沉思、挥手什么的（近年流行的是拿个大哥大，背靠一树繁花），以使平庸的背景好歹获得些升华。花开在高处呢，也要搭些架子，避开毫无特色的树干，升华到花多的空中，捕捉花团锦簇的效果。没有花的地方，也要人为地在绿叶上挂些塑料的花，以假乱真。我看到一家人照相，由于花朵在得高，人矮，进不了画面，就叫人把花枝拽下来，拽得恰好在矮人的肩头附近，然后这个拽着花枝的人蹲下来，躲在照相的人身后，终于创造了美。更爱美的，干脆就把花朵摘下来，别在胸前，含着一笑。再比如，其实昆明有不少人都是在翠湖谈的恋爱，那条长长的水泥栏杆、那些石凳子、草地、竹林、树底下的旮旮旯旯其实他们熟得很，什么艳词丽句不在这里抬出来讲啊，什么越位动作不在这里预先演习一番啊！我晚上在湖边散步，耳边经常会听见些从某个幽处飘来些古典诗词或"鸳鸯蝴蝶派"的短句，什么冰清玉洁喽、沉鱼落雁喽，什么"你的心像月光一样冷喽"、"我的小玫瑰啊"、"别人对我无意中念到你的名字，我心就发抖"喽……对于一个老昆明人说，很可能是他爷爷奶奶在此谈的恋爱，他父母双亲在此谈的恋爱，他本人在此谈的恋爱，他的姑娘儿子孙子也逃不出要在此恋爱的。这里是他们年轻时期流连忘返的窝子，日日一吃过晚饭就要去的地方，可是待到大家成双成对，生儿育女之后，讲普通话的朋友问起来，两口子在哪儿认识的？太湖之滨。或者拣出合影给人家看，背景至少得是西湖八景之一吧。在翠湖谈出来的恋爱，公认比不上在庐山、西湖或日内瓦公园谈的恋爱，导演决不会像拍《庐山之恋》那样拍什么翠湖之恋，这种俗不可耐的小地方会谈得出什么感天动地的痴恋奇爱么？传宗接代的小把戏而已。所以谈过的人都略过不提。再比如，不独一般人不把翠湖放在眼里，就是诗人们也不会在华章佳句里冒冒失失地提起故乡翠湖之类的不良不莠只与稗史有关的地方，以免自取其辱。在公园湖心亭后面一百米附近的单元楼居住的诗人要写巴黎的卢森堡公园，翠湖北路 5 号大杂院里的抒情者要为卢沟桥泪流满面，在翠湖小学毕业的作协会员可以想象出"翡冷翠的夜"。最缺乏想象力的，想象不出高雅深刻的，至少也要朝着蛮荒原始方面开动脑筋。我认识一个在翠湖旁边某单位工作的诗人，就是由于写西藏的一座不能住人但"有神性"的荒山而名扬诗坛。我认识另一位在原籍、档案和婚姻登记都在昆明的画家，文化厅的一个副处级干部，最近给我工作的杂志投稿，他的美文里写道"啊，我终于来到了多年向往的，多少年梦见的高原，也许，也许，这才是我的故乡，我的灵魂的归宿，我的生命的起点……西藏之旅，我在这片雪域净土上思变，终于找到了自我，找到我的艺术，遥望原野地平线上那披挂银色铠甲的牦牛，在暴风雪中纹丝不动的雄姿，我感到博大高原赋予我的力量。这片尚未被现代文明染指的最后净土，以其雄浑超然、大气磅礴的阳刚之美，对我的人生、审美和艺术产生了深刻的影响"。这个人是个老昆明，我经常遇见他在翠湖边上的青云小吃店吃小锅米线，嘴角上沾着油辣子。因为经常在这里遇着，成了熟人，他时不时还要向我介绍："对门的卤饵块味道好呢，但要起个绝早，才吃得着。"读毕他的美文，我望着他那张《奥秘》杂志一般的脸，肃然起敬。他舞文弄墨一辈子，从未正眼瞧过家门前的翠湖一眼，何谓不屑一顾，此之谓也。像他这种对正在眼前、天天要看的庸俗场合不屑一顾的骚人墨客高人雅士在中国太多了，不独翠湖周围，比如众所周知的港台女作家三毛啦，流行歌曲"我的灵魂在拉萨"啦，握着《瓦尔登湖》自杀而名扬诗歌圈的某某啦，多了，俯拾即是。

我自然也是不把翠湖放在眼里的了。虽然可能在翠湖边上写作谋生的人群中，我是与翠湖关系最密切也最悠久的一个，天天见，早不见晚见的一个。我在这个湖边上出生、长大、恋爱、生活、写作。在三十岁以前，我的"家园"从来没有离开过距翠湖五百米的地区。以后也不会经常超出这个范围。在翠湖以东的一条街道上，我安全地度过了少年时期，从一团肉开始，长成了一个身高一米六的青年、中年，并且可能还要在此获得长寿。但我怎么好意思在"文章千古事"中承认这一点呢。一个充满小市民趣味的湖，既看不出什么孕育天才的风水，也没有什么改变了历史进程的胜迹好为人道。傍晚绕一圈，遇见的不是大姨妈就是三舅爷，或者修单车的马师傅，守大门的石大爷，住隔壁编报纸的张某某夫妇……我是读过诗的人！也读过中文系，当代美学考的是87。我怎么好意思让读我的美文的那些读者发现，改变了这位作家的不同时期的想象力、美学立场、思想深度、泡制了他的灵魂以及他的年龄、生理状况、性趣的等等事关大是大非的一切，居然与如火如荼的斗争、时代大潮的洗礼、九死一生的冒险生涯、或者风光旖旎的异域情调统统无关，我的生命的起点以及后来的九死一生不过就是在一个"昆明的下水道的水"形成的气味不良的大水塘开展起来的呢。在我二十多年的写作生涯中，我写过距昆明三百多公里之遥的《云南冬天的树林》，写过迪庆州的《高原上的高原》，写过红河县附近的高山，写过昆明郊区的稻草堆，近来还写了伦敦的教堂、巴黎的米拉波桥、纽约的黑人聚居区……我可以说是已经著作等身了，但我清白无比，洁身自好，从不在我的文字中提及翠湖。

可是偏偏是翠湖而不是青海湖就在我卧室的底下，除非我自愿背井离乡，否则我躲都躲不脱。我天天都看见它，每天我一开窗，飘过来的就是它的气味，它就像是我的家具一样，成为我生活习惯的一部分。在大部分的时间中，我根本感觉不到它的存在。我渴望的是"诗意地安居在大地之上"，如果在我楼下的是瓦尔登湖就好啦，我脱口就可以说"在我楼下，就是那个瓦尔登湖"。够啦！一句顶一万句。可是翠湖呢，我得有丰富无比的想象力，"这个湖就像瘦西湖的女儿一样，在我家楼下梳头。"但要令读者深信不疑，我得编造多少谎话啊！"人诗意地安居于大地之上"，这句话的出处是海德格尔，他老先生特别交代说："因为'诗意地'一词作为诗来看待时，通常总被理解为仅属于乌何有之乡。诗意的安居似乎自然要虚幻地漂浮在现实的上空。诗人重言诗意的安居是'在这块大地上'的安居，以此打消这种误会。荷尔德林借此不仅防止了'诗意'一词险遭这类可能的错解，而且通过附加'于这块大地上'道出了诗的本质。诗并不飞翔凌越大地之上，以逃避大地的羁绊，盘旋其上。正是诗，首次将人带回大地，使人属于这大地，并因此使他安居。"我在大地之上的安居何在？就是翠湖。我的家（二室一厅）在此，故乡在此，父老乡亲在此，我说的话只有在此才有心领神会的耳朵，我的舌头只有在这里发言的时候才不会发硬发僵。翠湖就是我自己的大地的一个核心，我的生命是由此地开始向大地和世界逐渐广延的。"条条大道通罗马"，但我无论从哪一条道路前往罗马，那是天堂也好、地狱也好，诗意也好、庸俗也好，首先必须路过的就是翠湖，绕不过去的。所以，要不靠编诓闹卯（昆明方言，扯谎、胡编乱造之意）混诗人牌照，我还得老老实实把我的出处交代清楚。可是即便我真的想老老实实把翠湖放在眼里，把自己的出处放在眼里，我还是交代不出的。我肯定不可能像梭罗交代瓦尔登湖或范仲淹交代洞庭湖那样交代的。我将要交代的并不是一个处女般的湖，这种湖，说什么就是什么，说什么都是开始、都是第一回、都在世界上独一无二。翠湖却是另外一码事，它在我生下来之前就已经一言以蔽之：翠。再写，不过是在"翠"的基础上小打小闹，"翠欲滴"啊"翡翠似的绿孔雀"啊之类。在"翠"之后，它还能有什么绝妙好辞呢？不可能写出《瓦尔登湖》那样的传世之作；不可能像怀特那样再到湖上，为那"永远不会失去光泽的湖，那不能摧毁的树林，牧场上永远永远散发着香蕨木和红松的芬芳……"而叹息，也不会吟出什么"气蒸""波憾"之类的千古绝唱。并且，我说不出翠湖本身，我只能说，它的某处像西湖，某处像扬州的瘦西湖，某处像苏州的沧浪亭，某些树像柳永写过的那种……从外表上看，你看不出翠湖像就是翠湖的地方，中国有多少与它一模一样的湖啊。它的树不是它的树，它的水不是水，它的楼台亭子不是它的楼台亭子。关于它的记忆不是它的记忆，关于它的描写不是对它的描写。我还写什么？

翠湖是如何落到这般地步的？

翠湖在古时候是滇池的一个角落，与滇池连成一体的。说起滇池，大家都知道吧？范仲淹的《岳阳楼记》中的描写，换个湖名，改改地址，讲的就是滇池。所谓"波澜不惊，上下天光，一碧万顷；锦鳞游泳，岸芷汀兰，郁郁青青……"者也。滇池在最初，属于化外之地，远离文化中心，一片蛮荒罢了。关于它的话，仅有"滇"这个发音。土著望着这一片苍茫大水，说"滇"。滇是什么，不可考也。或者就是"真的水"吧，意思很明白很朴素。它的诗意被发现，是后来的事。当时翠湖这个角，只是一汪沉默在水中的水，一个词的诗意也没有。后来滇池水位下降，这个角得以脱颖而出，自成一格，边上又露出许多沃土来，就有居民在水边种菜，所以被叫作菜海子。在十九世纪，由于地貌起伏，这个角已经完全脱离其母体滇，既不是滇，又不是古已有之的什么，其貌不扬地待在土里。土是什么，今天是个贬义词，其实它最初的意思，不过是事物和大地的关系密切亲和罢了。明朝，它被围入城内，为了让它看得上眼，沐将军在水边种柳牧马，"柳营春试马，虎帐夜谈兵"，试图把这片蛮地与汉朝周亚夫的"柳营"联系起来。多年后又有大王吴三桂"填菜海子之半，更作新府"。又有总督范某、巡抚王某心血来潮，在菜海子中间的岛上建筑"海心亭"。当时秀才贡生见了，个个诗兴大发，犹如久旱逢甘雨，若干对联及时挂到亭前，其中名列前茅者曰："风雨动鱼龙，池影碎翻红菡萏；丹青映楼阁，天光倒浸碧琉璃。"这片蛮荒之角开始脱掉些土气俗味，有点意思了。嘉庆时，名士倪某感到"一亭之外，别无容膝"，又在亭子旁建盖了莲花禅院。从此更是"莲花开色相，西湖水月证初心"。现在，菜海子开始向着在"西湖"一词这个意义上的水域升华。道光年间，阮总督模仿西湖筑了综贯南北的"阮堤"。现在土包子终于登得大雅之堂了，"十里荷花鱼世界，半城杨柳佛楼台"。它本来是什么出处，几乎快看不出来了。所以文人又考证它的出处，"九泉所出，汇而成池，故名九龙池。"（倪蜕《滇云历年传》）菜海子现在有了学名，出身也与"龙"挂靠上了。从前的小名现在成了俗人的讹传。"有池曰九龙，一名翠海。俗讹为菜海子。"（《道光云南志钞》）到民国初，日本留学回来的唐大将军再次将它雅化，自东而西修了"唐堤"。现在，这块地方从前是什么样子已经基本看不出来，它与大地的关系已经变得不清不楚，从池，水也，到湖，古月水，它在西湖式的诗意中获得了升华，而它的前科则成了黑暗中的部分。云南地方，本来没有什么杨柳荷花，也没有什么亭台楼阁。大地之上，多是山岗上的云南松、滇青冈林、滇厚壳树、栲林、油杉、冲天柏……水泽里的海菜花、轮藻、狸藻、篦齿眼子菜、白鱼、鲫壳鱼、金线鱼、昆明裂腹鱼、云南光唇鱼……以及土著的茅草屋、独木舟。现在都失踪了，岸上到处垂杨绿柳、有亭翼然；盆景、假山、对联、茂林修竹，水中走的是金鱼，开的是荷花，完全西湖化了。一言以蔽之"翠"，翠者，绿之升华也。某年某月，诗人某在湖边看见一番景致，激动得淌眼泪，脱口而出的不是"滇！"而是"杨柳岸晓，风残月……"。随后，对着涟漪吐下一泡口水。在当时，翠湖得自其母的天赐，水质极好，"每日泉涌不断。建在九龙池旁的昆明第一水厂每天从这里抽出五百吨优质水（九龙牌矿泉水）供给市民"。（《云南日报》1996 年 8 月 25 日）那时，它既是食物，又是风景，所谓"四美具，二难并"，这也算得一解吧。但历经百年数代，翠湖还是没有能够被"文明"，仍在野史之列，这是由于它后来发生的一切，都是古已有之，除了水是真的，其他都逃不脱赝品之嫌。何况五百年间，也没有什么英雄异人出其左右。所以外地人到了昆明，乍一看，也会大惊小怪地嚷嚷，好一个昆明西湖！但走上两圈，就发现，比西湖寒酸多了，根本不能放 B 它在眼里，回去只字不提，只说滇池。到了一九六六年，文化被革命，翠湖作为一个由旧时代的剩

201

水残山组成的盆景也跟着遭殃，砸的砸了，拆的拆了，只有大片的水无法革命，无法把它改造成广场那样入时的冠冕堂皇的场合，但也不能放任自流，就挖了许多井，从地下抽它的水吃。单单把它视为食物，视为一个为公家收利息的天然银行。本来，滇和翠湖，是自在无用之物，它们并不为任何它自身之外的目的而存在，硬鼓着将它在诗意中升华，已经是勉为其难；再把它的水视为可利用之物，它就大难临头了。终于在五百年后，翠湖干涸了，地下的泉眼不再出水，不仅在外貌上，从根子上也彻底断了和大地的联系；而在文明那边呢，又没有与正宗名牌挂上号。无论在传统还是在现代的意义上，它都很不够品味，所以文化精英和庸碌大众都不再把它放在眼里，也是势所必然的了。它之所以还没有被填掉，靠的就是它好歹还有些楼台亭阁金鱼假山、茂林修竹之类，比起它周围那些灰压压的水泥街区来，还算顺眼。沧海桑田，从前滇池的这个角确实获得了升华，今天没有人再知道它的出处，它脱离大地在诗意中升华了，甚至脱离了一个湖之所以为湖的根本，水。报纸上说，"时光一年一年地流逝着，翠湖仍在日益加剧的侵害中挣扎着，也无言地等待着……"（《云南日报》1996 年 8 月 25 日）它还能等待什么？它现在离滇池有二十公里，而且是水泥路。当然，也可以像现在正在施工的那样，挖个管道什么的，把别处的污水经过处理引进来，换它一湖清些的水，但这是另一回事了，谁又会因此就把它放在眼里呢？我又能因此就说出点什么有诗意的么？

唠唠叨叨说了这么多废话，与翠湖本身有多少关系？我真的是无话可说，因为它实在是再也难以捕捉到什么可以升华的内容了。作为它的居民、原住民，我只能当它是我的一个生理缺陷，只字不提，视而不见。

一九九七年一月、八月于昆明翠湖东路

火车记

心虚悬着，处于古汉语所谓"惴惴""忐忑"之中，像断了线的气球，落不在实处。因为，将乘坐火车。

距离火车还有 48 小时，3000 米之遥，日常话语就更换为与火车有关的词汇，诸如：购票、方便面、硬座软座、正点晚点、小偷、抢劫、流窜犯以及肮脏、混乱、拥挤、小心、警惕之类的动词、名词、形容词。家人设身处地、经验十足地预见忠告着一切："父母在，不远游。""出门靠朋友，一个朋友都没有，就不要出门了。""带那么多包，挤不上火车怎么办？""提前一小时去就行了。""钱放在哪里呢，万一偷掉，你回都回不来。""我缝在短裤上啦！""半夜怎么办，睡不睡呢？""不睡，半醒半睡，包和箱子全用软锁锁住，隔

204

半小时检查一次。""可谁是你的下铺呢，万一是个坏蛋乘黑捅你一刀？""我只带了两百块钱，抢也抢不到哪去。""他怎么知道你是好人啊，他捅你就捅。""万一他是好人呢？""万一不是呢？""只有豁出去了，他捅我一刀，我捅他两刀！""又何苦啊，得不偿失啊，真叫人担心啊！"还有吃饭怎么办？上厕所怎么办？谁替你看守箱子？生病怎么办？万一翻车怎么办？万一——如果——假如——云云。习惯于在家里闭上眼睛待着的家人把出门乘火车这件事描述得危机四伏、兵荒马乱。仿佛将要去闯龙潭虎穴，仿佛是置身动乱时代的前夜，平静熟悉的生活将结束，火车上充满的是陌生、不安全的动词。火车并非第一次坐，但每次都会心情紧张，心不会像散步时那样落在实处。

车站就不是个好去处，同样是有墙，有门的建筑，却可以容纳成千上万的人自由进出，光这一点就相当凶险，哪有四合院来得安全。人处于车站，没有任何屏障，正面、侧面、背后、左右都为陌生人所包围。孤立无援，到处是人而没有熟人，没有熟悉的声音，没有靠惯的老墙；什么都不能靠，只能自己依附自己。大不了蹲下来，依偎自家那几个藏着私人财产的箱包。混乱无序的地带，活动、喧嚣、摩擦、碰撞，来自中国各省各州县的气味混杂成一种车站特有的气味，令人窒息憋闷。处于陌生人的集中营，满脑子是"小心、谨防、提高警惕、不能讲真话"之类的戒条，连自己是谁都忘却了，脑袋和神经全副武装，像战争动员令中的国家，随时准备对付一切破坏活动，人人如此，因此车站时常会发生争吵、打斗之类与人性不合的动态。没有档案的地段，全是身份不明的人物，底细隐私绰号无法掌握，政治面目、婚姻状况、经济收入、血型、手相、前科、气质一概不清楚。生存的安全感靠的就是对上述方面的收集和掌握。车站是可怕的，可怕的陌生，永远是陌生在乱动、变化。经验报废了，陌生是一条到手就滑的泥鳅，分不清左中右，分不清是与非，看不见事件的本质，好人说话，坏人也说话，好话坏话分不清楚。只有各种各样的身体、面目、衣着在动。看不出动机。心怀鬼胎，心怀不轨，心怀叵测，心地善良，心怀磊落，心血来潮，心情复杂，心思单纯，心烦技痒，心急火燎，心神不定，以至心事浩茫连广宇，谁又看得出呢。真正是所谓人心难测。心不可见，却人人是乘客，个个一样平等，无论贫富贵贱，都大摇大摆进进出出。公然与你挨在一起，挡前跟后，在左在右，却不必对你将一切和盘托出，你得忍受他傲慢的陌生，你得忍受他在你周围动作，却不能对一切究根问底你无法将他的档案调来细究，一切都靠不住，一切都非常可疑，不能信任。并且这些身份不明的人全都活动频繁，公开的活动，活动口舌，活动四肢，活动车票，活动食宿。旅行的、买卖的、打工的、盲流的、调动的、出远门的，都是活动。活着就要动，在车站是真理中的真理。但活动可不是个好字眼，以前不是常说吗，某某最近"活动频繁""地下活动"警惕"一举一动"。车站是一个城市活动最频繁的地区，因此"打击""警惕""严防"一类的动词也使用得最频繁，贴在墙上，写了挂在大红布标上，通过大喇叭高音量覆盖下来。它们决不会弄到活着不动，安生守份的好人家里。这个地方再杂以无数专治梅毒、腋臭、脚癣等等与活动有关的细菌的广告，真正是令一个好人一进去就发痒、流汗、生疮化脓的场所。车站并非归宿，它只是人类出发与抵达的中转站，成千上万的人集合在此，并非为了一个共同的目标，大家全是个人主义者，自由主义者，各有各的去处，各有各的心事，各有各的方言，每个人都是暂时的、偶然的、过眼云烟的。一见如故，很可能是骗局的开始；志同道合，难说是有扒窃的嫌疑；促膝谈心，讲的全是弥天大谎；人由于互相不知底细，也就比平时更大胆，更自由，不再注意风度，不再拘泥于表面的敷衍，实实在在，痛痛快快。这是一个没有本质的混乱的表面，因为没有本质，所以警察们安然自得，如巡视鱼群的鲨鱼，他知道这种表面不会发生动乱。但一个多年不动的人进入这里，安全感就消失了，经验不再适用，对策全是下策，面对活动，面对陌生，面对变化，面对种种可能性，人孤立无援，他只有自己帮助自己应付一切了，心落不在实处。

拎着几大包财产和一颗绷紧的心，像一条警惕的蛇那样穿过陌生人的墙壁，向火车靠近。火车比车站安全，它面积小，封闭、牢固、稳定、各人有各人的一隅。站在车厢口的女乘务员给乘客换票，车票递过去，就换给你一个硬牌，上面用钢印打着号码，一瞬，人的安全感又回来了，仿佛得到了一本工作证，一个户口册，有了档案编号，但心还是落不下来。自己的铺位是中铺，上面和下面都是生人，"看不见的手"，心里一紧；而对铺也是三个生人，心里再一紧；隔壁还有七八十个生人，心完全收缩，如捆上了绳子。自己已将自己捆起来，交流开放已断了路，这将是一趟戒备、寂寞、漫长的旅途。铺位没有门，没有帘子，你的任何活动、姿态、言语都将自动处于不设防状态，陌生人的目光可以随时粗暴地侵犯你。你必须当着这些生活习性、世界观、审美方式、幽默感完全不同的人进行私人生活，你不可能为了一点面子就不吃饭、不睡觉、不洗脸、不放屁。一切风度都完蛋了，大家像是置身于一个洗澡池，彼此心照不宣。处于陌生中，处于偶然中，处于不可预测中，谁知道那个穿红衬衣的男子的一瞥意味着什么，很可能就是一次凶杀的序曲；谁知道那个女人微笑暗示着什么，说不定有一段韵事在所难免；而为什么最后上车的这个男子要一直戴着墨镜，他非常像电影里的坏蛋，满脑袋的念头、心眼，这个为什么才落下去。那个为什么又拱起来。一心往深处、秘处去揣测、分析、捉摸。完全不顾眼下、当场的事实，其实如果当时车窗外有局外人瞥见这场景，他会觉得这儿充满和平、安全。一旦置身其中就不同了，一个包厢六个人，凭着看麻衣相的经验先得给他们分分类，凡有人群的地方都有左中右。我上面这个厚嘴唇、愣乎乎的乡下佬，也许可以归为憨厚老实一类。下铺这个三角眼的四川小子，颇像古典小说描写的偷鸡摸狗的角色，要小心。我对面的中铺，是一个黑大汉，穿着军装、军裤，没有领章帽徽，但是有安全感。上铺，是一个美女，徐娘半老，风韵犹存，对她不必担心，女人嘛，怕什么。下铺，一个衣冠楚楚、在墨镜里看周围的人物，这种人特别令人反感，伪君子，自以为了不起，不就是当个小官么，何不坐软卧去，资格还不到吧？肯定是见死不救的自私鬼。此人被我归纳在档案中有问题不可信任一类。再次不动声色地将五张素昧平生的面孔暗视一遍觉得自己判断基本可靠，才找个地方安顿自己的行李。当然这些心理活动比我这些文字写下来的时间快得多，那么一瞥并分析、整理、归类、并下判断，只是一分钟左右的时间，这种功能在这个古老的国家可以说是一种遗传了，我当时根本意识不到我的这些个内心活动。内心的设防完成了，现在的任务是把自己私人的财产储存妥当，要将它在行李架上安置成某种想象中的八卦阵，以最大限度地防偷防破坏。最重要而又不怕压的一包要放在最底下，用软锁锁在架子上。然后才是相对次要的包。其他人也忙着抢滩夺地，建筑自己的八卦阵，彼此寸土必争，但也会互相妥协，因为都是陌生人，没有领导，出了麻烦告谁去？所以得忍着点儿。不得罪为好，在车上还要相处许多天。最终大家的八卦阵都调整得稳妥、坚固，彼此防备又彼此依赖，从整体来看，这个行李架可以看成是一个由六个人的私人财产堡垒组成的一个更大的对付外来侵犯的共同防护圈。这也正是这个包厢六个乘客这个旅次的真正关系，关系一旦确定，彼此才稍稍放松，但在这个旅途中，完全的放松是不可能的了。彼此进一步察言观色，我被厚嘴唇的人归为心狠手毒的一类，而黑大汉又视我为傻B；四川三角眼将我划为一旦有危险时的依靠的对象，戴墨镜的男人则将我在生意人一栏下归档；那个美女对我有好感，考虑了私奔的可能性和后果。我还是我这一个，却在其他五个人潜意识中成了五种角色。而六个人各有六种分类法，在B省被视为正派的外表在G省却视为傻帽，在南方被视为好汉的活动在北方却是淫荡之举。所以六个人的车厢，六六三十六，实际上是三十六种角色在活动。

火车动了。载着陌生的人向陌生的地方驶去，心里并不踏实，进入黑暗的隧道一样，整个人处于日本兵侵入中国村庄的状态，似乎随时随地会有什么爆炸。女人最先打破沉默，一一问每个人要去的方位，就像问您吃过饭吗一样，无非缓和一下气氛，却立即引起了众人的怀疑，我发现至少有四个人谎报了他将要下车的车站。人人都说去的是终点站，却有四个人在中途就下了车。但谈话还是终于蒸发了起来，先是试探性地，如猫的触须，但碰到的全是墙。没有人会傻乎乎的"敞开心扉"，谎言成为交流的最佳工具。谎言保护着每一个人，要获得保护就必须杜撰，杜撰是合法的，犹如一种集体创作，每个人都杜撰了自己梦想中的自己，而不会有人来揭穿你的梦。因为不存在事实，你的说法就是你的事实。于是每个人都变得像诗人一样，靠传奇来征服别人。在座的每一个人都是天真的、烂漫的、勇敢的、经历丰富的，大家像初恋时代一样，全把自己往美丽动人的方面描绘。于是车厢里开始愉快起来，一种建立在美丽的谎言之上的新型关系开始建立，甚至有了一种家的氛围，它体现在彼此之间的谦让和照顾，轮流去打开水，把一个鸭蛋分成六份，一包花生米大家传递着吃等等。开始有了安全感，这就是大家一致将本车厢之外的世界都看成危险，看成世界以外。世界以外指的是什么？如果他占据的是一张桌子，那么桌子以外就是丢垃圾的地方；如果他占据的是一个铺位，那么铺位以外就是丢垃圾的地方；如果此时他的脚正占据着一片地皮，那么，地皮之外；如果他们占据的是一个包厢，那么包厢以外；如果他们是在一节行进的列车中，那么列车以外的辽阔地带都是这列火车的垃圾场。基于对这种关于世界以外的共同认识，这六个人组成了一个族党或山寨之类的小集团，其公认的原则是所有的污物都可以朝车窗外丢（这些人中后来有人躺在卧铺上开始阅读散文选集，他们从未意识到，那个被他们当作天然垃圾场的"车窗外"，正是这些散文所赞美的那些"美丽无比"的原野、山岗、河流）。在每个车站都要把窗子关上，对每个闯进寨子的"陌生"都要盘问。这些个公认的原则并未讨论过，而是大家自觉默认的。人们虽然素昧平生，但对事物和世界的基本认识却源于一个传统。正是这种传统，使陌生人彼此产生了安全感。如果有人公然无视这种安全感的保护，拒绝加入这六个人的党，自命清高，那么该人立即会成为公敌，被孤立起来；中午卖饭的车来了，不提醒他，由他饿着肚子呼呼大睡；有人翻弄他的财产，装作没看见；他上厕所，得提着财产去，没人愿意替他代眼。更可怕的是，他会成为众人闲着没事时的品头论足的焦点，他的一举一动都被从精神病的角度去理解、分析、研究、观察。在一个远离同乡、熟人、同事、领导并且永不固定、永远在流动的场合，人本来可以自行其是，却发现他仍然不能放任自流，他在任何地方脱离群众都会带来灾难性的后果。这就是车站和车厢的不同，车站也是流动的，但它难以封闭；车厢也是流动的，但它相对封闭，容易建立起固定的关系，人们往往害怕车站，而信任火车。

内心有了安全感，身体才可能休息，往往要在开车之后一两个小时，身体的僵硬状态才会解除。现在，炯炯的目光可以转入暗淡、闭合；巧舌如簧的嘴唇可以愚蠢地张开，口水决堤；严阵以待、正襟危坐的四肢可以弯曲、松弛、垂下、垮下、塌下、倒下。但耳朵不会失聪。白天要抓紧睡，以便对付危机四伏的夜晚。在黑暗抵达之前，先要再次检查财产是否健在、再次加固。然后每个人都按照自己精心设计的程序，将钱财放在贴身的某处，把贵重物品放在近身的某处，最后才把身体转向早已估量好最安全的一面。在这方面人人都有一套秘方，一套隐匿财产的复杂操作。一切妥当，并不意味着可以高枕无忧了，恰恰相反，这是行动开始的信号，耳膜像猫一样溜进了黑暗中的车厢，在巨大的车轮摩擦声中辨识那些对"响"最忌讳的部分。这是一个非常累人的活计，"响"既导致紧张也导致瞌睡，它如果是瞬间的，人会惊而警觉；如果它是漫长的，无休无止的，就会催眠。那"猫"在黑暗的仓库里坚守了一二小时之后，终于麻木，责任心被肉体的困顿击溃，如果真有"手"想动的话，那么现在正当其时。然而，大多数夜晚，百分之九十九点九的夜晚安然无事，上帝早就知道这一点，可他对不可言语的就保持沉默，因而害苦了人类，害得他经过三天三夜的提心吊胆之后，血压上升，形体消瘦，寿命缩短。其实他一开始就可以放心睡去，他睡得像回到母腹中一样也是安全的。正因为人类的经验太多，太依赖熟悉，越了如指掌越容易"时刻准备着"，放不下心。陌生也许是一种比熟悉更具有安全感的东西，因为陌生意味着偶然性，意味着流动、变化，也就意味着个体之间的互相尊重、承认、妥协，对游戏规则的建立和遵守。陌生没有等级，它既立足于个体的无法干涉的自在，也有赖于个体与个体彼此的谅解。陌生是设防的、自卫的，而最终是不设防的。在陌生中人可以独处，可以自在，他自己掌握自己的档案，他可以以一种在熟悉中完全不同的面目出现，例如，他在故乡本来是人人厌恶的二狗，在陌生中他可以变成宋江或林冲一流人物，而不必担心突然冒出一个老面孔来揭发："别装佯了，你的底细我还不知道？你原先如何如何……"你一阵自卑就丧失了尝试新角色的勇气。而这种角色的转换很可能最终成为个人命运的新的可能性，成为事实。在熟悉中，这种可能性是永远不存在的。在陌生中，可以在众目睽睽之下干你从未干过的事。陌生是自由的、放松的、创造性的、未知的、没有规范和拘束的。当然，这一切都要你自己负责，这是陌生所要求的最基本的代价。其实在火车上真正的乐趣正是你可以在人群中独处，独处本来不易，在这个人口超编的、林泉幽谷已然不多的世界。你完全可以坚持一种与众不同的生活方式，如在钓台或茅庐，无视公认的常规，令人不快、令人嫉妒、令人不满，但不侵犯他人的权利，让他有怒不敢发。你不必担心他日后找碴儿收拾你、整治你。到站了，拜拜！你扬长而去。但人们总是认为火车上是更需要彼此依靠的地方，一上车就想着关心、依靠、互助、团结，人们更希望的是熟悉，是人和人的联系的陈旧化，是彼此的放心。至于独处，那无异于在一个没有帮手的环境中四面树敌，是非常危险的。因此，敢于独处的人并不多。

又一个白天到来了，火车早已远离故土、乡音。现在，大地、天空、周围的人全是陌生的。睁开眼，第一眼先看自己在行李架上的八卦阵，坚固完好；再摸摸裤腰上的票子，妥帖安分。于是心情大好，于是彼此之间越看越顺眼，又发现谎言也确实为自己塑造了一个新的形象，倒比自己真正的档案更真实。干脆顺势为自己这个新形象加光添彩，谎言越发淋漓尽致，越发无羞无耻、妙趣横生，以至炉火纯青。信任开始巩固，友谊开始产生，如果火车是开到西伯利亚去的，那么经过二三十天的相处，难免发生真正的韵事、结为拜把兄弟。现在，三十六个角色已精简为相对清晰固定的六个，他们当然不是遥远故土档案袋中的那六个人，这是六个新人。如果故乡人知道这六个出远门的人在另一类人群中竟然是这般嘴脸、神态、性情、举止，一定会以为他们被上帝改造过了。但陌生仅仅是在这个小圈子中暂时地潜伏着，在更大的周围中，在未来的每一秒，陌生依然存在。只要你仍然置身在这个永远在流动、变化的空间中，在这儿，熟悉永远不可能战胜陌生，陌生是充满生命力的大河，熟悉只是一些暂时的漩涡。它总是刚刚成型，就又被新的陌生无情地卷走。

这趟火车的这六个人临时捏成一团的小组，在和平共处、相安无事的安定团结局面中混了五百公里之后，这种关系突然被一个闯入者结束了。车过 F 省某站，上来一个在传统麻衣相看来是"一脸凶相"的人物。F省在中国历史上是以激进著称的省，在火车抵达这个省之前，种种有关 F 省的谣传就已经在车厢里被大加渲染，据说就在最近该省还出了几桩命案。一路上大家都互相告诫：要过 F 省了，当心啊！此人在一片拥挤和混乱中挤进了卧铺车厢，一个黑煞煞的小个子男人，"神色自若地"从第一节包厢走到最后一节包厢，又折返回来，在那个六人党的包厢边的靠窗的折叠椅上一屁股坐了下去。此人其实长得颇像鲁迅画过的阿 Q，并且衣着破旧。要是在七八十年前，人们是不会去注意这样一张脸的，在当年这种面目往往是畏缩的、被侮辱与被损害的，它或许永远不会在卧铺车厢出现。可从现在的角度来看，这张脸却意味着某种反文化的、不守规则的、无产而又不能无视的、无赖的、铤而走险的状态。此人一副旁若无人的样子插在那里，谁也没上前对他进行盘问，按说盘问应该是理直气壮的，这是卧铺车厢，并且那个位子早已天经地义地属于这个包厢的六个人。大家彼此谦让，轮着坐。这是小包厢唯一个可以独坐而不必与别人肌体接触的座位。按规定闲杂人员是不能随便进卧铺车厢来的，但无人盘问此人，因为不明此人底细，又处于无法把握的时空中。要是这儿是自家的四合院或本单位的走廊，那么这种情况已不是盘问的问题，而是大声呵斥，要他老实交代了。本来嘛，既来之则安之，如果这六个人采取一种开放容纳、视陌生为日常的态度，对不速之客投以友善，设身处地地理解他，与他对话。那么剩下的旅途也许会仍然愉快，渐渐陈旧的话题或许会插入一段新鲜而生动的独白。但那六个人一个都不理他，都巴不得这陌生人赶快离去。而此人恰恰喜好当众独处，他对那六个人面部的不满视而不见，只管占了那个位子将头朝窗外一扭，欣赏大好河山去了。这个刚刚建立起来的"党"开始分化，和睦的家庭气氛渐渐僵硬，陌生又占据了内心。猜疑、揣测、戒备，企图把握此人的底细。他从何来，将会做什么，他是好人还是坏人等等。十万个为什么在六个人的脑筋里翻来滚去，分析、归纳、总结、归档，此人才在六个人的麻衣相中固定成六个。当然是大同小异，因为此人的外貌、举止都属于熟悉中的某一类。大家共同的结论是：要小心噢！并且有人还进一步怀疑在座的是否有他的同党。这是有道理的，要不然他为什么别的地方不坐，偏偏选中这儿呢。一个人老挂念着"要出事了"，旅途当然就变得漫长而乏味。大家不再关心大好河山，而是集中精力注意着那个人的一举一动，但出事的时候姗姗来迟，那人先是数小时一动不动，"他在盘算如何动手"。后来，他拿出一把水果刀，摆弄。"要动了"。但摆弄了一阵，他却用这刀子削起了瓜。"到底想干什么？"之后，他抽烟、玩火柴盒、挖鼻孔、把鞋脱下来、光着脚丫、污染空气。忽然转过脸来，"凶光四射"，从六个人脸上一一扫过。于是那六人赶紧假装看地板、看手、看外面恍惚的风景。如此僵持了两个省的路程之后，那人忽然在列车即将进入的一个并不停车的小站到达之前猛地站起来，走掉了。"他上哪去？去叫同伙，去取凶器，他回来怎么办？"但他再也没有回来。这个"党"就这么惦念着；时刻准备着，信任再也没有能恢复。其实上帝在天上可以做证，那个人不过是走错了车厢，他非常紧张，他试图道歉，但没有机会。这可怜的人虽然一直坐在那里，但他始终在指望会有人赶他走，这样他就会得到一个解释的机会，会轻松一些。这个善良的人本来准备为他的过失向那六个人贡献他自己种的、准备了这路上解渴的甜瓜。他后来不得不到别的车厢去，因为这里实在是太压抑了。此人走掉很久很久，人们确信他不可能再返回了，因为火车距终点站已经只有几公里了，于是大家才在松了一口气之后，打破沉默，开始发表对那人的感想，一致的看法是，"他不敢下手"。旅途已经抵达终点，城呼啸而来，陌生开始消散，离站台还有一万米的距离，大家已纷纷收拾东西，蜂拥向车厢口，如同一场逃难，弄得人心惶惶，唯恐落在最后。

到站了，人们普遍地处于松弛状态，何谓"故乡"，很多人有了更真切的感受。在汉语中，没有比这个词更亲切的词了。人们心有余悸地再看一眼火车，那空荡荡的怪物，陌生得可怕。他们坚决地转过身，朝着有门、有户口、有熟识的人样、风景、建筑，有亲爱的老家，稳定、安全、闭了眼睛也不会摔跤的、永恒的故乡奔去。

他现在唯一的念头就是到了家，要立即解开四肢，蒙头大睡，这可怜的人啊，被陌生累坏了。

一九九四年六月十四日于昆明翠湖

看画记

　　1981年春天，一个外国的画展来到北京展览，那可是不得了的事情，这是许多人第一次有机会看到这些从前被秘密谈论的或者只是在印刷品里见到的一两幅模糊不清的东西，消息立即传遍了全国，昆明也知道了。我当时正在大学读书，我不画画，但是喜欢看，喜欢品头论足。忽然牛小林告诉我，外国画来北京展览了，我从未见过一张真正的外国画，心里好奇，而且长到这么大（20多了）还没去过北京，就借了钱和他到北京去。我和牛小林都不画，只是喜欢看，昆明好玩的事情太少，那里似乎除了吃吃喝喝和大合唱、看电影，就不太玩别的事情，歌剧啦、话剧啦、画展啦、古典音乐演奏会都是哈雷彗星，一年有一次都不得了，要引起轰动，还要走后门才买得到票子。太难玩了，我们只好自己找些玩场，看画册就是我们的玩场之一种。现在是看外国人画的真画，一生中第一次，我当然不放过这个机会。去北京的不仅我和牛小林两个，昆明还有些画画的熟人，都坐同一趟火车。那时候我们把西方的画叫作"外国画"，而不是今日令人心生敬畏的"现代艺术"。那时候的画家都很朴素，傻乎乎的以为自己活在当代，当然是现代艺术里的了。我们去看的这个展览后来才知道是德国表现主义画展，这个名字吓人得很。当时我们知道现实主义，知道革命浪漫主义，从未听说表现主义。从此以后，我看到这个词组，就想起德国了。如果那时候那个搞翻译的家伙玩点名堂，不把这个展览翻译成如此吓人的"主义"，而是翻译成例如"来自德国的马匹、母亲、男子、风景和日常生活"，那我们的看法可能就不一样啦。后来想想，我们这几个人胆子可真是大，没有一个人是"美院出生"，有一个是机关干部、有两个是打铁的工人，有一个是木匠，还有一个是小孩已经十二岁的父亲，在昆明的盘龙大楼卖皮鞋的，还有几个我记不得了，都是昆明的熟人，经常会在哪条街哪个馆子见面的啦。我们以前也看过一两次画展，女朋友、老婆、娃娃、爹妈、朋友、亲戚一大党，找个星期天就去了，还一人发一根冰棍含着。看完就去展览馆隔壁的顺城街吃凉米线、烧豆腐。去北京看画展路太远，开销大，家人就不带着去了。坐的是硬卧，买票还要有单位证明。白天胡吹乱侃，晚上钻到位子底下贴着车厢的铁底板睡觉。臭得要死，但睡得很香。艰苦，但也好玩，这些人有的画画，有的不画，在一起的关系不是所谓艺术家的关系，那时候我们不敢随便用这个词，这是齐白石这些人才使得的。连画家、诗人这种称呼也不用，不好意思。只是说画画的、写诗的。快到郑州的时候，老莫，他是制药厂的工人，和牛小林打起赌来，牛小林说，到郑州要过黄河，老莫说，黄河在山西那边。两个就打赌，输掉的人在郑州停的时候买一只烧鸡请大家吃。刚刚争罢，火车就巨响起来，在钢铁大桥上，从黄河上驶过去了。老莫再也不吭声，到洗手间去了。车到郑州暂停的时候，也不见他回来，车再开的时候，他才重新出现了。牛小林也就装作忘记了这台事，一只烧鸡要二十多块，那时我们每个人身上除去买回程车票的钱，也就剩百把五十块，还要住旅馆、吃饭，都不容易。第三天晚上八点左右，到了北京，下了火车就乘公共汽车去招待所。公共汽车在长安街上驶着，同去的一个人以前来过北京，很得意，就义务给我们当导游，咦，这就是人民大会堂嘞！我们张大嘴就朝那边的窗子挤，我看见一些灯光一晃而过。呿，那就是天安门嘞！我们又赶紧往另一面的窗子拱，车厢里的人微笑着瞧着我们。我们住在一个地下室的招待所里，大房间，两边是通铺，中间是过道，被肥皂水弄的潮漭漭的。已经有人来告诉，那个画展叫作德国表现主义画展，那个人很标准地说出德国表现主义这几个普通话的音节，把我们这些很少讲普通话的昆明人震住了，默默地在心里说了两遍，觉得这个词组很难说出口，说到的时候，只是说"那个展览"，不敢说"德国表现主义"。但很兴奋，表现主义是什么东西？像从前安源的工人第一次听说马克思主义一样兴奋，大家议论了几句，就躺下了，睡不着，兴奋着。

第二天，就赶到民族文化宫去看展览。远远就看见那个印着一排外国字母一排汉字的展览招牌，着实震住了我。我像要进教室那样自觉地整了整头发。感觉这个展览的气氛和以前的展览不同，周围的人都有一种加入了某个组织的表情，激动、克制、我不入地狱谁入地狱的样子，还有些轻视旁边的人的孤傲表情，大家都不说话，抿着嘴，似乎要开口就只能说德语似的。总之，是那种进了这个门就要如何如何的样子。我好奇起来，看外国画真的是不同凡响，看中国画的展览可从来没有这种气氛，我本想把背在书包里的一瓶汽水拿出来喝，也忍住了。同去的老截是我们这伙人里面唯一的一个专业画家，他特地带了一只望远镜，说是怕挤不到前面，就在后面用它看。他还换了一条新的窄管的灯芯绒裤子，已经五十岁的肥肉被紧紧地勒在裤子里面，不敢像在昆明那样自由晃荡了。老截好心地叮嘱我们，好好看啊，好好看啊，千载难逢呢！老莫被认为是画画的人里面最有才能的，他已经不和我们讲话，表情像一个就要去领受圣餐的人，好像我们跟着他进去也是白去，他的一举一动都在向我们暗示这一点。展览终于开始，领导先进去，然后人们纷纷跟着朝里面涌，好像进去晚了那些外国画就会变成白布，结果有好几个人被踩脱了鞋子，也不穿好，就趿着往里面拱。其实来看画的人并不是很多，只是大家都挤在展览馆门口的阶梯上，怕进不去，这种情况和挤公共汽车一样，其实只有四五个人，其实都上得去，但还是要挤，还是怕上不去。看外国画展这种高雅透顶的事情也不能免俗，那时候的人任何时候都害怕被关在外面，在里面又害怕出不来，已经养成了习惯，所以任何场所都要争先恐后，一到有门的地方，就忍不住要争先恐后。到了里面的大厅，马上就空阔了，有几个人挤得太猛了点，挤到头的时候，像是捆着的绳子忽然断掉，差掉掼在地上。我就看见了那些外国画，五光十色，画面很大，怪里古董，看不来是要画什么。老截的望远镜用不着，就挂在脖子上，甩来甩去。大家默默地看，一幅一幅，看得十分专注，眼睛都往外瞪着。那氛围像是一个考场，大家都在默默答题似的。也有人附着一只耳朵，细细地说几句什么，听着那只耳朵就轻轻地点点。周围的耳朵都花一样张开，想听见说了点什么。但故意说得那么可恶，只知道这小子在告密（在讲这些画画的是什么），但旁边的人根本听不见他说的是什么，只是恨不得一个麦克风立即从他嘴巴里长出来。大家就看得更小心了，别看错了啊。但大多数作品，我真的是看不出什么名堂，看不来，只是觉得视网膜疲劳，脚底板也酸了。就想坐一下，那展览厅里很少的几个座位，早就被占领了。只好靠墙坐在地上。忽然看见老莫走过来，腋下已经夹着一本大册子，赶紧跳起来，去看他拿的是什么。他只是在我们眼前晃了晃封面，就夹在胳子窝底下。这是一本介绍这个画展的画册，我这是第一次看到印刷得这么好的画册，封面印的那幅作品看上去似乎和原作一样。大家问老莫是在哪里搞到的，老莫只是说，没有了，没有了，不告诉我们。很多人都围过来，弯着脖子想看老莫胳子窝下面，老莫连忙从军用书包里掏出一张报纸，把它包了起来。牛小林还不罢休，追着老莫继续追问，老莫又说，这是凭请柬发给的。我们都是买门票进来的，老莫却有请柬，但他从来没有透露过。牛小林还是不甘心，看见另外一个人也抱着一本，又上去问，那人指了指二楼的楼梯，牛小林就跑上去，很快就被谁赶下来。刚退到楼梯口，就有一个金发的女郎要上楼去，牛小林就用英语和那女的急急巴巴地谈起来，这是他自从学习英语以来第一次使用这种语言和外国人说话，那女人总算听懂了，头一摆，就跟着她上楼去了，不久，就捧着一本飞下楼来，喜形于色。我们都不会英语，无法仿效牛小林，嫉妒得很。但牛小林这个人很大方，把画册拿给大家随便翻看，我们就当场站在大厅里翻，旁边围着许多人，画册里印的就是周围挂着的那些画，我们更关心的是上面的汉字都说了些什么。几个人就头挨着头，读起画册上的前言来。读了一阵，还是不知道上面讲些什么，脑子混乱。就把画册还给牛小林。他刚刚夹住画册，老梁走过来，他和牛小林因为道口烧鸡的事情已经几天不说话。老梁说，把你的画册卖给我吧，反正你又不画画。牛小林眉毛一扬，响亮地说，不卖！

当时看画的人形形色色的都有，很多人的穿着看上去就知道是国家干部。妇女、儿童、老人、青年都有，还有便衣警察。大家都是来看画，不知道什么德国表现主义，最原始的那种看画。我只转了半小时就把所有的画看完了，觉得这些画我不是很进得去，看不懂，也没有太想搞懂的愿望。听说美术馆那边还有一个展览，我就想到美术馆去。我去约老莫和牛小林。老莫说，就要走啦？你太划不来了，门票就是二十块。我已经看了两遍了，我要看到十遍。我和牛小林想了想，他说的有道理，看十遍就是二百块的门票，倒赚。就跟着老莫又从最后一幅往前看，这时候看的人已经少了一些，那些国家干部、妇女、小孩什么的都不在了。还在看的人大都是要反复看的人，专业人士。我就发现，这些人看画的方式和我们不同，我和牛小林是正常地看，在荣宝斋看中国画的那种看法，看风景、街头打架的那种看法。而这些人是另一种看法，我们就学着他们的样，后退到远处，把眼睛迷斜起来，这样看了几幅，我还是没有看进去，老实说，我不好意思说的是，这样看，我只看见一片模糊不清的东西。看见老莫在那边，后退，眯眼，又小跑几步，到画面前，凑近仔细端详。再次后退，他的裤脚太长，耷在地上，后跟经常会踩到，裤脚边已经被踩裂了。后退的时候不注意，把他绊得小跑几步，差点摔倒。又弯腰向左看，弯腰向右看，背对着画，把两条腿分开，把头伸到胯下倒着看。我也跟着，向左弯腰，向右弯腰，把画横着看，倒着看，但还是看不出什么名堂，暗中想，幸好不是挂在家里，每天这么看的话，就惨了。老莫还要求我站在一幅画旁边，"挡住那边的光线，暗一些，效果更好"。老莫忽然又盘腿坐在地上，面对着一幅画，深思起来，他这架势搞得我相当害怕，我越来越觉得跟他在一起，我太像个白痴了，我甚至满脑袋是出去找个地方吃一盘肉的念头，那时已经是中午一点。我悄悄地给牛小林使了一个眼色，我们立即转身开溜了，丢下老莫独自一个人像石头一样坐在那里，不同的是，这个石头伸着一个长脖子。我们出去走了一个小时才找到一家馆子，喝酒、吃猪耳朵，吃面。吃着，牛小林又把那本画册拿出来翻翻，说是要回去好好研究。到了晚上，大家都回到了招待所，洗脚的时候，老梁说，老莫今天在里面看了五个小时，关门才出来。明天还要去。老呻说，我不喜欢那些画，颜色太脏了。老莫听了很不高兴，他已经把那本画册上的文字都看完了，你懂不懂，人家是野兽派。野兽？野兽画的画？老呻一头雾水地睡

230

觉去了。老莫不再跟任何人说话，躺下，抱头看着天花板。两个多小时以后，他忽然说，我明白了，他们为什么画得那么好，因为他们画的那种马中国没有。回到云南我要去画"四清"运动，那肯定是外国没有的。

几年过去，这种外国画的展览就多了，中国的画家也这么画起来，和外国的也差不多，也是表现主义，也是野兽派的。昆明也经常举办这种画展，就不必专程到北京去看了。慢慢地我发现，去看展览的人都是长发披肩、穿大皮鞋的了，有些人更牛B，戴着墨镜。在里面再也见不到干部模样的人，更不会有母亲、孩子、妇女。为了在画展上不被人以为是不相干的傻B，每当这种场合，我也要打扮得差不多，就像到机关去上班要穿干部服装一样。为此专门买了一双"石油大王"牌的大皮鞋，黄颜色的，是丽江的一个工厂为美国加工的次品，出口转内销。戴着墨镜看画当然最酷了，但是我戴了一回，实在耐不住，眼睛会疼，只好不戴。裸着眼睛看，在那些画展上，怪有些不好意思的。

后来我认识了一个叫赵偰偰的人，从专县上来的。是我姨妈家雇的保姆他们村子里的会计。他爱人在县城卖咸菜的。一个人跑到昆明来打工。小子其貌不扬，就是天生一脸的大胡子。用肥皂洗洗，换件新衣裳，看上去你还搞不清楚他是搞艺术的还是教大学的。我平时不和他来往，只是想吃通海咸菜的时候才想起他来，他人倒大方，每次都提来一大包，水腌菜啦、腐乳啦。也喜欢问点美术上的小知识，不好意思地告诉我，他小时候喜欢画画。他才告诉了我我就忘记了，我的忘性从来没有这么强烈过。另一次他又央求我带他去认识画家，我瞪大眼睛看了他一阵，说，补皮鞋的我倒认识一个，要不要我带你去学学，莫一天到晚游手好闲的啦。他很不高兴，就不再送腌货来了。过了半年，我到一个行为艺术活动的场合去玩，看见一个穿着与周围很不匹配的人——解放鞋、泛着黄印子的白衬衣。站在人堆里面搔屁股，裤子一提一提的，有艺术家看见了，很不高兴，说，这个烂花子是哪个？咋个混进来呢？我一看，正是赵倮倮。来了啊！我说。学学，跟着学学。他说。我赶紧找个借口避开掉，怕别人以为这个傻B是我带来的。二次又遇着他，已经换了行头，这家伙聪明，买了一件方格子的大红衬衫穿着，亮眼得很，就有人问我，那个牛B哄哄的大胡子是哪个？太嚣张了嘛。看见他走过来，赶紧闭嘴，转过脸去，怕他听见。这个活动是在地上挖一个坑，由艺术家自己挖，挖了至少三小时，然后艺术家自己躺在里面，嘴里含个管子透气，然后叫别人穿上中山装，用煤灰把他埋起来。这个作品叫作《黑暗》。中间出了一点小事故，搞完要把艺术家刨出来的时候，发现那根管子脱了，吓得大家疯狂地刨煤灰，总算在他死掉之前把他刨了出来，艺术家在地上躺了好一阵才恢复过来，扶回家去了。完了我说，买头大象来自己杀杀，钻进去再缝起来，再从屁股里钻出来，也可以叫作"诞生在伟大时代"，哈哈哈。赵倮倮听见了，说，就是整别人不敢整的事情嘛！一个搞评论的听见了，就不高兴，教育赵倮倮："不懂么就闷着，没有你想象的那么简单，这里面有观念，给懂，观念！""观念，哪样是观念？""就是思想性！""哦！明白了。"赵倮倮就沉思起来，然后就像一个铜板掉进水里去那样，不见了。

过了大约半年，一个我多年来都把他视为傻 B ——他完全不知道的傻 B 打电话给我说，来了一个搞行为艺术的，听说是中国的行为艺术的 21 魔之一。约我去看，我本不想去，但听他说某某、某某某都要去，我就想起那双皮鞋来。老莫后来真的去画"四清"运动，画得相当成功，卖到伦敦去了。他从伦敦回来，送了我一双相当牛 B 的牛津皮鞋，这行头还没有在场合里亮过相，就想穿着这双鞋去抖抖草（昆明方言，炫耀的意思），哪里买的？伦敦！（把老莫省略掉）多快感啊！我就答应了。立即去把那双皮鞋翻出来，穿上去，试了试，走到穿衣镜前，一只脚往后一蹩，左手叉腰，头一扬，哪里买的？伦敦！

这个艺术家的展览是在一个废弃了的屠宰场里面搞。我去的时候，他已经开始表演。这地方在郊外，太难找了。观众有那么十几个，都是响当当的人物，打扮入时，一看就知道是"伦敦买的"。还有照相机、老外、录像机什么的。我刚好看见一些红油漆从一个翻朝一旁的拖拉机里面流出来，那拖拉机的车兜已经用皮革蒙着，搞得像一个肚子那样，红油漆就是从那里面流出来的。然后就有一个东西在里面拱，要把皮子拱破，但皮子可能是太厚了，怎么也拱不破，拱了差不多半个钟头，里面的那个东西就大喊起来，拿把刀给我，我耐不住了！有人就绕到拖拉机后面，从一个缝缝里把刀塞进去。嘶啦一声，一个头就从破口上拱出来，先是头，然后是身子，满脸是红油漆，看不清他的样子，那应该是脸的一块，搞得和一个血猪头差不多。然后他就出来了，在地上爬，并且大声地吼，然后一个录音机里放出摇滚音乐，他就跟着跳起舞来，就结束了。大家一起鼓掌。我也跟着拍了两下，我不太明白他搞的是什么，也不敢多问，搞不懂就不要开口，这是我的经验，是避免成为傻B的好办法。然后这个艺术家爬在猪圈的矮墙上呕吐起来，简直吐得太漂亮了，我从来没有见过谁这么肝胆俱裂地吐过。等他吐罢，喝点水，去旁边的水沟里把脸洗干净了，我才瞧着这人怎么眼熟，原来他就是赵保保。我赶紧朝他笑笑。他却一脸从来不认识我的表情。我也只好不和他相认了。但过了一会，有人把他介绍给大家，他就来一一和人握手，握到我的时候，他捏了一下我的手心，说，我在老那家见过你。老那，文化界谁都以认识他为荣啊，美术杂志上经常见他的照片，可我不认识老那呀，他住在首都呀。

大家找了一个稍微干净些的地方，围成一圈坐下来，开作品讨论会。每人发一份麦当劳、一杯可口可乐，也不知道怎么搞的，许多麦当劳包装盒上都抹着红油漆，又拿来一些汽油，让大家不停地揩手指。批评家老布说，我认为这个作品有意思，很有意思，很强烈。视觉效果特棒，我几乎都要吐了，作品可以直接导致身体反应就是成功。我觉得与萨特的《恶心》有异曲同工之妙。另一位读博士后的男人说："赵保保可能是这个运动里面产生出来的最奇怪的杜尚主义者，他竟分享了他的全部特异之处，在理论层面吸引他的一定是上层建筑理论，只有罗卡尔特非里斯对此做了简明的概括，但是那是假设了他在运动中不相称的作用，因为运动是有数量出奇之大的知识分子参与的……"一口气讲了 45 分钟，满场听得肃然起敬，有人还低语道，有了这个讲话么，这个会就有学术品味啦。另一个接着发言说，主题表达得很清楚，"出生"这个题目真是太好了，而且是在拖拉机的肚子里出生，象征性很强。再加上最后的呕吐这一部分，很自然，很完美。又一个说，借刀这一节的想象力很强，刀代表着西方文化，拿来主义嘛！另一个人说，呕吐那一段又不是他作品的一部分，那是他耐不住了嘛！另一个人说，"当然是作品的一部分，这是作品的自然延拓，对不起，这是德里达的一个术语。不好意思，这是作者自己也不能控制的！只有如此这个作品才真正摆脱了作者，成为自动的"。"那么拖拉机缝牛皮又咋个说（昆明方言，意思是，怎么）？"大家为借刀是不是作品的一部分争得面红耳赤，德卡尔一派的学者认为在这里引用马库签的理论完全是风马牛不相及，喜欢姆度可的批评家认为这个作品更适用于罗马思特的 B 型理论。忽然有人打断话头，不如问问艺术家嘛！就问艺术家赵倮倮，他沉默了一阵，忽然站起来走到墙后面解了一泡尿，回来说，不好意思啦，我是炮兵司令。大家愣了一阵，忽然爆发了热烈的鼓掌。老布说，讲的好，还是艺术家高明，一语中的！就不再争论都低了头咬麦当劳。赵倮倮不吃，和一个翻译、一个老外在那里窃窃私语，好像是在接受采访。有一个艺术家悄悄地告诉大家，那个老外是马塞克双年展派来的嗻。另一个艺术家听见，说，又有什么鸡巴了不起！赵倮倮回过头来，看了一眼，又转回去，继续和老外交谈。"什么鸡巴了不起"，那个艺术家骂骂咧咧着，又去取了一份麦当劳，张大嘴，一口咬下去。大家吃得差不多的时候，忽然看见了我的牛津皮鞋，都围过来看，哪里买的？我听出来是赵倮倮在问，他的声音我太熟了，虽然说的是普通话，但还是有通海腔，我一边揩着指头上的红油漆，一边答道：伦敦！

注：文中提到的三个行为艺术构思乃本文作者独创，请勿模仿。

2001 年 7 月 21 日

绳子记

　　起承转合，我要说的是绳子，而不是语言学。但我必须通过语言才能说出绳子。所以，起承转合是少不了的，它是拴住我说出绳子这个词的"话"的绳子。绳子拿到哪头哪头就是绳头，绳子记就从这里开头。这是开头，也可以说是这篇原稿的"起"。下面是承，第一绕，从能指开始。

　　日内瓦的语言学家索绪尔把语言分为能指和所指，一个词，例如"绳子"，它的读音 shengzi 和字符：绳子，这部分叫作能指，它是"用两股以上的苘麻、棕榈等纤维或稻草等拧成的条状物，主要用来捆东西"（见《现代汉语词典》1019 页），这一意义的声音形式和字符。而绳子 shengzi 这个声音和汉字所代表的意义："用两股以上的苘麻、棕榈等纤维或稻草等拧成的条状物，主要用来捆东西"被索绪尔称为所指。在这里，条状物是绳子的物质存在，捆是它的功能或价值。能指和所指，就像一张纸的两面，它们共同构成一个符号。在这个符号绳子 shengzi 中，条状物是它的本体，它是由绳子 shengzi 这一汉字和音节标示的，捆是它价值，它不在音节中出现，它是在与其他词的关系中呈现的。我们不能只说绳子就是一个条状物，棉线也是条状物。我们还必须指出它的价值和功能是捆。而捆是更重要的所指。有时候，某些条状物并不是"用两股以上的苘麻、棕榈等纤维或稻草等拧成的条状物"。例如，任何一种可以弯曲缠绕的线条，只要它被用之于捆，我们就叫它做绳子。一切具有与捆这一功能相似的事物，我们都会把它和绳子联系起来。这是语言的隐喻性。一个符号，能指只是一个，而它的所指却可以不止一个，它在语言和文化中的历史越悠久，它的所指系统也会越复杂，甚至达到所指和所指分裂的程度。所指在相似的价值中衍生出许多所指（概念、转义、隐喻），已经和它所指的物无关，而这些意义的能指却仍然是一个，能指被所指抽空成一个空洞。最终导致能指和所指分裂，一个词，其读音毫无意义，不能施指。意义和读音无关，却依旧是那个读音。比如绳子，在《现代汉语词典》中，它除了本义"用两股以上的苘麻、棕榈等纤维或稻草等拧成的条状物，主要用来捆东西"之外，它又衍生出纠正、约束、制裁的意思，这是从它的功能"捆"中衍生出来的。捆，最初是由绳子导致的动词，绳子的主要用法。"把东西缠紧打结"（《现代汉语词典》656页），后来它离开了条状物和仅仅限于对物的捆这个功能，向人的方面演变，先是捆人体，进一步捆起人语言精神来了。原先是人发明了它，用它对付非人的东西，现在却倒过来，成了人类的某种看不见的处境。如：捆，它最初是个动词，一个有利于人的存在的动词。它之中的"困"是把木头围起来，捆就是用手去做把木头围起来这件事。把木头围起来做什么，烧火做饭，生儿育女，是为了在大地上的栖居，是为了使人可以更有力量动，劳动。但后来，围起来的就不只是木头了，人也进入了围起来的范围，捆这个动词现在是为了把动围起来，让它不能动。这个词的方向转变了，由使动变成制动。于是"捆"就衍生出"束缚"：使受到约束限制，使停留在狭窄的范围内（《现代汉语词典》1060页）。束手无策，这里的手不是手，而是智慧。束手待毙，束手旁观，这些手也不是手，是智慧。绳子本来是通过手（智慧）来支配的，现在却把手捆起来。把手捆起来的是什么，是说出了 sheng　zi 这个词的智慧。绳子，分成了好绳子和坏绳子，物的绳子和精神的绳子。绳捆索绑，用绳索捆绑（多指对罪犯等）。（见《现代汉语词典》1019 页）绳之以法，被绳的肯定不会是好东西，所以好人要自绳（自我约束）。绳墨之言：可作为准绳，合乎道德圣智的言论。（见《中国成语大辞典》1118 页）。绳正，纠正。绳逐，纠举别人过失而斥逐之。绳检，自我约束。绳趋尺步（规行矩步，举止合乎法度）；束身自修（约束自身，修养德行）。指的都是人，都是要捆起来，但这个捆和绳子最初的功能早已不是一回事了。能指依然是那个 shengzi，但你说 sheng　zi，很少有人会以为你真的是在说"用两股以上的苘麻、棕榈等纤维或稻草等拧成的条状物……""绳子"一词被无数并不在 shengzi 这个音节中呈现的所指所生出的转义、歧义、隐喻……捆绑住，遮蔽住，成为一个看不见的，没有声音的、暗示牵引着你的思维向度的既成系统，令你说不出 shengzi，却被绳子牵着走。

　　转，第二绕。有一天，我在街上看到一群人围着一个看不见的核心，我并不知道人们在围着什么，我只听有人发一声喊"拿绳子捆起来！"周围的人无论是看见的还是看不见的人没有人以为他要捆的是一个东西，都知道他指的是一个人。并且也没有人去问，为什么要捆起来，能把"捆起来"这三个音节施加在他身上，这本身就是一个理由，大家立即得到了一个统一的信号，这个信号的意思是，这个人的人权现在被取消了。人们围上去，疯狂地打那由于"捆"这个词的使用而被意识到的那个人。并没有什么绳子，而是打。后来的人，也围上去打。没有动手的人，如我，在一边旁观，我深信他应该被打，我听到绳子和捆起来这些音节，思维立即自然而然地进入了与在场的所有人都一致的那个与能指无关的所指的潜在的结构，完成了这个判断：他该被打，不然人家为什么要把他捆起来呢？如果那个发喊的人要更正：不是打，而是绳子！恐怕人们会进一步把他吊起来。那时，作为绳子一词的能指只是一些空洞的声音而已，真正在发生作用，暗示支配着人们行为的是能指的衍生物、它的隐喻。

转，第三绕。绳子现在已成了三根。一，能指的shengzi；二，所指的绳子；三，捆住你的舌头，使你说不出 shengzi 的绳子。

我的绳子记，就是要说出绳子这个词。我以为我仅仅说"绳子"，可能在今天的读者看来，我可能说的并不是"用两股以上的茼麻、棕榈等纤维或稻草等拧成的条状物",他们肯定会误读,以为我在隐喻什么。就像那首著名的只有三个字的诗:生活——网。我可以套用,生活——绳子。或者我在一百行诗中,都写:

绳子
绳子
绳子
绳子

或者,所谓客观地描述一条绳子:柔软的、长的、圆的、没有头也没有尾的、两股合在一起的、可以弯曲也可以绷直的、可以使不动的被动的、可以使活动的在不动中移动的条状物,主要用来把死的或活的东西限制停留在狭窄的范围内的;其功能有捆绑、束缚、限制、约束、收紧、团结、结束、圈套、勒索、纠缠、沿着、顺着、拉着、拖着、挣、脱、解放、宽松、分散、开放……其相关的词:路线、线索等。

再转。第X绕。我敢保证,这一定会有无穷的隐喻,我只要在上述描述之前加上"绳子"就够了。读者立即会联想到某种生活、某种社会、某种婚姻、某种环境、某种命运……这种写作，也就是能够暗示出意义的写作太容易了。我的勇气是我企图毫无意义地写作，我只想没有隐喻地说说绳子，我只是老实把我说出绳子的经过也记下来，我是怎样知道绳子一词的，这个词与我的生活的关系，它是如何束缚我或解放我的……，我以为都应当记录。所以我这篇文章和一般的文章不同，这篇文章是怎么写的，起承转合是在哪一行操作的、在一般的文章中都是一定要掩盖起来、不留痕迹的，我这里却必须暴露出来，这是没有秘密的写作，公开的暴露的清楚明白的写作，这一切写的就是绳子。这不是现代派，也不是后现代，这是中国画的画法，不是我的发明，国画不是不隐起线条，并故意突出它们甚至连涂抹也公开在纸上吗？西方写实主义的油画常常喜欢把生活像镜子那样画出来，使你看了以为是真的。但它毕竟是画出来的，它无非巧妙地掩去了它最初的线条而已。我相信，线条肯定与绳子有关，它们都是为了把某种东西固定在预设的框架之内。绳子是为了绑住某种东西，线条是为了把某种物象限制（绑）在一定的构图之内。一篇文章是如何写出来的，这也是用一定的词汇把一定的意义绑起来的一个绳子似的东西。我的绳子记，写的就是把绳子一词的意义绑起来的那根绳子。你看，我不是从文章的开头就一直在老老实实地记录着一根绳子么？但我不知道，或是一直在忧虑的是，我的舌头是否在我解开一种绳子的同时，仍然被另外一种我看不见的绳子捆住？

承。第 X 绕。（这段讲 shengzi 作为所指的出现，其要点是所指竟然在能指之先出现。）我回忆绳子一词，在我的生命中出现，最初不是一个单词。我母亲和老师们自觉地不让我的金色的童年出现 shengzi 这个音节。她们企图让我的童年只和小鸟、小花、小白兔、小红帽……这些词联系在一起。但她阻止不了绳子作为一种视觉在我的周围出现。我得说，这些视觉并不总是以"条状物"的形象出现，而是呈现了绳子的隐喻。我从小就在一个隐喻的世界中生活，能指非常有限，仅仅知道一些音节你是无法在这个世界上学会知识和思想的，你得掌握那个只有能指而没有声音的只可意会不可言传的所指的世界。我从小就知道唱隔壁戏、指桑骂槐、指鸡骂狗、含沙射影这些日常的语言游戏。我从小就知道当大人说话时，他们总是要用某种无形的绳子把他们真正要讲的东西捆绑住，他们从来不会能指地讲一件事。例如我外婆非常痛恨隔壁的一个老太太，这个老太太总是到我家的厨房里偷煤、偷葱和盐巴，但我外婆从来不会对那个老太太说"我恨你！"而仅仅是当她从我家的门口经过时，朝她的后面吐口水。在我的少年时代，大人们的生活中充满了仇恨，听他们私下的谈话，我知道这些个仇是你死我活的，但我从来没有听到任何一个仇人对另一个仇人公开地说"我恨你"。相反，大人们的日常话语却充满着同志、阶级兄弟、团结、友谊、万众一心、互相帮助、我们大家……他们的舌头似乎全被好话捆住了。（能指，他们说出来的声音都是空洞。）他们诅咒一个人是用好话、赞扬一个人也是用好话。例如，这个人是个好同志，和这个同志本质上还是不错的都是好话，但被说本质上不错的同志很快就倒霉了。要听懂大人们说的话，你要有悟性。

又承。第 X 绕。（讲所指如何回到能指。）我是悟性很高的孩子，我在还不会写绳子一词时就模糊知道了它是哪一类的东西。门、窗子上的条状物、鸟笼、"不准……"这些不同的词和短语的用处和用法在我的觉悟中，有一种相似的东西，我今天当然知道它们都同样隐喻着"捆"。但在当年，我母亲的慈爱教育就是为了像那些西洋画师那样把所有"条状物"都涂抹掉。"让世界充满爱"。但她本人作为我生命中的柔软的条状物却是她自己不知不觉，也无法涂抹的。她的爱就是把我限制在她规定的世界范围内，为我虚构没有条状物的乌托邦。意识到世界是由条状物组成的而不是我母亲的乌托邦组成的这个真相，使我最终成了我母亲的逆子。我八岁那年，干了一件使我母亲大怒不止的事，当她去上班时，我用一根棕索把我弟弟的脚捆起来，我用身子压住他，飞快地用一根用我的旧裤子剪成的布带把他的脚踝子扎起来，我脑袋里呈现了我母亲绑鸡腿的细节。我弟弟挣扎哭泣不止，他那时还小，不知道怎样解放自己。我在一旁嘿嘿咬着手指头笑。我在捆的过程中，体验到一种快感。我母亲回家，看到我的恶作剧，立即爆发了一种我从未见过的怒容，她的脸红了。她解放弟弟，用条状物（带子或棍子）把我打了一顿。她一直在问我，是谁教你的？根本没有人教我，我自己看捆鸡看会的。绳子一词，不知不觉就在我的生命中出现了，我第一次使用绳子，就是用它来捆我弟弟的脚。也许我记忆有误，肯定有误，因为这件事听起来太有意义了，像是虚构了来证明绳子对人的异化之可怕的。也许我最初使用绳子是用来捆一只虫子。但据我现在当父亲的经验，婴儿来到世界上一开始接触的主要物品，就是绳子。他们一出生就要被按老规矩用布带捆绑住。据说是为了不让他们乱动，以免逗风着凉。所谓襁褓，就是充满母爱的绳子。

又承。第六绕。（这段讲能指如何能指）在我稍懂事之后，我知道了绳子是我们生活中不可须臾或缺的日用品。我家的家什品种最多的就是绳子。有麻绳、棕绳、塑料绳和绳子的衍生物——带子：用皮、布等做成的条状物，布带、帆布带……这卷帆布带是我家的绳子中最高档的，是我父亲托人从部队里弄来的，它们只是在捆非常重要的物品时才使用。我们十分善于捆绑各种东西，任何物品，我们收藏它们的办法就是把它们捆起来，这是我们利用有限的空间的最佳手段。我家随处可见被捆绑得整整齐齐、服服帖帖的物品、食品。纸，捆起来；鞋子，捆起来；衣服，捆起来；干菜，捆起来；蔬菜，捆起来，香肠，捆起来；木板，捆起来；废钢筋，捆起来；捆东西用的绳子，捆起来……那时候，是一个时刻准备着"打起背包就出发"的年代，捆，是一门十分实用的技术。我母亲的拿手好戏是捆背包，她总是能把背包捆得像豆腐干一样结实、好看。我和父亲打的背包则总是臃肿无比，被人嘲笑，所以打背包成了我母亲的专业。我父亲的绝招是收拾那些绳子，一团乱麻，他总是能把它们一根根分开，卷好，像刚出锅的麻花一样漂亮。我外祖母没事时最喜欢的事就是捆东西，捆破布头，捆拖把，捆粉条，捆鸡，有些大的东西她捆不了，就叫我去捆。为了防止小偷盗窃我家冬天用的焦炭，她让我把它们捆起来。这些焦炭堆放在楼梯口，我把绳子结成一个漂亮的网，在一个星期日的阳光中，捆住了它们，我为此感到自豪。我外婆捆得最多的是她的脚，她洗脚是一个复杂而困难的活计。她一周洗一次脚。每到星期六，她就要把缠在她的已经畸形的脚上的布带子一圈一圈地松开，然后用热水胰子洗，洗完后用小剪子剪脚指甲。我觉得这是她一周中身体上最幸福的时刻了，她眯着眼睛，歪着头，笑着，只有笑容，没有笑声。紧接着她就庄严地结束了这一切，把她的脚再次捆起来，那是制作景泰蓝之类的工艺品的艺术，不一会儿，她的难看的脚被捆绑成了一个粽子似的东西。这东西在汉语里被称为三寸金莲，这个能指和它的所指相差得实在是太远了，我实在无法把它和金莲联想在一起，用丝绸捆起来也不能。它实在是一团被绳子捆绑得惨不忍睹的死肉，它甚至不能让我把"脚"这个词和它联系在一起。

又承。第 X 绕。（再讲能指如何能指）我也知道了绳子除了用来捆绑物品之外，它的另一个主要的功能就是捆坏人。在我的经验中，凡被捆起来的人都是坏人，坏人就可以被捆起来。我少年时代，见到被捆起来的人是常事，那时候世界上的坏人多得不得了，经常可以看见一卡车一卡车的坏人被五花大绑，呼啸着押往郊外。我亲眼目击过三百多人被捆起来的盛大场面，犹如秋天收割时的稻田。当时可以找到的绳子都用光了，人们就用铁丝去捆，用钢丝钳拧紧。我的同学吴大头的父亲被钢丝从胸前交叉穿过，在身子后面绑住了双手，钢丝深勒进他的肥肉里去，勒着的肉冒出血水来。他父亲大声叫唤，还哭。把我逗得直笑，这是我第一次听到大人由于疼痛而哭泣叫唤。在我以前的印象中，大人是不哭泣也不叫唤的。我平时就讨厌吴大头，他是我们班的"头岗"，和我住在一个大院里。他动不动就指挥一伙同学把软弱的同学的书包藏起来，或者在课间休息时把他们困在教室里，不让他们去上厕所。我是他经常的欺负对象，但我从来不敢对他说我恨他。我看着这家伙的父亲被捆起来，我在他旁边笑得被泪水呛住，我一句话也没有说，却用笑表示了我对他的仇恨。后来，吴大头的父亲自己用绳子自缢了。他被抬出来的时候，脖子上套着的是三条结在一起的手绢。那时候。成语"绳愆 qian 纠谬"（纠正过错谬误）一词的"绳""纠（纠，绳子的用法之一种，意谓缠绕）"，不再是什么比喻，它真的就是一根能缠绕那些有"愆谬"的生命于死命的绳子。

转。第 X 绕。（转到没有能指的不可言说的但又不甘沉默的之中，下陷阱、地狱。）我不知道当年满世界的绳子用过之后被收到哪里去了，但我知道我家的绳子全一卷一卷地收好放在一只装香烟的纸箱里。"文革"结束后，打起背包就出发的时代结束了，绳子就很少用了。我家搬家时，到处找绳子，翻出那个纸箱，发现那些绳子已经被老鼠咬成了一节节蚂蟥似的东西。我准备把它们连同箱子一起扔掉，我母亲说，有些结起来还能用，留着捆东西。我乘她不注意，把这只箱子扔掉了。搬到新居之后，绳子这个音节在我们家的日常话语中几乎不出现了。我家的家用什物大都松散地搁放，不用再捆起来，以至偶尔要用绳子，还得到街上去买。失去了储存绳子的习惯，绳子反而成了难寻的宝贝。我不再使用绳子这个词，在我周围的人们也极少使用这个词了，我几乎已经遗忘了这个词的发音。但绳子作为一个能指从我家消失了，它勒在我们意识里的所指却没有消失。它像一个幽灵，依附在我的生活中不叫绳子 sheng zi 的那些能指中，在我的意识深处游荡。我无法对它的所作所为命名，但我知道它仍然在行使捆的功能。我说不出来，它是只可意会不可言传。好比：墙壁 qiang bi 门 menso 锁 链子 lian zi 单位 danwei 户口 hu kou 婚姻 hun yin……这些词能指不同，但其所指都有限制束缚的意味一样。

现在，这篇文章到了要合的时候了，我发现我这时已远离 sheng zi，坠入了所指的深渊，离开了能指，现在谁知道我说的是什么？我怎么说都行，但是与 sheng zi 无关。我真的一直是在说"用两股以上的苘麻、棕榈等纤维或稻草等拧成的条状物，主要用来捆东西"的条状物？我不知道我说的是什么。我说的是在对绳子一词保持沉默。

每天出门时，我都要摸摸口袋，直到摸到了那串钥匙，我才把门关上。但在公共汽车上购票的时候，我又忽然怀疑我的电炉没有关、门没有锁……为此我不得不半途而废，回家去证实。这是什么意思？我说不出来。

在单位上，我却把这件使我迟到一小时的事解释为路上堵车了。后来我又去吃早餐，我顺口说我去复印一份急件了。科长问我昨天休息日都干什么了，我昨天睡了一天，我顺口说我在看书听音乐。科长出去小便，有人来找他，我顺口说他今天没有来。十一点我就想回家去证实我的窗子是关闭的，我顺口说我胃疼去开点药。我如此说话已经十分顺口。这是什么意思？我说不出来。

我在公园里松开我的女朋友缠绕着我的手臂的手说，

你的户口在不在城里。她说，你这是什么意思，我说不出来。

我见到熟人总说，改天来玩啊！但我知道他永远不会来玩。这是什么意思，我说不出来。

别人买冰箱，我也买冰箱；别人买日本的电视机，我也是；别人照着希尔顿大酒店的普通间装修房子，我也是；别人在国庆节到公园里去玩，我也是。这是什么意思，我说不出来。

大家都去礼堂里听报告，我不知道，没有去。我就有一种被抛弃了的失落感。这是什么意思，我说不出来。

某某知道一个外国人的地址，但他不告诉我，我从此就恨起他来。这是什么意思，我说不出来。

在朋友家聊天时，我忽然把门拉开，看看外面有没有人，这是什么意思，我说不出来。

在女朋友家，她问我想喝什么，我最恨喝咖啡，却说我要喝咖啡。这是什么意思，我说不出来。

我骑自行车的时候，一眼瞥见路上有一个黑皮包，我立即捏住刹车，马上又松开了。这是什么意思，我说不出来。

我总是在柜子里贮存东西，直到发霉腐烂才扔掉。

又重新储藏。这是什么意思，我说不出来。

我一定要把吃不完的剩菜一顿一顿吃下去直到吃光，才做新鲜的。这样做使我经常得病，但我还是要吃。医院的取药处一次只叫一个人的名字，只有一个人可以从那个小窗口取到药，但我每次都要在那个小窗口挤着，让叫到名字的人从我身旁挤过去。我时常睡到半夜的时候，会忽然睁开眼睛，听一阵。从一月一日到十二月三十一日，我每天把钟拨到六点四十五。这是什么意思，我说不出来。

我说不出来，说得出来的还是绳子 shengzi。说绳子，从它的能指开始，到所指的深渊里去绕缠了一圈，现在又绕回到能指。合了。下面是结绳记：

捆，用绳子等把东西缠紧打结。缠，缠绕。绕，围着转动。围，四周挡拦起来，使里外不通。拦，阻挡。阻，阻挡、阻碍。碍：妨碍。妨：使事情不能顺利进行。顺：向着同一个方向。同，相同。相，互相，交互。交，交叉。叉，交错。错，交错综合，错综。综，总聚，集合，《列女传·母仪》"推而往，引而来者，综也。"聚，会集，集合。集，集中，汇集到一起。一起，一同，处于同一相同的处所。相同，一样。样，式样。式，格式。格，方格的框子。框，门窗的架子，门框，窗框；引申为事物的固定格式。固定，不变动或不移动的。动，改变原来的位置或状态。与静相对。静，止，不动。止，停，被阻拦。

拦，阻挡。阻，阻挡、阻碍。碍：妨碍。妨：使事情不能顺利进行。顺：向着同一个方向。同，相同。相，互相，交互。交，交结。结：用线绳等物打结或编织，扎缚。缚，用绳缠束、捆绑。束，捆系，拴结。拴，缚住，绑住。绑，捆扎。扎，捆。

捆，用绳子等把东西缠紧打结。紧，收束。收，约束、收敛。敛，约束。约，绳子；缠束，紧缩。缩，捆束。

捆，用绳子等把东西缠紧打结。打，习惯上各种动作的代称，此处当指系。系，拴缚，拘囚。囚，拘禁。拘，限制。限，门槛，阻隔、界限。隔，阻拦、障隔。障，阻塞遮隔。塞，阻隔，堵。堵，墙阻塞。阻，阻挡。挡，遮蔽。

遮，被挡住。挡，阻挡。阻，阻塞，障隔。隔，阻挡、限制。限，界限，门槛、囚禁。囚，拘押。押，把人扣留，不准自由行动。扣，套住。套，用绳子结成的环状物，拴系。系，把绳子打结拴住东西。拴，捆。

捆，用绳子等把东西缠紧打结……

这是什么意思，我说不出来。我的舌头真的是被绳子捆住了。

啊。上帝，让我把这根"绳子"说出来！让我的舌头得救！

一九九五年五月四日于昆明翠湖

一日记

　　我的一日在哪里？我是否能够在已经被文明记录在案的那些有意义有价值的日子之外，在那些被历史的剪贴簿郑重地撕下来保存着的日历之外，想起我的某个庸俗、无聊，毫无意义、千篇一律的白开水似的日子（小学时期，老师经常用"白开水"比喻这种日子）？当我在四十岁上，在度过了一万四千多个日子之后，忽然想起我的过去的每一日，我发现我只能想起一小批日子：小学三年级加入少先队啦，"鲜红的队旗，五月的鲜花……"；平生第一次上台朗诵诗歌啦，"我流下了幸福的眼泪……"；某年国庆节坐在观礼台啦；十三岁受到某某人的接见啦"他的有力的大手，就像祖国和母亲……"革命时期的某个惊天动地的一日啦，"广场上人山人海，东风劲吹，红旗飘飘……"拿到大学录取通知书的"那个不平静的早晨"啦；评职称的通过啦；与某某人的一见钟情啦，"我的心都快跳出来了，她穿过孤独和寻找的岁月终于出现在我的身旁。"……这些日子多半是在我的生命所谓"有进步有收获"的"闪光的时刻"。当然我也记得些倒霉的日子，某年打架在腿上留下的伤疤啦，"当时，我咬着牙，复仇的火焰在心灵的荒野上燃烧……"生病住院啦，被某姑娘无情抛弃的那个冷酷的夜晚啦，"闪着电，下着雨，世界忽然变得陌生了……"诸如此类，其余的大部分日子呢，都在我记忆的硬盘上无影无踪了，我一丁点也想不起它们来。要么是光明普照，要么是暗无天日，总而言之，我记得的只是在我的生命线上凸起或凹下的部分，至于它们之间那些平淡无奇的直线，我早已忘得干干净净。如果把某一年写篇回忆录，那么可以有滋有味有思想有深度地写下来的肯定不是三百六十五天，而是"永远难忘的一夜"，"震撼世界的十天"（我的世界）"地狱中的一星期""阳光灿烂的某某节"……其他日子是什么，阴或晴，风或雨，上班或休假，生病或健康。我认识一个喜欢在台历上记下每一日的朋友，他的大部分日子，都只是在那个日子下面记着寥寥数行，某日，阴，上午去单位。

下午买米二十斤。某日，降温。摄氏七度。电表92。晚上邓来访。他如果觉得某个日子特别重要，特别有意义，他才郑重地记在日记本上，有时，一天就写一千多字，"心得"！他说。不过一年也就是精练得出万把字，他不好意思地补充。我和他一样，有许多不值一提的日子，无聊、乏味、庸俗、毫无价值。什么也没有得到，什么也没有收获。但这些米粒般的日子肯定一分一秒，一时一刻，一日一日地在我的生命中光顾过了，即使仅仅是作为一颗米那样渺小，它们也在我的生命中划掉了一段，它们肯定留下了蛛丝马迹。但我从未将它们存盘。一日，在我们的生命中，早已被从文明史中放逐，属于生命中多余的毫无意义的垃圾，它不会令我们的生命升华、进步，不会使我们天天向上。它仅仅是通向人生中那些关键紧要时刻的阴暗乏味的过道，柳暗花明又一村，它不是柳，不是花，不是村，它只是联结这些光明目标的意义暧昧的空间。我总是在"盼望着那一天到来……""那盼望已久的一天终于来到了……"，人生就像一次次意义不断升华、深化的作文一样，盼来了有意义的一次，又盼望着更有意义的下一次。我不喜欢那些位于这一个有意义的日子和下一个有意义的日子之间令我度日如年的"已久"。在一日中，我们觉得人生无比空虚，无聊，漫长，生活在别处，我们期待着一日赶紧过去，生活再次光彩起来，充实起来，充满戏剧性，不是喜剧就是悲剧，这样我们才觉得一辈子没有白活。我们渴望一生轰轰烈烈，大风大浪，一浪高过一浪，锦上添花，在时代的风口浪尖上，在广场的中心地带。谁会记住那些对人生毫无建树，无关紧要的一日？一日，它永远不会出现在国家图书馆的某一页上，翻开任何一部书，任何一份报纸，都找不到我说的这一日。它不属于那些重大的节日、纪念日，也不是历史上的突发事件，不是某某节，不是日军偷袭珍珠港，不是原子弹爆炸，不是某某某被枪毙，不是某某名垂千古，不是全世界忽然停电，不是预言中的世界末日之类，也不是作家们苦思冥想，去粗存精、精心营构的那些戏剧化的一日。不是《一九三四年的逃亡》，不是《生死恋》，不是《霍乱时期的爱情》，也不是《刽子手之歌》《浪得过火》《九个半星期》，它与红白喜事无关，与奇迹或灾难无涉，也不事关初恋啦、车祸啦、中彩啦、调动啦、癌病啦、旅游啦、打架啦，它既无积极意义也没有消极意义，既不舒适也不难受，既不事关革命也不逆历史的潮流而动，它仅仅是毫无意义而已。它在着，像个没有犯法的无赖那样躺在你的阳关大道或独木桥上，你必须从它之上越过，才能穿过你的针眼，抵达你的罗马。它在着，如此而已。它从不进入历史，从不被文明记录在案。在文明的记录系统中，任何人都无法记载它，因为文明不提供记录它的写作系统，也不提供它的读者，它不为进化论提供依据，也不指向世界历史更"某某"的未来。一日是原在的，古往今来都一成不变的，一样的无聊，一样的无意义，一样的无价值，它的存在完全是对时时刻刻在要求着向上、升华、进步的生命的大浪费，它只配永远打入文明史的最黑暗的地狱中，永远遮蔽起来，略过不提。

从小到大，老师讲故事，讲的都是有教育意义的、有价值的、有启迪作用的、有指导功能的、鼓舞斗志的、奋发向上的……布置作文，标题一般都是"记有意义的一日""值得纪念的一日"或者"某某节有感"。从小学到中学到大学作文无数，我写的都是有意义的事，做好事啦，春游某某地啦，秋游某某山，语文得到五分啦，幸福快乐而有收获的一天啦（不幸福不快乐不无聊也没有意义，毫无收获的一日呢，老师说是流水账，0分）。老师批改作文，都是以是否有意义为评分标准。开始，我不知道什么是有意义的，头次作文，我以为拿着笔，又会字，就是随便写得了，我把一日中看见想到的都记下来，看见天啦、树啦，看见房子汽车啦，"我想起了我的裤子上有一个补巴,就忘记了看蝴蝶"(原作)圆通山动物园的猴子啦,吃早点时候数手指头啦,太阳的影子啦,上公共厕所啦……老师当然不是随便叫我写任何一日的,她规定的是写去圆通动物园(学校一年才组织我们去一回动物园)这"千载难逢"的一日,老师也只能点到为止,至于观察啦、感悟啦、提炼啦、精练啦、升华啦、往深处发掘啦,得靠我自己,但我像猴子一样不聪明,玩不来这一套。这篇作文,我得了个"差"。我父亲很不高兴,说我一点才气也没有,作文怎么可以乱写,想咋个写就咋个写,你要动脑筋想想嘛,哪些写得哪些写不得?我于是明白了并不是会写字就随便什么都可以拿来写的。世上的文字有些是进得作文的,有些是不能写进作文的(后来我才知道这就是所谓"登得大雅之堂"),但究竟哪些作得文哪些作不得文,我是悟到四十岁才明白,不就是那些毫无意义的日子嘛。后来我渐渐聪明,才气也开始乱冒,写春天,我马上往光明、生命的复苏这些方面去想,肯定是优。写动物园,我立即从爱护啦、怜悯啦,人与自然的关系这些方面去想,肯定是优。写登山,自然少不了人生总是从向更高境界攀登这个方面去展开,不是优也是良。我开始把握了那个难以揣度的"有意义",就像我在中年时才悟出菜谱上所谓味精"少许"，胡椒"少许"的"少许"是什么。一旦了悟，我就成了才子，我终于养成文雅的习惯，阅读、写作、说话都只指向那些有意义的方面，我渴望的乃是某种有意义的不虚度的有价值的壮丽的人生。当我大学毕业时，那些无意义的日子在我的记忆中已成了植物人的日子，再也不会在我的记忆中出现了，我学会了对人生的大多数细节略过不提，于是我拿到了毕业证书。

所以，现在当我要写《一日记》的时候，我茫然失措，胸无成竹。只有一些碎片泡沫式的东西浮光掠影地浮在思想的表面，犹如被污染了的河流，我不知道哪些可以抓住不放，哪些会沉下去；我丧失了判断是非的能力，踌躇不决，下笔艰难，犹如在越南在丛林中，到处是地雷、陷阱，一不小心就轰的一声。当我在某个这种一日的第一秒醒过来，就看着窗子上的微光发愣。微光，不是光明，不是灿烂，不是熠熠生辉，不是闪烁，只是像一层毛，某种鼠类肚子上的绒毛而已。颤动着，犹如一位老妇人患风湿的手，在把一种灰色的药粉状的东西抖开，然后慢慢地在一根银勺子的搅动中消散开来。光线混浊，不清楚，还不能说它是黎明（多么健康而美丽的词，但我却不能断然使用！）但也不能说它是最后的黑暗（多么悲壮有力的字眼，我却不能用来造句！）只是一些微弱稀薄的光而已，发着灰，或者在发蓝，或者发出的是白，都不是，不能确定。也许是由秋天此日此时的天空或天气造成的，也许是窗子对面的建筑物（记忆中它肯定是灰的）或者某一片玻璃造的孽，或者是布在飘扬中留下的遗迹，抑或是我屋内的事物在燃烧，另一类的燃烧？（这个想象很有诗意，如果展开，我没准会把这一日搞成现代派的，但没有燃烧，只是令我想起了燃烧这个词而已，词如果不管制好，它可是长着翅膀的，它喜欢张冠李戴，把井井有条的世界搞得乱七八糟，让干燥落在水里，肾脏流进玻璃。）我不能把握它的品质，也不能推断它的意义。它是否值得一写？写作的经典定义是，永远必须以是否值得来指导，我没法不顾一切地乱写、胡写。现在才六点不到，它已经溜进来，好像外面有一个灰色的探雷器，在小心地触摸我的窗子，它同时也有吸尘器的功能，它把窗子附近黑夜留下的粉末一点一点吸掉。微光开始扩展，向着房屋中的事物蔓延。先是出现在枕头边，从我的还有一半搁在梦里的鼻头上扫过，可能某处有一个窗子突然打开了，与某团强光打了个照面，闪出另一种光，这光再投射到无辜的事物上，经过曲折的七弯八拐的折射终于抵达了我的鼻子。

犹如一个雪崩从山峰滑下。这是什么话，有何意义？吉兆还是凶兆？对这一天，它暗示的是什么？什么也不是，只是六点钟左右，从外面——昆明市区某一部分的天空，习惯性的漫入我卧室的光线，既不美丽，也不难看，既不会引发我今天的快乐的心情，也不会令我的心情更坏。它开始在我的房间里迷漫，犹如毒气在战壕里散开，从下面向上散开，我的衣柜出现了，犹如雾中的岛屿。门缝里夹着一件紫色花裙子的下摆，下面是一个乳罩（我是否应该这么写，我是否已经在暗示什么，它肯定出现了意义，但这意义不道德），没有用过的纯洁的乳罩。（更糟了，更有深度，更叫人想入非非，为什么一个男人的卧室会有没有用过的乳罩，嗯？）好吧，那不是乳罩，只是一个被剥开了的球体（达利的画？或者侦探小说的第一页？）算了吧，那就是一个乳罩，"妇女保护乳房使不下垂的物品"，如此而已。跟着微光，现在我看见了地板，在距离乳罩大约半米的地方，是一堆衣服，它们混乱一团，衣冠不分，犹如一摊硬掉的水泥。某条深蓝色的牛仔裤的一条空腿翘向空中，它竟然没有瘪掉，在我的经验中，裤筒的意义就是如果没有腿在里面，它就是瘪的。这个细节超出了我的经验的范围，它有何意义？我确定它毫无意义，一条没有腿却鼓着的裤腿，对我们的生活有什么启迪？没有。它立即就从我的记忆的下水道溜走了。现在我的印象里出现了石灰墙壁，我以为它们应该是白的，已经发表的文字都说它们是白的。它是白这个概念的法定标本之一。但现在看起来，我不能再把它叫作白色的墙，它在灰和白之间，也在黑与灰之间，也在青和白之间，它变得如此复杂，我一句话竟不能概括它。它压制了我捕捉主题的冲动。我无法把它的本质从复杂的色阶中精练出来。我不能肯定它就是白墙，我甚至怀疑是否上面的石灰在夜间发生了某种变化，消解了它的白的本色。但只过了五六分钟，某些面积上就白起来了，或者明确地向白运动了，但我还是无法把一面正在变化中的墙说成是白墙，我不喜欢这种中性、含糊，缺乏主题的、难以把握的状态。它渐渐白起来了，差强人意，白几乎可以说是这面墙的主题了。已经差不多只要套上"白墙"就可以一语中的，将它概括了结掉。但我尚未自信到要把"白墙"一词套用于它，事情已经发生了变化。阴影出现了。因为石灰墙同时也把它的白反射到其他事物上，它目前是房间里最耀眼的部分，具有统帅或压倒一切的高光。但它的白，却并不对房间里的其他事物发生根本性的影响，它们也许更亮了，或者更清楚了，但并不白。严重的是它们不但没有

266

盲目跟着白起来，反而借了那白的光造出些各形各状的影子，投射到那白上，使那墙无法被称为白墙。就是在它最接近于纯白的时候，各种事物释放了它们的阴影，犹如马群出栏，犹如牛鬼蛇神，群魔乱舞。从各种家具之间、从墙和墙的联结处、从一颗钉子、从一个挂钩、从墙面的石灰层的由于厚薄不均形成的各种微弱的海拔上、从上个月敲钉子没有敲进去洞坑里、从镜框的边缘、从我的头到腰的部分，手指和手指之间、从下面的床铺，它们起伏不平，犹如辽阔的群山，从窗子外面那些没有光明的事物中、从天空、从风和世界的摇动中、从时间中……某个无法确定其身份、其动机、其方位、无法捕捉的家伙总是在操纵着万事万物的变化，破坏我的既定方针，令我永远无法给事物定性。它在一面单纯统一的墙上，造出各式各样的奇形怪状，块、圆、"屋漏痕"、椭圆、六角形，长条纹、直角、正方形，线、实心圆、空心锐角、钝角、新月形、三角、半圆……并且在出现的同时也在时间中一点点地死去、变形、消失。它们使这面墙上洁白的含量永不会有 100% 的时候。总是 80% 是白，或者 50% 是白，或者，30% 是白，当一日终了，阴暗的东西又开始占上风，白企图用一个单一的意义统治一切的企图失败了。但同样的，黑暗也无法使这面墙彻底的本质地成为黑墙，它的命运将与白天的墙一样。这种永远没有明确单一的性质，只有变化、斗争，暂时地占领或被占领，没有明确的意义的阴阳交错的形势，我永远把握不住，无从下笔，我不知道描写记录它，对于我那总是得"优"的作文有什么好处。但这一日时间还多，有意义的时刻还有机会出现的。我不必把这些光啦、墙啦无关人生痛痒并且枯燥乏味毫无戏剧性的东西记下来，我只是轻而易举地精炼了它们，让它们在我的一日里位于沉默中。我把以上这一段精炼成："一个黎明。"黎明，也还算有点诗意吧。其他，则略过不提。

我揉了揉被光芒刺得发花的眼睛，起床了，从床上怎么起来，如果要老实交代，至少得五十多个动词。例如，光是穿衣服这一项活动，如果要区别穿毛衣和穿棉衫就得用不同的动词，因为毛衣和棉汗衫质地完全不同，手感也不完全一致。当我掀开被子，用右手摸索到那件汗衫，它是冰凉而柔软的，有些像我不喜欢的某个才女的手，还有些湿气，我用两个手指头将它拎起来，另一只手撮紧手指，就像一个蛇头，从领口那儿钻进去，徐徐下滑，寻找袖子的出口，以便把汗衫的面翻出来。我是这种人，我从来不为明天可能发生的战争做好准备，像战士那样把衣服叠好，我总是把罩在身上的一切往头上一抹，像个萝卜似的把自己从衣服里拔出来。翻正了汗衫，再把它套到头上，往下拉扯，当它顺着我的还在发热的身体灌下来的时候，我身上起了一片浅显的鸡皮疙瘩。穿毛衣就与穿汗衫不同，毛衣是暖和的，没有湿气，柔软而有质感，我头才套进去，两只耳朵立即就有一种热烘烘的感觉，当它与我体贴之后，里面的内衣就开始温暖起来，被汗衫弄得有些紧张的皮肤也缓和平滑了。这种事每次都会在我心里泛起一种轻微的感激之情，我相信我之所以会对人生，对每一个日子都有信心，憨憨地高兴着、热爱着，就是由事物的这些细微的难以告诉的无数小恩小惠造成的。但穿毛衣或者汗衫这样的事情即便可能对肉体有些好处，可它们到底有什么了不起的意义呢？我忽然警告自己，不要对这类多如牛毛的小恩小惠感恩戴德，比如一个蓝宝石似的大晴天啦、偶然飘过来的缅桂花香或煎火腿的味道啦，买到一块瘦多肥少的后腿肉并且便宜了六角钱啦，倒头就睡一宿无梦醒来发现满世界阳光灿烂，半月的梅雨已经无影无踪啦，太阳移动、阳光刚好洒满你的床铺啦，这张暖洋洋的床对腰部的爱抚啦，自来水的温度比意料中的温暖啦，在街上，某个靓女对你的韵味深长的一瞥啦，打开窗子，一股好风就扑进来啦，长途旅行，买的票恰好挨着窗子啦，冬天的晚上回到家里，发现桌子上正支着一个热气腾腾的红铜火锅啦，好朋友在金色黄昏打来的约你喝茶吃晚饭的电话啦，你母亲在你下班回家时告诉你青头菌宝珠梨已经上市啦，深夜十二点过十分才抵达住处的大门，看门的大爷刚要上锁啦……多了，这种小恩小惠在日常的庸俗的人生中随时可遇，你怎么可以对这些小甜头用感激？这种感激价值多少？你的感激应该留给重要的那些，比如全社会的关心啦，集体的温暖啦，时代的进步啦。这样一想，我犹豫起来，是否还要对套裤子、穿袜子的事进行记忆，虽然平心而论，我确实感激套毛衣、穿袜子之类的小事，我确实害怕这类小事从我的生命中丧失掉，我害怕这一点，胜过了害怕什么什么的复辟、什么什么的颠覆。但我不能说出来，因为这些芝麻大的小事是不值一提的，念念不忘是境界不高的表现。我相信渴望着深刻和高尚的读者对我的这份肤浅乏味的啰里啰唆已经心烦，略过不提吧。

我是否应该把发生在卫生间的事情记入历史？这是我的寓所中最见不得人的所在，卫生间这类的地方不像去客厅啦书房啦阳台啦那么光明正大、那么理直气壮。人类的寓所中最难挂齿的部分，藏污纳垢，许多设施都会令人想起一个人的隐私，马桶、手纸、浴缸、拖把、晾在铁丝上的短裤、袜子、带子、气味……但无论后面有多么壮丽的事业在等待着我，我现在都得先到卫生间去与这些俗物打交道。我把脚钻进那双棕色格子花的灯芯绒拖鞋（这双拖鞋是我的小宠物之一，它是那么合我的脚，那么呵护我的脚，像是专门为我的脚而造就的，它虽是物，却有母亲的品质，套上它，就像是婴儿回到了胎盘。我得承认，我之所以感到我的家比外边好，就是由于这双拖鞋以及其他大批藏在我的衣柜箱子抽屉厨房的小什物。有一回我在西藏的高山中旅行，穿的是一双大皮鞋，它虽然令我看起来，像一个国境线外面过来的旅游者，但它也无休止地折磨我的脚，当我在一块石头上像古代充军流放的囚犯那样坐下来养脚的时候，我忽然想起了我的这双拖鞋，它那臭烘烘的气味，那种小市民才有的温顺，我禁不住热泪盈眶。我顺便告诉你，这旅途中，我怀念的还有用昭通酱和肉糜做的杂酱、云南路南出产的油卤腐和我从一个古玩市场买回来的装胡椒的小瓷瓶，它的口子上缺了一小块，表面烤着一个清代的姑娘，聪慧好色。我又在对小恩小惠感恩戴德啦，不可救药！）趿拉着我亲爱的宠物，出了卧室，像迟到的学生那样溜进了卫生间。我揭开抽水马桶盖，里面浸着一小湾叫人放心的清水，瓷壁光滑，爬着一围薄光。

在下蹲的过程中同时露出了急不可耐的部分，这部分肌肉紧缩，像就要注射青霉素时那样，或者像被捕的奴隶那样准备好去接受鞭笞，我知道我得坐在一个温差五度左右的冰凉的马桶圈上，一个夏天的屁股和一个北极的马桶。但很快我就被快感和舒畅征服了，感激之情油然而生。我悄悄地告诉你，我感激这种在每天早晨七点左右到来的快感和通畅，就像感激上帝每日赏赐给我的圣餐一样。我怎么能不感激呢，这件事会令我一整天通体舒泰，令我对昨日以前的猛吃乱喝胡作非为放荡不羁放心，我今后还可以再次猛吃乱喝胡作非为放荡不羁，谢天谢地啊，我尚未阻塞！谁会钟情于便秘？它不仅令肛门不适，也令生命不适，令爱情不适，便秘的爱情？腰部以下不通。便秘甚至令革命不适，这件事是有重大意义的，当年毛泽东的大便畅通不就是同志们牵挂着的吗！可以查阅索尔兹伯里等人关于长征的书。我终于在每一日里都发现了一件有着重大而深刻的意义的事情了，由于便秘，我的每一日可以大书特书了。但仔细再想，我还是不能写，没有便秘，确实是有意义的，有深度的，但这是一件只能心照不宣，只可意会不可言传的事，《论大便畅通的意义》能够作为研究生的论文题么？只能心领。有意义也还要看它是什么意义，也不是随便什么意义都可以乱捕乱捉的。不仅得看它是否关系历史进步、精神的升华、理想的建立，还得看它是否有利于语词的净化、文雅。我现在又明白了一层，不仅是无意义的东西不能写，即使是有意义的东西，也不能乱写。这是要明辨是非的，此亦一是非，彼亦一是非，搞不清楚就要犯错误。从另一方面来看，便秘与否，天天都会发生，并非什么百年一遇的大事，它虽有意义，也被它的俗不可耐日常性消解掉了，天天要吃饭，谁还会感激吃饭？天天要洗脸，谁还会在乎洗脸？天天在大地上住着，忘记了大地才正常。作文的奥秘所在，就是要盯住那些非同寻常的，非同小可的，大起大落的，让人不得安生的、总有一天……转折点、关头、关键时刻、决定命运的瞬间、到哈雷彗星里头去发掘人生的意义，拉屎吃饭生孩子则略过不提。我畅通之后，就扯下一张卫生纸，把那里搞干净。结果那纸一碰就破了，差点儿搞到手指头上，一头小小的鬼火升起来，又扯下来一长条，把它们折成厚厚的棉棉的一块，才搞定了。就弯腰去提裤子，不料，裤兜碰着了马桶盖板，这家伙就趁机倒下来，搭在我的臀部，只好一只手扶着裤子，一只手把它推回去。小小的狼狈，却令我再次心生不快。接着又放水去冲马桶，可水放不下去，一潭地漂起来。原来里面的橡皮活塞松了缝，漏水，所以水量不够，冲不下去，只好又拿盆，接了一盆水再冲，才了结了这件事。心情已没有刚才那些小快活。不独如此，这种小难过的时候多了，诸如，穿着拖鞋去开窗子，放一窝阳光进来，小脚趾却撞在沙发的脚上，一阵冒出冷汗的生疼啦；钉颗钉子，把新年的日历安上，一锤子敲在大拇指上啦；领着欢天喜地的小女儿去玩儿童乐园，走了一个小时，到达门口，却发现自己没有带钱包啦；在路上走着，一脚踩中某块松动的路板，从缝隙里喷出一股黑水来，溅了一块在与相搂而行的女友的裤子上啦；在大商场购物，没有看清玻璃隔墙，一头撞在上面啦；昨天都还今夜星光灿烂，计划着明天去郊游，早上醒来却发现外面北风呼啸啦；要写回信，却发现信封被你在打开信件的快感中撕下扔掉了一块，这一块上恰好是回信地址啦；刚刚打开电视机，巴西——意大利，就遇着停电……之类的小灾难，小尴尬，小霉气，有时充满了一日的旮旮角角，随时与我进行着小小的作对，你要说它不重要，它确实也令你不高兴着三几分钟半小时。但它也永远不会有南京大屠杀那么重要，那么可以作为前车之鉴，那么可以激励民族精神。肤浅的小灾难，你总是立即就忘记了。

再次，被盖板击中臀部，往往你只能自作自受，怎么好意思写在作文里说给别人？这些也和小恩小惠一样，无聊，只能略过不提，翻篇。

略过不提，这一日已经白拉拉过了两小时，登得大雅之堂的题材尚未发生，硬要写，也只有记下，某日，晨：晴朗。残酷但高尚的杀手，两个小时，数千个动词以及它可能牵动的形容词啦、比喻啦、白描啦、夸张啦、倒叙啦、意识流啦通统一刀切下。快刀斩乱麻——晴朗，历史就是如此写成的。黎明前的黑暗早已结束，早晨八九点钟的太阳看上去已经像是散掉的毛线，一日中最具有希望、活力、生机的时刻已经过去，这段时间一般来说是一日中最具有戏剧性的时间，历史最喜欢用它的各种状态来比喻自己，"时代的黎明"啦，"新世纪的曙光"啦……而生活中有意义的事件也往往在此时开始，"拂晓，战斗打响了……""黎明，紧张的一天开始了……"但一日已经来了，却什么也没有开始。接下来发生的事不过是和什么两面针牙膏啦、舒适牌牙刷啦、玻璃杯啦、牙齿以及它的缝隙里埋伏着的渣滓啦、干翘翘的洗脸毛巾啦、镜子啦、香皂啦、剃须刀啦、发油啦早点啦——今天是一碗杂酱面，配方有面条、杂酱（肉糜和云南昭通酱加上香油以及我的"少许"用旺火炸成的，不瞒你说，它是使我在这个世界上活得有滋有味的依据之一。那年我在欧洲待了两个月，最牵挂的就有这碗杂酱面。）酱油、盐、味精、红油、芝麻油、胡椒粉、葱花以及钢筋锅啦、煤气灶啦、自来水啦、筷子啦、瓷碗啦、桌子椅子啦、抹布刷子啦——之类有关，多了，如果把这些家珍一一数落出来，那就是一个世俗生活的杂货铺，俗不可耐，无足挂齿。也许在陪着我过日子的种种什物中，可以提及的只有客厅里的那个长方形小柜子，我也许可以略微发掘一下它的意义？它是我外婆传下来的唯一的一个家具。它可能曾经是黑色的，但已经不是黑色的了，露出了被表层的棺材漆遮蔽着的底色。从底色上看，木头表面最初被漆过一道棕色的桐油，而桐油下面才是梨木或者柚木。它是被手或者是屁股磨得露出了底色的，这些磨损了它的手和屁股早已成了郊外青山上的白骨。据我家的故事，这个柜子是前清出品的，我外婆的父亲的父亲传下来的。从我出生，它就一直在我家里，但我从未注意过它，它是如此平庸，就像头发长在我自己的头上一样，从来不曾在我的视觉中出现过。小时候，我就生活在这类清代制造的家具中，我不知道它们的名字，只大略地知道它们是椅子、圆桌、柜子、床。它们制造了我童年时代房间中的各种阴影、光线和森然的气氛，可能它们也掩护过到我家来避难的鬼怪。我想我可能在一个大橱柜中挂着的丝绸长衫之间见过它们。我从未在文字提起过我外祖母传下来的家，这个家是阴暗而暧昧不清的，这种阴暗不是由于缺乏光线，而是储藏了太多太久的光线所致。阴暗不是由于它反动，而是由于它长年累月地处于无意义之中，因此在人们的记忆中暗淡了。我记得那时我尚未到幼儿园去，成为祖国的花朵。某个下午，我外祖母把我放在一张黑色的大床上，床边上挡着一块木板，以免我滚下去。我看见窗子外面瓦蓝的天空，不时有鸟或烟子从那里经过。我看见一只青色的猫从掀开的木格子窗外面跳进来，叼走了圆桌上一个蓝色瓷盘里的煎鱼。我在阴暗中辨认着家的种种细节，看不清它们的整体，只有各个局部在明与暗的交错中摊开着，丧失了名义。那时候我还不知道阴暗这个词，我只是慢慢地看着那些家具如何从光芒中向黑暗深处退去，它们的名字在那儿消失了，只有一些形象不全的局部。它们向纯黑撤退的道路相当复杂，先是灰色的白光，犹如旧时代小姐们的脸色，一对黄铜打造的鱼形的门环垂在阴森的表面，犹如小姐耳鬓间的环佩。在这环佩后面，橱柜脱漆的面子流泛着朱黑色的光泽，渐渐向四周化开去，又暗下一些，这儿的色调类似我外婆那条丝绸的青色腰带，然后在灰色与青色之间犹豫

277

着，是青还是灰？又暗下去了一点，已经离开了青与灰，好像在暗中有一个光线的调节器，依照某个配方调配着光线。再后，是黑暗之前的朦胧，接近了黑，但还不是黑……我就这样跟踪着一个大柜子上面的光线，跟着它一直进入我的眼睛再也辨别不出亮度的黑暗中，在那儿，我开始想象这橱柜中的什物，我清楚地记得在它的中间有一对抽屉，里面放着钙片、奶粉、糖果、饼干和外婆的玉手镯和一只老鼠。我记得在黑暗深处，这两个抽屉就像两只眼睛，闭着，但我知道它们看得见我。这些事我从未对大人或小人提起过，我天生就知道这些事是不可以说的，大人的世界没有关于它们的话。我对那些家具唯一能说的是，它们在革命时期被搬到外面的街道上，大人们四块钱五块钱一件把它们卖掉。"留着是祸根"，我永远记得我外婆低声对我母亲说的这句话。祸根一词，使我明白了这些旧家具的意义，它们第一次从阴暗的死水里浮上来，进入了我的记忆。我记得在那遥远的一日，大约是1966年和1967年之间，这些祸根摆满街道，不仅是我家的，很多街坊邻居都搬出了他们的老家具。这些遗老遗少，黑暗而陈旧的家族，被无数个毫无意义的日子折磨得光芒暗淡，那些日子留下的仅仅是午餐或晚餐时炒菜做饭冒出的油烟。无意义在一个普遍追求意义的时代是可怕的，无意义也就是落后，甚至是反动。我舅舅一家就由于无聊而喜欢打麻将、嗑瓜子、刹拖鞋……被流放到县上去了。这些明清甚至是元代传下来的家具并不好卖，它们甚至卖不出去，越精雕细刻以至失去了实用价值的越卖不出去。有一把明末传下来的太师椅，椅背上雕着无人理解的繁琐花纹，连反动的意义（比如花鸟虫鱼所代表的封建阶级糜烂生活）都没有，到一日之末，还没有人愿意出五块钱买走它，它当即被用斧子劈成烧柴，家人才得到解放似的松了一口气。他们可能早就对祖先传下来的这种日复一日的、毫无意义的生活感到极不耐烦。除旧布新，新桃换旧符，才能使生活永远保持着与新时代的联系，获得永不过时的价值和意义，这是我家人在革命时代悟出的真理。自从这些黑暗王国的家具从我家消失之后，我家就开始亮堂起来，明确起来，一览无遗了，我从小就害怕的鬼怪们从此也无影无踪了。后来，我们家开始热爱搬家，为搬家而学习工作奋斗上进，三十年搬了三回，一回比一回大，一回比一回现代化，终于告别了公厕，用上了抽水马桶。家具也换了三回。今天我父母已经近七十岁，在满屋崭新耀眼的新式家具和油漆味中过着风烛残年。这个小柜子是当年那些家具中体积最小最不显眼的一个，它甚至用来烧火也是毫无价值的，它连一锅饭都煮不熟，所以它得以由于不刺眼而留下来。它曾经放过我家族的一些最无聊的东西，纸啦、布啦、相片啦、米啦、小人书啦、老鼠屎啦……在某一时期，它曾被用来藏匿那些见不得人的事情的证据，因为它的的构造与一般的柜子不同，它的侧面有一块壁板可以抽起来，下面藏着一个可以平放进两本书的抽屉。现在它是空的，它的实用已经从内部转移到表面。如今它的意义不在于它可以装什么藏什么，它现在已经成为古董，清式家具的幸存者之一，象征着我是一个有来头的人。它终于熬过了无意义的时间，从那些无聊和平庸的日子中脱颖而出，被我置于客厅中最显眼的位置。在我这个历史不长的家中，它可能是我唯一乐为人道的家什。但这个柜子最近被我卖掉了，有人出价三千。姗姗来迟，身价百倍，物以稀为贵，我立即出手了。见利忘义，一件有意义的东西被我作价出卖了，此事难于启齿，按下不表。

现在我只剩下正午、中午、下午和晚上啦。大家可以看出来，我被包围在一种不值一提的空间和时间中，我就是一生在这种时间和空间中居住到死，它也很难自动产生什么意义。我不能指望在这个家里会发生什么大事，两个人由于结婚而建立的小家庭，吃喝拉撒，只生一个小孩，把她养大，嫁人，如此而已。所以，米兰·昆德拉说，生活在别处。现在我离开了家，两眼盯着地面，看是否会遇着什么使一日生出意义的端倪，一个钱包啦、一个跌倒的老人啦、一幢失火的房子啦、一个急需救济的老贫农啦……广阔的天地，大有作为。但我什么也没有遇上，一个国家，整天有无数可以让人当雷锋的有意义的事让人去碰上，还了得？不是房子失火，就是小偷在街上跑，或者老人没有座位，或者同事的家乡又发了水灾……还了得？我麻木不仁地在灰色的街道、垃圾桶、梧桐树、杂货店、邮局、卖烧饼块的小摊子、补皮鞋的鞋匠、咸菜铺、公厕、涂脂抹粉的女人、职员、老板娘、自动取款机……和芸芸众生之间穿过，我才不会把这些毫无意义的现象写下来，它们只是现象。现在不是革命时期，我不可能出了门就往广场那个方向走，我得朝管我的工资的单位那边走。我去上班，大家都知道所谓上班是怎么回事，和集体在一起，回到大家中间，在我们壮丽的事业中。而且更重要的是，它不仅崇高壮丽而且直接发给工资。上班地点，是一切可能有意义的事情通常发生的场合。义务劳动啦、政治学习啦、参加公审大会啦、游行啦、植树啦、捐款啦、排练节目啦……可以说，人生中最有意义的时刻，很多都是在上班时发生的。我父亲最清楚这一点,他退休在家之后,最牵挂的就是每个月的十号回单位去,与同志们聚会,听文件,听当前国内国际形势的报告。每当那一天,他的眼睛从早晨就开始闪出异样的光芒,到傍晚才恢复正常。他穿戴整齐就雄赳赳地直奔单位去了,像一个战争之前应召归队的退役中校,什么也挡不住他。开始我不太明白他何以如此热爱着回单位去,他不是退休了吗,在家里在得好好的,养尊处优,穿着拖鞋,平生第一次披上了睡衣(我给老爷子买的),一天两瓶牛奶,九点左右到公园里去走一遭,看看鸟,听听滇剧,喂喂鱼,风抚弄着衣服,衣服抚摸着皮肤。中午,或者在一品堂吃小笼包子,或者上蒙自馆品尝正宗过桥米线,或者在家里做些家常小菜,清蒸鸡蛋啦、回锅肉啦、凉拌莴笋啦、小炒豆腐啦……然后"草堂春睡足,窗外日迟迟",然后吃晌午,喝茶,读旧小说,读报……然后在五点钟,去幼儿园接孙女孙子回家,左手拿着孙女的彩笔画,右手拿着孙子的奖状……丰盛的晚餐、红烧肉、圆桌、三鲜鸡汤……饭后洗澡、看京剧、九点半上床睡觉,一个不知所终的梦,天亮醒来,大脑清楚,闹钟不响、电话不响、外面是春天的雨,送牛奶的人在门口吆喝……他的生活如今充满了日常的碎片。过去他在单位上的时候,生活是整块整块的，参加某某整风，一年；到某地搞土改，三年；参加某某班的学习，半年；搞某某革命，十年。他的一生就这样一批一批地过去了，回想起来，只是某某运动，某某革命几个简称就可以包罗，但就是在这些日子中，我父亲写下了数十万字的感想、心得、体会，堆在一起，与他的身材一样高。现在呢，他只是每天在台历上草草记着寥寥几个字"晴，上午去翠湖，下午去医院"。退休五年，五本台历，不超出两千字。后来我终于明白，他并不以为如今这种小日子是真正的生活，他内心深处，他认为这种人生毫无意义，他只是无可奈何罢了。他年轻时代，最深恶痛绝的就是这种无意义，只是饮食男女的生活，"天下者我们的天下，国家者我们的国家"，他就是为了反抗他的家族传下来的那种风花雪月，吃喝拉撒的数百年如一日的毫无意义的生活，才投奔了革命的。（那种生活腐朽到这个程度，我写这篇文章的时候，曾看过李渔的随笔全集，令我最吃惊的是，这个玩友，一生横跨明清两代，但他一直闲情偶记，写什么房舍第一，洒扫、墙壁第三，界墙、女墙、厅壁……蔬菜第一，葱蒜韭……谷食第二，饭粥、糕饼……肉食第三……几案、床帐、橱柜、炉瓶、屏轴、茶具、酒具、碗碟、笺简、牡丹、梅、桃、李、木芙蓉……春秋行乐之法、随时即景就事行乐之法、鸡鸣赋、龙灯赋、闰月称觞记、佛日称觞记……那是什么时代？改朝换代，国破山河在，此人竟然热衷于这种鸡鸣狗盗花鸟虫鱼的庸俗写作）所以，从我父亲的经验，我明白上班，就是生活在意义中。我从此16岁就开始上班，并且不断地向着事业的意义核心靠近，工厂、厂宣传科、大学中文系、机关……虽然我每周上班是五天，而不是一天，一年上班是二百多天，不是一天，但我决不能把它分成二百多天来看待，上班这件事作为整块的才会具有意义，这个整体是不能一日一日地加以分割的。如果我把上班这件"在壮丽的事业中"，一秒一秒地切下来，那么我只消描述其中的几分钟，壮丽事业的意义就会被庸俗化掉。例如，八点差两分，憋着小便（为了不迟到，等见过科长再去小解，可以从容些）。穿过阴暗的过道，一股从纸张中散发出来的霉味立即捅开了我锁住的鼻子，强忍着不使自己咳嗽，到了办公室门口，掏出一串钥匙，用手指摸索着钥匙的形状，摸出一把，捅进去，不合；又摸出一把，再捅，还是不合。身上冒出些小汗，小腹越发胀鼓。又摸出第三把，气恼着戳进锁眼，才开了门。每天都要这么折腾一阵，我有十一把钥匙，分别用小刀、指甲剪、钥匙牌把它们在钥匙圈上隔成三组，每组三或四把。我怎么会有这么多钥匙，加在一起有二公两重，装在裤袋里鼓鼓的一大坨，把大腿皮磨得起老茧。但这重量是一钱也少不得，开家门的两把，防盗门、正门；开房间的两把，还有三把是开箱子柜子的。开住处大门的一把。开办公室的一把，开办公桌、文件柜的两把，还有开父母家门的一把。这些钥匙全是干系着性命的，由它们展开又有几十把不带在身上的钥匙，这些是一把都少不得了。开了门，日光立即漫出来，犹如撞进了闪光灯，眼睛有些不能适应，闭上眼皮躲避了一阵，才适应了些。打开雾气朦胧的窗子，晨风就像雅驯的秘书那样迈进了房间，带来了一些新鲜的气味，有花朵的，有泥土的，有树木的，也有远处刚刚打扫过、喷上了药水的厕所的气味……我感到一丝凉意，身上泛起了一层细腻的鸡皮疙瘩。我裹了裹衣服，发现上衣的钮子扣错位了，忙关了办公室的门，把它们一个个解开，重新对位，扣好，拉拉衣角，把领子翻翻顺。一边听着外面的脚步声，担心着科长不要正巧这时进来。有人的脚步急匆匆地穿过整个过道，在尽头消失了，一听就知道是小刘去厕所。忍不住想笑，这个同事永远是下面夹着屎，脑门大汗淋漓，已经忍耐不住的样子。这个印象我从未对人说过，它会永远锁在舌头的保险箱里。我只是有时候忍不住会对小刘毫无道理地笑笑，小刘非常惶惑，笑哪样？笑哪样？他紧张地检查自己，是否有什么漏洞，他是一个很爱面子，却总是破绽百出的人。几页写着瘦金体汉字的稿纸被翻落在地板上，那是科长写的一份工作总结，我用纤巧白皙的手指把它们收拢，拾缀好，像是拾起一把扇子。在我弯腰的时候，第一道阳光一晃就进来了，像是一个拿玻璃片玩反光游戏的儿童的恶作剧。它旋转着，倾斜着，像是一只来自天空的巨大的金笔，笔芯扫描在我的办公桌上，书写下一些东西，在我的写字间里出现了我不明含义的笔迹，一些神秘的符号。这些符号在办公室里放射开去，从中间飞溅到周围的文件柜、墙上的中国地图、挂历、篮球、锦旗……之上，然后在这些东西上形成新的光芒，创造出来的光芒，又返回到中间的光柱中，一些微小的软体在其中漫游，像永不会变成青蛙的小蝌蚪。桌子上的灰尘一粒粒亮起来，犹如充血的细胞。墨水瓶的影子拉得很长，像一个军事地图上的箭头。阳光把压在墨水瓶底下的一份内部文件照亮了，文件右上角的"机密"两个字非常刺眼，我赶紧把它翻个身，依然用墨水瓶压好。这时候阳光的军团已经越过了我的办公桌，朝着办公室的纵深挺进了，它的前锋已经抵达报纸架，在那里，一条昨天的头版头条的消息被照亮了。科长还没有来，办公室开始热乎起来了，我身上的鸡皮疙瘩已经消退。我犹豫着是否先去小便，科长还没有来，我应该让他看见我已经在办公室，但似乎也不必，因为办公室已经打开了，窗子也打开了，他必知道是我。想得这个理由，我就坚决地去小便了。厕所的气味在半截过道里弥漫着，终年不散。我已经习惯它属于单位上的气味，就像医院总是有福尔马林的气味，我家里总是有某种香皂和书籍混杂的气味，科长总是有轻微的，恰好黏在秘书鼻孔边缘的狐狸味。我进了厕所，发现科长已经蹲在里面，他的半个头从蹲位的隔板边缘露出来。小便池正对着蹲位，我如果要小解的话，势必整个屁股对着科长。我有些犹豫，我是否可以装作没有看见他，进去就了事？但这样做很危险，因为他随时可能抬头看见我，而且他显然不会不抬头的，那么近。我还是抱歉地朝他笑笑，然后完事吧。我像古代成语里面说的那样，"胁肩谄笑"着，到了科长面前，但他正低着头，脸憋得通红，根本无暇顾及这个笑脸。我很狼狈，一时拿不定主意是等科长抬起头来呢，还是转身了结我自己的内急。气味浓密，我忍不住了，就转过身，自己干自己的。正欢畅，忽然想起科长大概正在后面生气地瞅着我，我忽然觉得自己就像一个被炉子烤着的芝麻大饼，就停了，再也不出来，刺痒痒的。只好算了，穿好。回过头的时候又赶紧准备了一脸笑容，但科长已经起来去洗手了。他甩着两只白肥的手，我看见他手上的肉块在晃荡。科长也看见了我，就说，早啊。我就说，您早。然后我打开了水龙头，洗手。

以上这一过程只是在我的事业里持续了大约十分钟，但我回忆它们却用了三小时。绞尽脑汁，机关算尽，结果是得不偿失。我可以保证，以上这些都是上班中发生的真人真事，是从八点钟开始的"我们的事业"的一部分，它不仅完全无碍我们的事业，而且对我们的事业是很有益处的。实际上在这十分钟之间，我已经放松了神经，调整了视力，处理好了上下级之间、同事之间的关系。十分钟之后，我已经精力百倍地投入了工作，并且成绩杰出。但看看我把一项严肃的事业报告成什么了？个人的小天地、小局部、小感觉、小情调、小心眼。只见树木，不见森林；管中窥豹，只有一斑。读者肯定看出来，在这种琐碎具体、事无巨细、是非不明的描述中，一个巨大事业的意义已经荡然无存了。这一切听起来与其说是描述一桩事业，不如说它更像是在描述某个小公务员灰色平庸、芝麻大的生活。因此，上班的意义决不能一日一日地说，要一段一段、一个一个时期、一个一个时代地概括起来说。只有整块地对待上班这件事，把每一日的无聊细节、过程省略掉，精练出本质，它才会是可以进入正史的某某运动，某某革命，反某某的斗争，学习宣传某某文件的阶段……其中的重大意义自会泾渭分明、是非清楚。如果我们的作文不对这些毫无意义的东西加以管制，任其自由散漫，我国瘦精干巴的图书馆就会膨胀起来，被垃圾淹没。所以，我作为个人是没有资格对如此重大的事业发言的。我在上班，这就够了，这已经保证我永远不会被时代抛弃，不会被壮丽的事业抛弃，我的一生已经献给有意义的人生，这难道还不够么，我还唠叨什么？

接下来的流水账，无非就是下班，吃饭，睡觉，你是否有时间想听一个家伙说他如何睡觉？（可以去看普鲁斯特的小说，法国最无聊、最没意思的作家。此人用五千字写他如何睡觉）睡觉？有什么意思！浪费生命，你一个字都不想听。接下来，又是上班、下班……于是，我的一日，就是这么几个高度概括的、抽象的词就可以概括掉，黎明、起床、早点；正午、中午、盒饭、午睡；下午、晚餐、电影三频道、睡觉。该说的不必我多嘴，不可说的就只能保持沉默。一日啊，你这个百无聊赖的家伙，你只配永远，永远地待在黑暗中！

1998 年 4 月

城市记

　　八十年前，窄轨的铁路从中国南方的边境进入云南高原，穿过那些红色的高地和白色的石头抵达昆明。来自巴黎和河内的乘客在一个暮色苍茫的黄昏所见到的，不过是广阔农田包围中的一个用大砖砌起来的灰色岛屿。岛屿？这是一个勉强并易招致误解的比喻，这个城仅仅在与一个被海水包围的岛屿在被包围这一点上可比，但它不是岛屿，它是建立在陆地上的与周围的传统景色完全不同的一个砖砌的聚居着人类的城市。火车站没有电灯，在油灯或烛光微弱的照明中，乘客们见到一条条狭窄的石板铺设的街道和漆黑的木阁楼，细微的黄色光线从木板墙上漏出来，犹如中世纪寺院中的僧侣在窃窃私语。旅客们高一脚低一脚地在街上走，马匹的庞大屁股从他们的行旅间粗笨地擦过。与这些个乘客印象中的城市一词有关的事物，恐怕就是他们刚刚离开的火车。在乘客方面，立即激起了一种怀旧的感伤，仿佛祖先的世界被上帝移到了东方。本地的居民们却望着浑身冒烟，黑乎乎的火车发呆。关于它，他们一句话也说不出来，他们要把他们所见的告诉另一个人，只能说，它长得像龙，黑得像木炭，比马比轿子跑得还快。但那个没有见过的还是不明白，问，那么它是不是在飞了？那个见过的人就觉得他再说也说不清楚，无话可说。这个东西，在这个农业社会里实在找不出经验里可以"像"的相似东西来。它就是hoche。说你也不会知道，它在我们的说法里本来就没有"道"。要看见才会知"道"。火车这个新词只靠口头流传，就是hoche这个音节所代表的东西，一个叫作hoche的东西。居民们不知道，ho如果写成汉字，就是火焰的火。幸而那时印刷品尚不普遍，不然他们望文生义，就更糊涂了，着了火的车如何能够坐人？而这问题就更难回答，它和hoche无关，而是和语言学有关了。

正如八十年前那些本地的居民面对火车处于失语状态一样，我今天写这篇城市记，也不知从何说起。关于城市我能说些什么？我诞生在里面、吃饭睡觉在里面、

291

说话做事在里面、娶妻生子在里面，今天我写作这篇文章就坐在昆明市某某街某号某幢某单元某层楼的一间屋子里面。我在电脑上打出了"城市记"这三个字，之后电脑屏幕空白了一周，我不知道关于城市我能说出些什么，我的言语习惯是，要言说一个事物，我必须说出它像相似的什么，形象思维。如果我仅仅说"这里有一座城市"，那么我什么也没有说，读者也不接受，以为我的想象力没有开动。可是我确实不知道对于一座城市，我应当说它像什么。犹如一个核桃坐在核桃壳里面，不知道核桃像什么。终于说出了一个"犹如"，可是核桃和城市有什么关系，无非在被包围这一点上可比，我知道我的生活被一个城市包围着，可是我不知道对于这日日夜夜包围着我的一切，我应该用一些怎样的动词、名词、状语、形容词……告诉给人。我的词素就是那两万多个，它们在数千年前就被创造出来了。那时，包围着我的这一切尚闻所未闻。我无话可说，不是不想说，而是想说，但是没有说法。啊，那儿一定有什么事情正在发生着！但我说不出来。

我对我的这个寄生之地毫无灵感。我从不把故乡一词和我居住的城市昆明联系在一起。我以为只有我的祖籍才是我的故乡，我的根。我常常从父母的只言片语中听到我的故乡，那是一个有着水田和大河的位于盆地上的大村子。可爱的故乡，关于它的说法早就成为中国文学的经典，"漠漠水田飞白鹭，荫荫夏木啭黄鹂"，怎么说怎么美，谁不说我的家乡美？我回忆我自十八岁以来的习作，发现我的写作是从距我的诞生地二十公里之外的乡村开始的，我最早的诗歌写的是郊外山岗上的落日、蒲公英、落日之下的村庄和凡是中国人都会有的那种外祖母。我的文笔稍微熟练些之后，就涉及四时风光、庄稼、牲畜、广大农民以及他们祖传的善良、朴实、勤劳这些看不见只能悟的更深处东西……我的作品越精彩，我的写作范围距我的诞生地就越远，我的灵感就越喷发不止，妙语连珠。实际上，我在日常生活中并不说这些话，我使用得更多的词语还是由城市所派生出来的。譬如，我每天至少要说十多个"买"这个词。早上我至少得说一回与吃什么早点有关的"买"，其他时间，我还得在若干方面用到"买"。在城市里活，一个人不买他一天都过不下去，这地方毕竟和自己动手丰衣足食的乡村不同。今天一天，我买了一只牙膏、一包味精、两张电影票、一本《大众电影》……但我只要一拿起笔来，脑海里出现的句子从来没有一次是由"买"开始的。而是从那些与我今天的买毫不相干的名词开始，例如从兔费的泉水或蘑菇、动物、荒野、洞穴、植物开始。我的目光神奇地越过横挡在我眼前的城市，乘着灵感的天马，视从我的眼前绵延出去十多公里的建筑物，街道、公厕、巷子、商店、银行、钢铁厂、市民……于不顾，驰向远离我的5幢1单元202室的乡土中国。小时候，睡在钢制的摇篮上，我外祖母永远在念这样的歌谣："三月三，荠菜花儿串牡丹……"或者讲述遥远的山岗和森林里发生的故事。在我外祖母、母亲、老师或其他长辈的故事中，美丽、纯洁的世界永远在远离城市的地方，而人们几乎不在童话里提及城市。在故事中，城市总是和鬼宅、鬼医院、鬼楼梯、男女关系、市侩、老鼠、梅毒、癌症、尔虞我诈等一切罪恶、丑陋、庸俗的语词有关。在我的母语中，生活中具有价值的东西，例如：大英雄、桃花仙子、古铜色的皮肤、结实的肌肉、善良正直、勇敢、贞操、"美好的生活"、"梦中的天边外"……无不来自城市郊区以远的乡土中国。我的母语分裂成两部分，作为世俗的市民我说一种话，作为精神的遁词我说另一种话。我的说法和我的行为在组成我的存在时是分裂的，用语言学上的说法，就是能指和所指的分裂。实际上我就是一个市民，有户口册、粮油本为证。在行为上，我和任何一个市民都一样，睡觉、吃饭、洗衣服、上班，过着挣钱、付费、交易、收支、得失的碌碌生活。为物价上涨而忧心忡忡，为孩子上学而焦头烂额，为和各种关系搞好关系而胁肩谄笑，为搞到一笔外快而站在人行道上咧嘴小笑，随便地把一泡痰吐在地上。在家里讲卫生，在公共场合不讲。为在公共汽车上混了一回票始而紧张继而得意。看电视，听广播，读晚报，关心国家大事，国际风云。吃红烧肉，啃猪脚、舔冰淇淋、嚼煮花生、喝大碗茶……当市民当得心甘情愿、心满意足、如鱼得水、心安理得、如胶似漆、心宽体胖。但我对市民一词深恶痛绝，我尤其憎恶小市民、市侩这类名称。我知道在这俗不可耐的城市之外，存在着一个与我的精神境界和话语结构吻合的世界。语言是存在的家园，我的家园远离我的户口册。多少年，我在我家的窗口眺望看不见的远处，内心一直有一个声音在呼唤，总有一天，我要回家。但我直到今天也没有回去，明天也不会回去。我的成天念叨故乡谣曲的外祖母没有回去；我的动不动就说"老家如何"的父亲没有回去；我更不会去了，我才不会愚蠢到那种程度，把我的城市户口销掉，跑到乡下去当农民。条条道路通罗马，世界上的道路都是通往城市去的，或者说是为了与城市发生联系的，看看世界地图，所有的公路、铁路、水路、航线无不是为了把世界与城市联系起来。人们在青年时期常常爱说，总有一天，我要到远方去，这个所谓的远方，不是指另一个村子、另一座山或另一个盆地。远方这个词，意思虽然诗意朦胧，但具体起来，却是指一个会使他幸福起来的地方，会使他有种种机会战胜命运，进而不是退，放开而不是关闭起来、不再什么事情也不发生的地方，这指的就是城市。城市像一块黑色的磁石，吸引着农业世界的精英、美女、好汉和无赖。啊，那儿一定正在发生着什么！人们一边涌向城市去，一边用母语诅咒着这个把他们早已在某个象征中被固定了的人生刺激起来，搅乱、重新开始的地方。城市是什么？它和公厕这个词一样肮脏，任何一个外乡人都有可能在这里找的一个蹲位。人们一边为自己获得蹲位而暗自庆幸，一面捂住鼻子，一面怀念在他出发的那个"远方"的原野上拉野屎的温馨往事。而城市，它提供了蹲位，但它不是任何一个人的"亲爱的故乡"，在这里没有母语和乡音，人们即使私下里喜欢它，也无话可说，就像一个童男子无法公开当众表达他对一个美妓的爱，不是他不敢，现成的话语中就不存在对妓女的褒义词。他必须先从良家妇女说起，指出这个妓女和良家妇女的相似之处，可他爱的就是这个妓女与良家妇女完全不同的东西。他喜欢城市，它必须先说出它像乡村的什么，可它实在是什么也不像，所以他无话可说。

　　在我的诗歌中我从不提及我的诞生之所。我诞生在世界上无数的城市之一的昆明市的一家医院里，这家医院今天还在，并且我的小女儿也诞生在这家医院里。从我的小女儿的诞生，我知道了"诞生"这个词如果在视觉里是什么样子。在以往的时间中，我一直拒绝把"诞生"一词和这家医院联系起来。我的"诞生"只和太阳、植物出土、乡村中国的稻草堆上庄严的生育有关。事实上我诞生的地方位于城市阴暗的下水道之上的一群灰暗的建筑物中。我不由自主就使用了贬义的词汇"阴暗""灰暗"，那儿的能见度确实很低，称为阴暗是吻合的，但阴暗或灰暗的意思不仅仅只是一种能见度，它在汉语中更多的是作为一种精神向度使用。我实在是想像言说乡土中国那样言说城市，但我无法使用我知道的词汇把它说得像乡村那样明亮、朴素、自然、准确。同样的词，在乡村是亲切的、朴素的，在城市则是陌生的、不道德的、生硬的、做作的、虚假的……试比较：老鼠，在故乡的充满牛屎味和泥巴味的打谷场上蹲着。老鼠，在城市的充满废物味和水泥味的下水道边蹲着。你觉得有美感的是哪一句？事实上我的诞生地距那个储存着种种污物，常年麋集着大批老鼠、肮脏、腥臭、细菌丛生的下水道不过数米之遥。充满着药物味道的房间里，使得"诞生"一词有所指的女人们疲惫地躺在钢丝床上，地板上扔着用过的卫生纸，洇出来的血迹像一朵朵红蔷薇。事实上我看到的就是卫生纸上的一些形状各异的血斑，但我立即就联想到蔷薇，我只能这么把它录入文字中，我无法实录。"用过的卫生纸，上面有女人的血迹"这是什么意思？令人恶心。"地板像夏日多情的天空，姑娘们的红蔷薇在那儿开放"，每个人读了都明白这有诗意，都高兴。诞生一词的视觉效果如此糟糕，如此缺乏诗意，我目击的诞生和我知道的"诞生"是如此不同，以至当我要对它进行描述的时候，我找不到象征、找不到形容词和状语，我只能把它们说成一些它们根本不是的东西。我可以富于诗意地想象一头豹子在草叶中的诞生，一位农妇在玉米地里的诞生，但我找不到合适的有意蕴的词汇来描述一场发生在医院中的诞生。事实上，在这里的诞生是安全的，卫生和合乎科学的，但当我描述它的时候，我却忍不住要诽谤和诋毁它。它是如此枯燥乏味，仅仅与器皿、药物、子宫、胎盘、阴道和生理活动有关，这些词语能登大雅之堂吗？能写成条幅挂在客厅的北面吗？我不能把献给乡土中国的美丽、朴素的关于太阳的诞生的词汇献给一家城市医院。我的小女儿诞生了，我内心充满着对医院的感激，但我不会像歌颂太阳那样称它为母亲，我无法把母亲一词和手术刀、污物桶、血绷带、针头、医生联系在一起，虽然正是这些词的使用，母亲一词才成为我生活的事实。

关于城市我能说些什么？我从来不提及我的初恋，我的初恋无可奈何地在城市里发生，以至我所知道的一切关于初恋的状语都无效了。在我少年时代以来的理想中，某个有着溪流和森林的山谷才是初恋的所在。我却不可救药地爱上了一个女工，她在机床喧嚣的车间里使我想到屈原诗歌中的女神，那些车床铣床镗床就变成了一丛丛春兰秋菊。我勇敢地穿过它们去找我的女神表达我的爱情，但她说她在上班，让我下班之后再去找她。于是在下班之后，我们找了一个厂里看上去最适合于谈恋爱的地点去约会。那儿是一个废弃的防空洞，灌满了水，水里泡着一些生锈的钢材，一些红色的泡沫浮在水面上。这儿距厕所有一百米左右，距锻工房一百五十五米，距食堂二百米，距职工宿舍一百米。唯一与恋爱一词有关的事物就是头上的蓝天和白云，以及水池里的波纹。我记得那时我十九岁，我们谈到了林黛玉、蘑菇、蒲公英、小时候、外祖母，回忆了各自有限的乡村见闻。

如果不看我们的谈话地点，只把我们的话录下来听，听众一定会以为我们俩是坐在月光下的山谷中。在整个的谈话过程中，我不停地搔抓右耳根，并几次把裤带解开又慌忙系好。我知道这种动作不雅，可我过一会儿就忘了。她的动作倒全是大家闺秀应有的，只是做得太勤了，她的辫子没有落到前面来，她也要把头甩一下，做个把辫子甩回去的假动作。末了，上班的时间又到了，我们就回去上班。在经过厕所的时候，她进去了，我在外面一边等着她，一边看墙上不知何人用粉笔写的一行字：李毛是个小杂种，看了三分钟。但我们的爱情几天之后就结束了，原因是，我后来约她晚上一起出去走走，"在月光下散步。"（其实是电灯光下）她说，今天晚上停电，不想出门。这话把我气疯了，高尚无比的爱情，竟然和停电这样的词联系在一起。我从此结束了我的初恋。在好朋友一起回忆各自的初恋的时候，我私自把我的初恋上演地移出了原址100多公里，移到了我们工厂的农场里，并把五月份发生的事篡改为一个含混的季节——秋天，把炎热的中午改成"明月松间照"的晚上。把那个防空洞涂掉，改成"一片洒满碎银（注意，碎银，是隐喻月光和珍贵的时光，美吧？与金钱无关。）的干草地"。把锻工房所在地改成"山谷"，把其他糟蹋了我初恋的肮脏部分一一抹去，重新填上夜莺、森林、小溪、微风……唯一没有抹去的只是她，当然也有少许变动，我们的初恋不是以"停电"告终，而是在最后的时候，"她忧郁地说，起风了。"我发现我的篡改轻松得很，没有引起听众的丝毫怀疑，他们相信初恋这种事当然应该滋生在这些词汇里，我发现，如果我老老实实地交代我的初恋，他们倒可能怀疑我编造了自己的恋爱史。

我发现我只能用谎言来言说我的城市，我只能从既定的象征系统（已经建立了经典的美学地位，已经盖棺论定，封闭在历史和传统中的，通过语言支配着我的思维方式的象征系统）中来获得关于它的灵感。说起城市，我得先想想它和什么样的美相像，这毫不费力，我可以立即就想到一句，城市的海洋。但它绝不是海洋。海洋是自然的造化，是透明的、流动的、没有交通规则的……而城市却是人为的、阻隔的；海洋的大令我想到自由，而城市的大却和"囚"这个字有关。海洋常常令目击者产生一种整体感，但城市却是人无法把握的，我住在一个庞大的由人造起来的世界中，但我仅仅是这个"大"中的一个什么也不知道的碎片。我站在它里面看不见它，站在它外面同样看不见它。我看得见的只是它的一个片断、局部。譬如某堵墙的一部分，某堵墙上的广告中的一张，某条街上的某一辆汽车、某栋房子的某一个窗子……但大海我看一眼就够了，水、蔚蓝色、辽阔、宽广，从任何一个方面看过去都不外乎这些。关于城市，我知道或看见的眼熟的不过是我现在拥有的我在单位上分得的这三十平方米的房间。而这个城有上亿平方米，几百万间房子，我不知道其中任何一间在我写作的时候在发生着什么事，它们肯定不是蔚蓝或者辽阔。但我知道大海，我的阅读经验告诉我，它现在无非是风平浪静或巨浪排天。大海这类非人造的大地原生物，最适于进行整体的形而上的把握，随便一句"红钢琴落进了蔚蓝的大海"，色彩感出来了，音乐感也上来了，上帝或魔鬼也若隐若现了。但我无论站到城市的最高处（钟楼或摩天大楼）还是它的地下室里都无法把握城市。在高处，我见到的不过是形状各异的屋顶，以及屋顶上的种种杂物。我不知道对这些灰色红色白色的屋顶和飞翔在它们之间的鸽子和麻雀说什么，我只觉得它们像塞尚的画，而我没有一只塞尚那样的笔来解构拆除它们。望着这庞杂的我无法把握的坚硬的水泥和瓦织成的网状的遮蔽物，我幻想自己忽然伸出一只上帝那样的手，一把就将这些遮蔽物揭开，我就能立即说出城市的真相。但当我真的揭开了，看见了表面之下的里面、深处，我却看见形形色色各不相同各得其所的生活内幕，没有人处于同一种状态中。不像此时在郊外的田野上，成千上万的人都同样在太阳下高举锄头。我不能说它们是蔚蓝色的。那是在同一时间中，但我会看见人们在干着各种各样的事，无以命名，匪夷所思。所有的人都处于一个城市里，但所有人对别人都是局外人，你不可能像知道那些农民此时此刻都在干什么那样自以为知道一切。有些事在经验中以为是在晚上干的，会看见它们在光天化日之下进行，"阳光下的罪恶"：有些事在象征中都说是春天发生的，却在 39 度的炎热正午开始。在黄色的事件中夹杂着红色的细节，在灰色的过程中闪烁着金色光辉；在阴谋里谋的是透明度，在罪恶念头里实现的是善的事实……并且我只能看这形形色色的一个点，亮的或暗的一点，凸起的或凹下去的一点，否则我就眼花缭乱，视而不见了。我形容它就像一个巨大的魔鬼，可是这个世界上可以用魔鬼来"像"的事物实在太多了，这个魔鬼与其他魔鬼的区别在哪里？特征是什么？制服它的剑又得有什么样的巨手才能把握？如果上帝已被公认制服的是撒旦，那么这个魔鬼又是谁来制服？我说它就像一个地狱，可是它的出口和入口又在何处？是在写着"进入市区，减速"的那个牌子下面吗？而它可能也正是许多人梦寐以求的天堂，不信你问问那个坐在第二十二层某个写字间里的正在使用某种塑料的动物。而在地下室内，我看到的就是一间地下室，它是城市的下面吗？是它的深处吗？在这里我并没有置身于深处的深刻，我反而肤浅地焦虑起来，我觉得我被这个世界抛弃了，我不知道别人在干什么。啊，外面一定在发生着什么！我逃命似的逃出了地下室，逃到我以为中心所在的光明中的外面，却发现那儿只是条平庸的街道，（平庸？我多么不幸，一条长五百米的，住着几百户人家，有着几十个店铺，无数的成长史、交配史、奋斗史、恋爱史、发迹史、无数悲剧喜剧的街道，就被我的一个形容词抹杀了。）看不出任何"发生"着的迹象。但城市永远在发生着，这种发生不是革命，不是造反、不是暴动，它也许是一根电话线，在五月的一个下午接到了你的房间里；或者一本新书摆上了书店的架子。它日日新，但看不出来，无法象征。每一个"象"，都是对城市一词的毁灭，我无法完成一个不动的象征说出这个生动的变幻无常的城市，我也不可能创造出一个象征来获得普遍的同感，就像一九六六年公认的"太阳"这个象征那样。任何象征都是对这个生动的现场的绞杀。

我说不出城市，我的舌头被往昔历史中完成的无数的"象"捆住了。说出城市，把它在文字之间捆捞捉住，我得像处理一个垃圾场那样处理它，这与过去时代人们在荒原上猎捕羚羊不同，在这里，象征"垃圾"和"羚羊"并没有贬义或褒义，它仅仅是动词"处理""捕捉"上的象征。捕捉城市不像捕捉羚羊那样是面对一个个整的实体，你打到的任何一只都是羚羊，你捕捉到的实体也就是羚羊这个词。而城市你可以感受到它的巨大的存在，并且你就在它身上，你无法像捕获羚羊那样用一粒子弹或箭头就击中它，你的一粒子弹只能击中它的一根毛一个局部，你没有办法一次就击中它的整体，你不可能在它的外面击中它，因为你就在它的里面。你用语词捕捉城市就像处理垃圾场一样，你不可能在这个垃圾场之外处理垃圾。你必须在里面，每次都只能处理一个局部，一个段落，并且你每天处理的也不相同，垃圾每天随着生活的变化而变化，和平年代的垃圾和战争年代的垃圾是完全不同的，早晨的垃圾和傍晚的垃圾是完全不同的，黑人居住区和白人居住区的垃圾是不同的，无产者和贵族的垃圾是不同的。在处理垃圾的总概念下，你今天处理的是易拉罐，而明天处理的可能是一批啤酒瓶造成的碎玻璃；你早晨处理的是一只旧拖鞋，而下午同一角落你却在处理一具猫的遗体。在这里有整体和局部的区别，而整体永远是不确定的，无法把握的，它不断地被局部改变着，如果这个垃圾场有百分之七十都是啤酒瓶，那么它就会把垃圾这个词埋掉，人们会说，瞧啊，那里有一座啤酒瓶山。在这里，昨天很新鲜的象征，明天在这里可能就成为被废弃的古汉语。严格说，这是一个只能使用拼音字母的场所，象形字在这里是无法象形的。你不可能画一个瓶状物代表啤酒（它实际上代表了所有的酒瓶，因此它一瓶酒也不是，没有人知道它是什么），你只能用一些转瞬即逝的声音来表达它。你今天使用啤酒瓶这个音节，明天你已经在说啤酒罐，而后天你喜欢说马爹利瓶……这些声音是偶然的不确定的变化无常的，它不像永恒不变的羚羊那样，永远只是一个内涵。它不是一个已经完成的内核，不是核桃。而是一个过程或者说是在途中的运动体，上帝也不知道它将在什么时候完成，也许它永远不会完成，永不完成就是城市的完成。那么它是不是那个把石头推到山顶又滚下来又往上推的西西弗斯呢，我说西西弗斯是一个已经完成的象征，沿着既定的路线，暗示着同样的内涵，所谓"知其不可而为之"。城市是不会完成的，你看到这个城市有哪一条道路完成过？哪一片土地完成过？这个城市有哪一幢房子完成过？你身上有哪一件衣服完成过？家具？家用电器？房子？书架？这个地方永远在出新，永远在"发生"着，像面包店的广告所说的："分分钟出炉，秒秒钟新鲜"。我只有抛弃象征，我才能言说城市。象征要以相似性为基础，你言说城市的某一个局部，你尚未找到与这个局部相似的象征，这个局部已经变化了，不在了。你的象征一说出来就作废，没有人会会心一笑，因为没有什么事物与它相似，会引起同感。城市是什么，这个问题让上帝去回答吧。你看见了什么？你看见墙的一部分或家具的一只腿，你看见你坐在你的房间里，干你自己的事。你看见你房间的窗子之外，有一排刚刚立起来的用于建筑物的钢筋。对于一篇文章来说，城市这题目实在太大了，它应该是若干世纪作家们的写作的主题，而不是一篇文章的内容。乔伊斯是对的，他写了八百页，只写了都柏林市的一天。可是我连一分钟都不能写，我没有话，我不知道它像什么。

啊，那里一定有什么事情在发生着！八十年后，一列同样的火车在同样的黄昏时分驶入昆明，一个乡下来的于连（类比，司汤达小说中的主角之一，一个野心勃勃要打入巴黎的外省青年），肌肉结实，精力旺盛，在距昆明城还有二十公里的郊区目光炯炯地用家乡土话感叹道。坚信他已经抵达时代的中心、新生活的指挥部。

他觉得我这篇文章开头的那些话，全是弥天大谎。这里既没有什么青石板路，也没有什么"中世纪僧侣窃窃私语"似的灯光，更没有什么"马匹庞大的屁股"。他笨拙地踏上车站的电梯，身子一闪晃，几乎摔倒，不一刻，他就看到一个叫他说不出话来的由玻璃、柏油、电、煤气、金属等无数他叫不出名字的物结构起来的人造的世界。他在这不可思议、莫明其妙的辉煌中几乎晕眩。他问路，发现这里没有人听得懂他的土话，他要想表达，他就得重新学习说话。他回头看看那可以清晰地想象，但看不见的、什么事情也不会发生的故乡的山野，叹了一口气，在大都市苍茫的灯火中消失了。六十年后，一具死于高血压和胆结石的肥胖尸体被从一家医院里抬出来，上帝在那个永恒的窗口看到的，正是这个青年死而无憾的表情。

一九九五年六月九日

运动记

　　我从小最害怕的是运动，而不是思想。我一开始生下来时，是一个动物，慢慢地，我就只会动，不会想了。我已记不清这种变化是如何发生的了，我只记得我从小就是一个坐在外祖母的身边，望着天空发呆的小孩，外祖母是永远不动的，她的动，只是为了更不动。她扫地是为了一天不用扫地，抹桌子是为了一天不再抹桌子。我从小就知道，外祖母的一切动，就是为了能尽快地回到她的那个草墩上去，目微闭，脖微垂，这是我所见的外祖母的最美的动作，也是我国一切童年回忆录中的无数作家诗人们的外祖母的经典动作。我的父母在我童年的印象中是动的，但他们的动与我的生活无关，他们出去又归来。他们看报纸，读书、吃饭、睡觉。他们的动与我长大后所知道的动不同，他们的动不是仅仅关于身体的肤浅表面的动，他们的动是由身体的表面向精神的深处掘进的触及灵魂的革命。走路，从一个会议室走到另一个会议室，从一个办公室走到另一个办公室，学习、总结、汇报，就是他们唯一的运动了。"运动"一词，所指并不是身体的动。而是精神的动。我从小生活在一个不动的环境中，我因此特别喜欢鸡、狗和飞鸟。我觉得它们过着一种与我完全不同的生活。我喜欢这些动物，不是如我国的童话作家们所惯于宣称的那样，是由于这些动物的善良、温驯、忠实或自由。仅仅是因为它们能跑、跳、奔、滚、飞、爬、攀，仅仅因为它们是一群充满动词的动物。我不能像它们那样动，我只会呆呆地想，总有一天，我要像一只小鸟那样……但我不说我要像一只狗或鸡那样，我秘密地向动物学习动，但我不能告诉别人，大人总是认为像某种动物一样动，而不是像某种动物一样善良、温顺、乖是愚蠢的，他们总是要我向一只兔子学习，而对我模仿一只猴子的动作大加呵斥。我尤其害怕他们骂我笨。在整个童年的时光，我一直是笨的，我走路是笨的、吃饭是笨的、睡觉是笨的、拉屎屎是笨的，我的童年时代是一个不可救药的笨蛋的时代。

我一直在响应大人们的号召努力使我成为聪明的人，我在童年时期的不断学习、思考、总结中，意识到，要显得聪明、不笨的办法就是不动，多想，四肢发达是笨，因为头脑必然简单。要动，要像老师教导的那样，先问问：为什么？"为什么"问多了，就发现好多事是不能轻举妄动的。后来我进了学校，最害怕的课程就是体育。在学校里，体育这门课与其说是"以发展体力，增强体质为主要任务的教育（见《新华字典》1119 页）。"还不如说它是考验一个学生聪明与否、笨与否的"试金石"。多年之后，我只要想起那个阳光明媚的上午，我心中就充满阴影。那一日，头一次上体育课，在令人心惊肉跳的点名、报数完毕之后，轮到我了，我抱着一个篮球，我从来没抱过这玩意，我在此之前的岁月中，只抱过布娃娃、妈妈、鸡、狗、小凳子和皮球。我抱着这个篮球就像抱着一头老虎一样。当我向篮板跳起来的一瞬间，我听到聪明绝顶的体育教员在对着同学们说，你们看看他，笨得像熊一样！爆炸似的一阵哄笑。我腿一软，几乎跪到地上，球可耻地从我手中溜掉，叛徒一样滚向他们一边，加入了嘲笑。我从此被视为笨蛋，失去了尊严，成为班上可以不叫姓名只叫绰号的可怜虫之一。为了挽回我的形象，我尽量避免上体育课，在其他课程上拼命努力，我在班上作文第一，政治第一，算数第二，体育第六十五。体育课像地狱一样，我少年时代摆不脱的噩梦。幸而这门课在我少年的时代，是一门可有可无的课，体育不及格没有什么关系，仍然可以升级。如果语文、政治不及格那就完了，留级，开除。我们虽然害怕体育课，但却看不起体育教师，我们早就看出他们和语文教师的不同，语文教师受到从校长到教务主任，以至守门的马丽花大娘的尊敬，主动向她问早；安排她去北京学习、参观。而体育教员却经常在国庆节或六一节的时候被支派去挂旗子、贴标语。每当我看到那个四肢发达的体育教员在危险的高处挂国旗，我心里就复仇似的高兴。我后来还在古书上看到了关于此事的说法，"劳力者治于人"，我于是对我的体育不及格不再那么耿耿于怀了。我越发努力地要使自己将来成为一个"劳心者"。

当我三十岁的时候，我已经成为一个劳心者。身体的动对我来说，只是一种对已经稳定成型的深沉、正派、正直、稳重、可靠这一系列好人基本形象的破坏。如果像我这样一个人忽然有一天变成一个成天在篮球场上奔跑跳跃、穿一件背心、浑身大汗的人物，那么我的信用、尊严、风度就会立刻完蛋。人们会信任一个稳坐不动的人，却对那些猴子般不安分的人不屑一顾。有一天，我看到我那刚刚离休的岳父，鬼鬼祟祟在我家的阳台上做了几个甩手、扭腰之类的自选动作，一辈子都坐在椅子上操劳的他，我从未见过他有过除了坐下之外的其他动作，因此好奇，担心他是不是由于承受不了离休后的寂寞，神经出毛病了。他意识到后面有人，立即复原，很不好意思地说，有什么好看的。我根本没有想到要"看"他什么，他却由于怕我看出他的"什么"而紧张。我在他脸上发现某种很遥远的表情，某种类似我抱着那个老虎般的篮球向篮板走去的表情。其区别只在于我的表情是十二岁的，而他的同样一种表情却是六十岁。从那时到今天，我岳父再也没有过这种轻浮的举止。他终于保持了晚节，没有在最后一刻前功尽弃，没有在我这个后生面前出丑。我那时忽然有些隐隐地恐惧，我老了也就是这个样了，也许我现在已经是这个样了。我怕出丑，怕笨，怕一切有可能令我举止不雅的动，我不跳舞，不做操，不赤露除了脸和手之外的身体的任何部分。浑身狐臭、脂肪超载、上楼气喘、嗜睡、争分夺秒地向猪的状态发展。一头思想的猪。并且我的一切"思"都尽量不与"动"发生关系，我的"思"越来越空灵，缥缈、朦胧、天马行空，我的"思"越飘得高远，我越是在人群中被视为天才人物。我的日常话语充满着形容词、象征、我越来越不用动词。动词在我，往往是贬义的、不可靠的。"他最近活动频繁。"意思是他在做不可告人的事。"在黑暗中，有什么在动，"这个句子意味着危险在周围的开始；"你不要动不动……"意味着你已经成了令人讨厌的角色。"动乱""动荡不安""煽动""挑动""策动""骚动""暴动""蠢蠢欲动"似乎在大多数时候只与坏人坏事有关。"动"是什么？"改变原来的位置或脱离静止状态，与'静'相对。"（见《新华字典》237页）真可怕！我不活动，我是安分守纪的好人，在大多数时候，我都是处于文静、平静、安静、冷静、恬静、娴静、镇静之中。我在"静止"的安全而坚固的堡垒中，运思如神，如永恒的冬眠，以不动幻化出万动。但三月五号我在李惠民医生那里看牙，他对我说，该准备后事了，差不多了。我才三十岁就听到这种话，心里是很不好受的。我还有那么多的想法没来得及说呢。我只要有时间把它们说出来，这世界会一下就变得相当肤浅。可要活得长这件事本身就是很肤浅的，它唯一的要求就是要动。李惠民医生说，你要再不动啊，就永远别动了。我在那一天的半夜忽然在梦里被这句话惊醒，一身虚汗，从此睡不深了。

为了不使我的那些个深刻的思想在我还来不及说出来之前就永远哑默，我决定在不叫别人知道的情况下、秘密地动一动。我在夜深人静时拉上窗帘，在我的卧室里，把坐下起来变成一组动作，每天做五十组。做了一个月，我借故去找李医生，想观察他对我有什么反应，他说，你准备火葬还是土葬？我想，也许只有真正的运动才能搭救我，但我找不到从事这种肤浅活动的理论根据，我不知道这样做，是否能够不朽。

将我从这个堡垒中搭救出来的不是上帝，而是法国的足球明星普拉蒂尼。我在臃肿的三十岁的一日，读此人的自传，我发现他这个运动之神也有与我多年之前的遭遇相似的一天，但那时他却这样说，一开始都是笨的。这本应该在二十年前由体育教员对我说的话，却在如此漫长的岁月之后，由普拉蒂尼告诉了我。我由此对动找到了说法，"中国人是有五千年历史的民族，西方人还在原始森林里摘果子，中华的先知们就已经在玄思冥想、坐而论道了。本来孔子、老庄都是骑马射箭、擒虎捉鹰之徒，思只是课外游戏。但过了五千年后，动被静取代了。从衣着上就可以见出来，古人的衣饰简洁，是为了动的方便。后代人袖长裆肥，是为了遮蔽因不动而发福的贱体。运动由人的本能变成专业技术……"云云，有一万多字。我忽然觉得动是与救国救民有关的大事。有了理论根据，搞清楚了为什么，获得了思想武器，找到了说法，我思想上的包袱解除了，敢于动了。

世界从笨开始，万事万物也是从笨开始的。笨不可怕，怕的是连笨都不敢。就这样，在格言的指引下，我于一个早晨到我家附近的一个湖边去看"动"，在动作露丑之前先侦察一下，也许有比我还笨的人在亮相，如果是这样，有个靠背的人，我会胆子更壮一些。从六点钟前后开始，人们就从冷暖各异的床上驶来，各就各位，这个湖就像一座上了发条的旋转木马，载运着各种各样的肢体运转起来。人一旦活动，就好比滚动蹦跳在果园中的果子，内心隐秘的汁液，新鲜或腐烂、松弛或紧密都立即败露于四肢。虽然你不妨想象自己是约翰逊刘易斯或乔伊娜李宁或马拉多纳。可一旦动起来，你就不得不像你自己那样动，一头企鹅就是一头企鹅，一只火鸡就是一只火鸡，一头熊就是一头熊。也怪，在森林里早锻炼的动物，各有各的动法，熊并不想去模仿孔雀，老虎不屑像长颈鹿那样跑，豹子不会与松鼠比高低。在人的世界，不动不会模仿不动，一动，许多人就觉得自己的动不是"动"了。都要想象某种以为好看的动态去模仿，比如刘易斯是头好看的独角兽，于是所有的鸡、鸭子、都要放弃自己的动态，当追星族，以独角兽的动态为动态。于是一个本来相当生动的，动法各异的世界，变得单调无比。一动就笨，就难看，就蠢。而有刘易斯那种天赋的"动物"又极少，所以如果不能动得美，干脆就不动。人人怕动，人群中的"动物"也就越来越稀有。在一个普遍忌讳动的世界里，猛然在一个早晨看到有这么多人在围着一个湖动，也够吓人的。再加上那两日一直在看世界杯足球赛，满脑子都是从那些世界上最健美的大腿、胸肌爆发出来的动，乍一见咱这湖周遭的动，也觉得确实是够难看的。在办公室内威仪赫赫者，现在发现自己成天所赖以支撑一切的，不过是一桶重八十公斤的动物油。（他大爷正双手挽着一棵树的树干，吊着往上挣扎，练胸肌。）一向羞涩干净的小妇人，现在仰天长啸，若猿啼、如狼嗥，令人不寒而栗。（练气功）才发现她其实在二十岁时就可以这么叫，那么她病病歪歪、小家碧玉的一生，也许会是丰满肥圆、韵味不凡的了。在单位上从来都是风纪扣锁得不透风、浑身狐臭味的家伙，现在穿着大花短裤，赤膊上阵，你奇怪他怎么这么早就出来散步，而他却以为他是在奔驰。

在这个湖边上动自然也有它的好处，它不是体育训练中心，你必须四肢发达，形体健美才有资格动手动脚。

在这儿，无论你的动作多么难看，也不会有人嘲笑你，人们总是宽容地将你的自选动作看作是散步之一种。你不会由于笨拙、丑陋而感到压抑。真正是那些一辈子都被体育歧视的笨人的天堂，血压在降低、脂肪在消耗、却与体育毫不相干。看到有这么多人都像原始人或婴儿一样的笨、难看，我在他们的支持下，开始动了。动，本来是从肉体开始的，在我却是从思想的解放开始的。颠三倒四，也不管了，先动吧，动了再说。

先伸伸四肢，四肢是怎么个伸法，不会。极力回忆李宁同志在奥运会上将跳木马之前的准备动作，但屏幕一片模糊。只好自己像自己一样动。思想的模糊可以翻书搞清楚，身体的动只有自己动，你不动，上帝也没法帮你动。就这样，我从户内到户外，躲躲闪闪，半推半就，动作由起来、坐下进化到弯腰、踢腿、甩手。如此动了两三个月，不过是在比画手脚罢了。和普拉蒂尼的笨毫不相干，开始是笨的，是指的动作为一种技术的开始，而不是说动物的动是从笨开始的。动是人的天赋，笨也是人的天赋。我这两三个月的动，充其量，无非恢复一些本能而已。人是动物，不动就死亡，不笨就不会聪明。动在先，说和思在后，海德格尔不是说要回到语言来的那边去吗，我理解，就是要回到动那里去，回到笨那里去，回到身体那里去。思想的飞跃，令我无比激动。就这样，我从思想和哲学出发，不再满足于简单的动手动脚。决定学会一种体育运动项目，以更彻底地完成自我改造，从思回到体。我决定打网球，这仅仅因为我家附近恰好有一个网球场，而我的朋友小伟又恰好是这个网球场的管理员。这也许是我这一生最重要的决定之一，就像我当年决定和谁结婚一样。

第一回来到网球场，是人眼睛多如夏日葡萄园的一天，一直缩在墙根不敢动弹，网球场是以动为正常的地方，不动反而惹眼，有病。鼓了气，拿了拍，似乎是握了一条毒蛇，怕咬。像被一根绳子捆绑着似的，站在广场的中央，好像脱光了，脂肪、狐臭、痔疮、关节炎，等等，毕露，和盘托出。其实我穿着白衬衣、长裤，半跟三接头皮鞋，一副来自思想文化界的样子，在进入网球场之前，小伟劝我换了短裤、球鞋，我找借口不换。穿了长裤，一方面可以遮掩我的肥而白的腿，另一方面也给人一种业余的印象，多少会得到一些谅解。蹬了皮鞋我就迈着八字步往球场的沙地上踩，平坦的沙地上立即陷下去一行兽蹄印，有人一声怒喝："不懂规矩吗，穿皮鞋不准进场子！"扭头一看，一个长得像阿加西他弟弟的男运动员正对我怒目而视，我只好老老实实退回去。脱了鞋，但不脱袜子，怕沙子戳脚板。把裤脚卷起来，才走几步，就又掉下去，由它在地面拖着。小伟笑得要死，我不怕他笑，他了解我，他知道我有不同凡响之处（读过《存在与时间》）。我想象得出在我身后已经布满了眼睛和阴险的笑意，犹如一头熊将要进入一群猴子中间表演荡秋千的节目。哄堂大笑是免不了了，我竖起耳朵等着，犹如已被猎枪瞄准的猩猩。天空忽然阴了，正像那遥远的一日。我隐隐听得一个声音从天空中传来，不是上帝拯救的声音，是那个体育教师的声音，"你这个笨蛋"。胯间突然被什么击中，不是那个恐怖的篮球，是网球。有人大笑，是我的教练小伟，他不是笑我笨，而是笑被击中。这一笑搭救了我，这笑在我听来，是承认我在这个地方的资格，我终于从静止的、住满笨蛋的月球上来到一个会被体育击中的现场。我的恐惧立即解除了。懵懂四顾，不知球飞向了哪里。趔趄几步接第二个球，那绝对是一只油桶得了神授，突然像哈雷彗星一样千年难遇地爆发了一串摇摆。网球像子弹一样掠过我的耳朵，我位于那儿，有如一个活靶，是等着挨刀吃枪的。一身燥汗，预料中的狰狞的笑声已位于身后，不要动就没事了，可以显得只不过是玩一玩罢了，现在离开还来得及，现在还没有人醒悟到你是一个笨蛋。乘着弯腰捡球的机会，从胯下朝有笑声的位置瞥了一眼，倒见，那笑声是在为另一件事而发，与我无干。人的忽视再一次拯救了我，使我终于没有从网球场上离开。但动作极为僵直，看上去像是在扑蚊子或熄火，让人看了都忘记了我是在网球场了。我一个球也没接住，球一过来我下意识地就闭上眼睛，凭直觉去把握它的落点，全部扑空。对于我，打球早已成了次要的事，我手握球拍，看的不是飞来的球，而是一些念头，进行的不是运动而是心理活动，这种活动与动作毫不相干，它的唯一目的就是如何不动声色从体育中逃跑。我关心的是：一、动作美不美？二、阿加西是如何甩头发的？三、有人会如何议论我呢？四、我的风度问题；五、我的自尊心保护妥了吗？六、怎样才能不笨？七、海德格尔……一个心早就五马分尸，没一个心眼与那个球有关，挥了一阵拍子，只是用手捡了几回球，连它和篮球有何区别都没有意识。但安全期已经过去，人们已经注意到我，一个网球场上的怪物。有妇人嘲笑笨男人的尖笑溅起，我努力要求自己，这一拍要打得像牛仔，而我打得像贼，这一拍打得要像一个骑士，而我打得像一个有同性恋的尤物。这一拍打得要像阿兰德隆，可我打得像我自己，还令人联想到企鹅界。妇人的笑更响，狠心扭头瞟一眼，天哪，正是那类美女，那类我永远要避免在她们面前失态出丑的美人。我一生都时刻准备着在这类女人面前是那种英俊的、潇洒的、干练的、聪明灵敏的、风度翩翩的……现在却像一头比熊还笨的熊。美女们直冲我笑，她们有权力笑，这样的笨还不笑，那简直是没有人性了。我几乎晕倒，恨不得立即变了穿山甲，钻进地去。如果有可能，我会立即附着那些女士的玉耳银腮，说，我刚刚从澳门回来或我是某某大学毕业的，我会立即朗诵："我来自秋天，来自红叶的光芒，高傲地俯瞰着大地……"

　　这时，小伟的声音如督战队的枪口抵住了我已经撒丫子逃跑的意识，"你！怎么不接球呢？！"我猛然间就看到了球，它正朝我的脑门心射过来，中了！这个球令我从一种昏眩坠入另一种昏眩。刚才那些邪念全被打飞了，只剩下一片痛和肿。"我受伤了"，这是逃跑的最佳借口。但我还不及撒下，小伟那健康、纯粹、只与网球有关的声音又响了：看球啊！现在我"看"球了，再看不见球之外的那些念头、心思、想法、顾虑、担忧、牵挂。如果我再不看球，我的脸又要肿起一块。我终于看见了网球，它直径只有六厘米，毛茸茸的，淡黄色的。我牢牢地盯住它，用我的方式猛力一击，球向小伟那边射去，我听见有人叫道"好球！"就这样，我只是盯住球，直到看清了它的毛，才一板抽过去。别的什么也不想，管它难看不难看，管它笨不笨，管它笑不笑。我居然一拍一拍把球接了过去。

我真正喜欢上打网球是后来的事了，不是为了改造我自己，而是我真的对球在我的威尔森球拍上发出的那"嘣"的一声响上了瘾。我当然是我自己的一套笨拙的打法，难看得不得了，但关键是我能把球打过去。一进了现场，你就得把球接过去，难看不难看，你先得动，先得接球，接了球再说，"哪有这样打球的，太难看了！"他想说，可还没等他说出来，我又把球接过去了，他没法说了，他也得动，他要说，球就击中他的鼻子。

一九九四年七月二十二日

足球记

今夜光州在下雨。昆明星光灿烂。里斯本有人在写诗,他的邻居在看足球。世界各地气候不同,但一个美妙的夜晚注定降临。对于我来说,这种美妙是由一个湿淋淋的足球带来的。在光州的足球场上,葡萄牙人踢得快感极了,以至我听到解说员不断地说到"射"这个字。还没有射,来不及射,射偏了,转身射,直接射,他射进了!等等。那个不看足球的诗人如果听到这场解说,他会误以为这世界怎么如此风流。汉语的解说词一向一本正经,但这个夜晚我听出张解说员有些情不自禁。葡萄牙是一只漂亮的球队,我不是只说球技,我是说他们长得非常古典,就像是一群国王、王子在踢足球,就像红色的火焰,光州的倾盆大雨犹如汽油,令这支球队燃烧得更加猛烈。波兰人并不是胆小鬼，他们也拼出了昔日血战华沙的气概，但终究技不如人，没办法，他们的球门有一个足球场那么大。光州在下雨。昆明星光灿烂。我不知道里斯本天气如何，但我知道那边将陷入狂欢，数百万个屁股会同时从椅子上弹起来，数百万的啤酒瓶盖会飞进天空，成为另一种雨。在一瞬间改变一个国家的表情，除了上帝，恐怕只有足球可以做到。这个夜晚我写了这首诗：

世界杯

　　　　罗马人战败了　　法兰西流下眼泪
　　　　日本人拾起鞋跟着土耳其军团逃跑
　　　　非洲之光再次倒下在它的黑夜里
　　　　当光州的安贞焕斜瞥着金杯的柄
　　　　伦敦的贝克汉姆离开了多情的辣妹
　　　　星光灿烂　　狮子在亚洲的天空下喝水
　　　　德意志人和巴西展开最后的决斗
　　　　战士罗纳尔多已经翘起棕色的后蹄
　　　　领袖贝肯鲍尔扶正了森蓝的钢盔
　　　　马拉多纳的阴影笼罩着欧洲

印加人的木马来到了汉城

啊　这不是盲诗人荷马歌吟过的陈年往事

这是人类最好玩的游戏

当那个小皮球飞过天空

在世界的禁区落下

我们全体变成儿童

阶级消亡　意识形态终结

国家不再存在　硝烟

变成白云的跑鞋

像战争一样刺激　残酷

悲剧跟着喜剧

闷燥之后是狂欢

短兵相接　刀光剑影

枪林弹雨　沙特人溃不成军

但不会血流成河

胜利之师在聚光灯下接受采访

失败者黯然神伤返回关着门的旅馆

四年复活一次的史诗

它的英雄属于每一个人

属于面目清秀的汉族人

属于膀大腰圆的亚利安人

属于穷民工和怀揣计算机的会计先生

属于沉默的警察也属于尖叫的女士

属于国王和坐在轮椅上的市民

心心相印　千千万万颗

都环绕着一个伟大的核心

只要它在旋转

人类的英雄梦就有代表

美丽的海伦就会拿起梳子

把头发拢向后面

诸神就会归来

2002 年 6 月 28 日星期五 9 时 10 分 1 秒

　　我第一次看世界杯是 1978 年。当时我所在工厂的工会有一台电视机，一个乳黄色的小箱子，放在工会的播音室，三千人的工厂里唯一的一台，归钳工老肖管着。老肖是我初中同学，我们刚满 16 岁，初一还没有上完，就被国家分到这家工厂来做工。我们很喜欢这个工厂，它经常停电，一年有半年没有什么活干。另外半年不是开大会就是去农场劳动。工资照发，虽然不多，一个月 17 块钱，交了伙食费，还能剩下五六块。工厂里什么人都有，流放到基层劳动改造思想的话剧演员、芭蕾舞演员、被监督改造的右派分子、劳改释放分子……还有老工人的后代、少数民族以及我们这些初中生……还有一个讲故事的，他以前是高三学生，没毕业就来了工厂，我们经常听他讲故事。那时候书太少，除了毛选、马克思列宁和鲁迅几乎没有多少书。要看其他的书只有两个渠道，一个是靠地下传阅，一个是在"文革"以前看过书的人把他们看过的书讲给没看过的人听，所以有许多讲故事的人。有一天他讲《中锋在黎明前死去》，是一个体育明星的故事。今天我百度了一下，才知道他讲的是阿根廷作家奥古斯丁·库塞尼的一个剧本。主角是个足球明星，那时候可没有什么足球杂志，做梦都不会梦见什么球星，我们根本不知道足球明星是什么，他也不知道，他都不知道他讲的这个中锋是踢足球的。话剧只有对话讲出来的故事，没有脚也没有球。我很多年牢记着这个故事的标题，可从来没想到中锋就是足球场上的中锋。足球对于我很简单，就是可以用脚踢的球。小学上体育课的时候。老师有时候也会抱着一个灰乎乎的东西来，椭圆的，让我们在篮球场上踢一阵，篮球架下的两根柱子就是球门。我们闭着眼睛瞎踢，球早已跑到一边去了，我们还在乱踢，都踢到彼此的脚上。踢足球是很勇敢的，我又喜欢又害怕。工厂一停电，我们就唱国际歌、画水彩画、写诗、读《资本论》、读《共产主义运动中的左派幼稚病》……老肖迷恋普通话，经常跟着在中央人民广播电台自学，说得很麻利了，厂里就让他当业余播音员。我们正在干活，会忽然听见藏在车间大梁上的高音喇叭咔嗒一声响，接着就传来他的声音：通知，通知，请全厂职工下午两点到大礼堂开会！有一次他广播完了，忘记关掉开关，高音喇叭安静了一会儿，我们听见关门的声音，接着又传来他的声音，他没有说普通话而是讲昆明话，只有一句：过来。接着还传来一阵阵无法判断的响声，过了半小时，老肖大约发现播音器还没有关闭，啊了一声，咔嗒关掉。我们边做活边听着，猜测着，那天他叫谁过来，做了什么，猜了很多年。你叫谁过来，我们问老肖，他只是说，猫。那时候我们都是单身汉，许多事情都朝两性关系那边想。我们根本不信，猫怎么可能有那么大的声音。

那台 14 英寸的熊猫牌电视机就放在播音室里。1978年 6 月里的一天，老肖在食堂朝我使使眼色，我就跟着他去了播音室，然后又陆续来了几个青工，都是铁杆哥们。个个像电影里面的地下党那样，神秘、庄严、激动，怀着使命的样子一个个走进来。老肖关起门，慢条斯理地接天线，像个魔术师。自从他进了播音室后，样子就越来越像魔术师了，他整日摆弄那些电线啦，开关啦，插座啦，小灯泡啦，三极管啦。魔术师在电视机后面搞了一阵，感觉他已经钻进了电视机盒，忽然露出头来，吩咐我们别出声，然后一按，电视屏幕先出来一阵雪花，接着，一个绿茵茵的足球场出现了，一群金头发的外国人！穿着短裤在奔跑！看台上在欢呼。其实电视机几乎没有声音，老丁怕人听见，把声音开得极小，我耳朵不好，几乎听不见，但依然感觉到海潮般的欢呼声从观众的脸上传出来。队员正冲向球门，镜头上全场的人都站了起来，高举着手。天啦！这是1978年，"文化大革命"虽然已经结束了，但世界还看不出有多少变化，依然是红旗、社论、标语、高音喇叭、口号声、锣鼓喧天声、领袖画像、押送阶级敌人去会场批斗的大卡车在公路上呼啸而过……而我居然在看一场世界杯的转播，这是1978年6月2日到6月25日在阿根廷举行的世界杯的一场。在此之前，我从来不知道还有世界杯这种事情，我以为外国世界无非就是许多人在受苦受难，被资本家压迫，等着我们去解放，或者就是些坦克、大炮、战斗机什么的以及时刻要来侵犯祖国的敌人。忽然看见那些外国人在踢足球，那么鲜艳灿烂，那么强壮粗野，那么结实滚圆的大腿，狮子般的金发，那样健康勇敢、跃起、落下，就像一群金光灿烂的鲤鱼在跳龙门……我被强烈震撼，身体内部像是发生了一场地震，呼吸急促、颤抖、流汗、冰凉……似乎全中国只有我们几个人在看，我们已经逃出了这个国家似的。我估计是天线的关系，老肖真是个伟大的魔术师。我们像犯罪一样地看了一个多小时，一直担心着有人敲门，越往下看，我们越害怕，老肖也害怕，干脆把声音完全关了。开头我们看球飞来飞去，后来镜头里面不断地插入观众席上那些穿奇装异服的人，出现了戴墨镜的金发美女！太酷了！那时候形容cool还没有被说成酷。Cool，我们说太劈（jiang）了！一个戴墨镜的人，我们说太劈了。一个穿细裤子的人，我们说太劈了！太劈了，她们的身体公然露出来那么多，那时候在中国，一个女性那么露的话，她肯定是疯掉了，会被批斗甚至逮捕的。世上有许多事情，你不知道也就算了，一旦你知道了，就立刻觉悟，世界本来就应该是这样子的，美女就应该穿成那样（那时候我们身边的美女大部分喜欢穿女式军装）。本来就应该有足球，后来我才知道，1978年，中央电视台盗用国际广播卫星的公共信号，首次对国内进行了世界杯转播。我记得那些镜头都是彩色镜头，可是看了一下中国电视机发展史，在 1978 年时，还没有彩电呢，也许是我在梦里面将那台熊猫牌电视机变成了彩色的吧。

我不是从体育的角度进入世界杯的，而是像看禁书一样进入世界杯的。这在后来成了习惯，我总是摆脱不了把足球看成地下运动，现代派文化，看成先锋派、另类、波希米亚文化，看成口语写作甚至看成行为艺术的毛病。到了八十年代，可以看的书像洪水一样多了，我总觉得奔跑在足球场上的人是尼采、萨特、乔伊斯、艾略特之类的人，他们是一支足球队。我看过贝肯鲍尔的传记，这家伙说什么"每个星期我都会收到新的聘约。我可以担任教练，可以做广告，任凭我选择，有时候还有诱人的物品。但我问自己：为何非得受聘呢？……有时你会生出一种向往自由的要求。你也该在生活中当一次自由人，一个无羁无绊的人"。看看，这个哲学家是如此理解自由人的。我也看过《普拉蒂尼传》："'普拉蒂尼，你这个法国小杂种！'这是都灵队的支持者写的。长期以来，他们忍受不了我们在都灵的心脏里建立起来的统治地位。每当都灵市邻队间进行比赛的夜晚，他们便扮演着与我们的支持者分庭抗礼的角色。我的名字写在石头墙上，时间流逝，日晒雨淋，总有一天会被冲刷掉。然而，它却绝不会从我为之踢过球的那些人的心灵上抹掉。"美妙而智慧的语言，他绝不仅仅只是两条长满横肉的大腿。至于那个号称白贝利的济科嘛，更酷，他甚至是个诗人。不是比喻，他真的写诗。没办法，我已经不能仅仅把足球视为体育活动了。我记得那时候地下流传过一本灰皮书《阿登纳回忆录》（"文革"中的内部出版读物，1974年出版），里面谈到足球与德国民族精神的关系，说足球是一个国家政治的晴雨表。说，"德国人是直线的民族，足球体现并传承了德国人崇尚勇敢、追求荣誉这一民族特征，以及忠诚性和法制性。他们将准时性看作'最高准则'，日耳曼人和普鲁士人的忠诚、服从这一国民特征体现在当今德国人的工作态度和职业水准上，在今天，忠诚成为德国许多企业用人的重要标准之一，这种纪律性和严谨性所体现的严肃态度一方面使德国做事稳重、踏实和认真，另一方面使德国人缺少幽默感、死板、固执，没有灵活性"。我从这本书里面知道了贝肯鲍尔、马特乌斯、穆勒这些人，那时候德国队还叫作西德队。那时候一个人爱看足球那可是个了不得的爱好。有此爱好的人必定不同凡响。足球，意味着男子气概，意味着勇敢、青春、自由、浪漫……那个时代有种风气，就是人们普遍崇拜英雄。足球队员很符合那个崇拜英雄的年代人们心目中的男人标准，十足的男子气野气生气蛮气霸道气。看球时时常会产生幻觉，以为自己就是那些个盘球前进、过关斩将、一脚怒射，"进了！"的英雄，以为自己就是济科罗马里奥马拉多纳贝利贝贝托，以为自己也会像那些个明星一样，成为少女们钟情的对象。那时我们崇拜那些足球队员不是因为他们的球技，而是因为他们的男人气概，这些个男人简直就是古希腊的英雄，就是阿喀琉斯安泰。足球场就是希腊的古战场，就是古罗马的斗技场。那时候看球可不管什么明星不明星，我们根本不知道谁是明星，报纸上没有体育版面，更不会介绍明星。只要踢足球的我们都崇拜。在崇拜足球男人这一点上，我们可以说是潜在的同性恋。那时候啊，看足球的人都是有脚的。

那天看世界杯是偷偷摸摸的，并没有得到厂里批准，领导不知道，就是老肖冒着风险，自作主张，也只是看了一场，仿佛无意中看到别人在做爱。我从来没有问过老肖怎么知道那天要播世界杯，我很感激他叫上我，那是多大的信任，如果被告发，判刑都是可能的，世界杯转播，那就是反动电影。我们工厂，经常会有人被抓起来，因为偷听外国电台的、因为看黄色小说（只是说到爱情而已）的，因为偷一块砖的……这个播音室外面就是工厂召开全厂职工大会的大礼堂。那时候工厂里隔三差五地就要开全厂职工大会。开会的时间比生产的时间还多。我进入工厂的第一个月，就参加了一次批斗流氓的会。与我同一批进厂的青工小查因为在正义路的一个商店里拾到别人掉在地下的五块钱，当场就被旁边的人告发，立即扭送工人纠察队，不由分说，绑起来押回厂里面，交给民兵。民兵不问青红皂白，当天晚上就用麻袋把小查套起来用扁担打，打得他像猪一样号叫。民兵打人很有经验，用麻袋套起来，被打的人就防不胜防，看不见棍子会落到那里。我记得打得最凶的是一个长得很英俊的矮个子，在热处理车间工作的，踢足球的时候是右边锋，跑得很快，后来我一直都害怕他。第二天，小查被押到大礼堂公审，公审就是要他当众交代罪行，小查站在一把椅子上，高于会场，站了几分钟就摔下来了。他被打成重伤，修养了一年才回来上班。后来了解发现他并非小偷，但也就不了了之，他落下了终身残疾。他是非常老实的一个人，长得像个高加索山民，我在高尔基小说的插图里面见过。他喜欢踢球，但是他不跟踢足球的那伙人一起玩，他有时候会自己找个篮球在篮球场上盘球玩。以前我与他关系很好，正准备进一步发展友谊，他就消失了。等他养好伤回来上班的时候，已经不怎么认识我。腿瘸了，再也不踢篮球了。那个矮个子也没有什么好报，后来因为贪污被关进了监狱。

虽然我上小学的时候知道了足球，但足球对于我，相当于在地球上看火星那颗球。我可以说一丝毫的足球概念都没有，在我少年时代，足球真的是和火星一样，是外星人的玩具。我虽然也和几个同学踢着玩过，和古人第一次发现圆体还可以踢着玩是一回事。那时候上体育课对我来说简直就是酷刑。受家族的遗传，我很忌讳运动，鄙视运动员，认为那些人头脑简单，四肢发达。我祖父在民国初期曾经考取保定陆军军官学校，但是他不去报到，宁愿待在家里面养花、看金鱼、写字。我父亲也不是一个喜欢体育的人，热爱体育活动，在他看来，乃是弱智的表现。童年时代，他只是喜欢领着我散步，一路上告诉我这是梅花，那是竹子，这是海棠，那是菊花这些。我也很笨，上学最怕的就是体育课，认为那是当众出丑。"文化大革命"中，毛泽东号召搞体育运动，还亲自游泳，横渡长江，影响到社会，运动成了"文革"时期的时尚。那时候江河湖海，到处可见游泳的人。广场公园，到处是练习武术的人。打篮球、乒乓球更是流行。每个单位都有篮球场，乒乓球桌更是见缝插针。国家禁止人们自由思想，许多自由思想者被逮捕、枪毙，于是都不敢再思想，只是转述准说的话，默默地锻炼身体。但是，这个身体并不是世界杯足球场上的那种身体，虽然也动手动脚，却是严格禁欲的，有点像三十年代的德国。多年后，我看到莱尼·里芬斯塔尔的《意志的胜利》，觉得似曾相识。但无论如何，这种风气对身体是有好处的，青年时代，我已经从一个胆小文弱，经常想哭的男孩被改造成了一个意志坚强的青年，我游泳、登山、练哑铃……看车尔尼雪夫斯基的《怎么办》，对这个小说的主人公拉赫梅托夫非常佩服，他为了考验自己是否经得起审讯和拷打的痛苦，在一个钉满钉子的毡子上睡觉。

我看球，总是激动得过头，比人家就坐在球上的正牌球迷还投入还激动，未免矫揉造作，也确实很做作，我对足球一窍不通，只通一点，就是进了的都可以说"好球"。有时也纳闷，怎么球进了，那些球迷却一声不吭，我看球，像马匹一样，不知道"越位"。那天我们几个秘密地看世界杯的人与其说是看足球，不如说是看世界，那个陌生的世界令我们着迷、激动。世界还有这样的！我们很得意，觉得自己从此比其他人高了一筹，哼哼，我知道啦。但是也很痛苦，我们不能把这种得意逢人就说。那时候我已经看过惠特曼的《草叶集》，云南人楚图南翻译的，是铆工陈实秘密借给我的。这场足球对于我就像是惠特曼诗歌的另一个版本，草原、力量、激情、速度、肌肉，男性的魅力、性感、英雄主义……我把它当作活的荷马史诗看，那个守门员就是阿加门农王，那个前锋阿喀琉斯，海伦们就坐在看台上。那是一个政治正确决定一切的时代，我们天天都要读报纸上的社论，生活中基本上没有任何关于身体的语词。那场转播说的是英语，没有翻译。对于我，全是身体在说话。那些镜头令我充满了激情，恨不得立即就开始一场轰轰烈烈的爱情。那些公马般的臀和大腿啊，那些自由舒展如花朵怒放的奔跑啊，那淋漓痛快的射门啊！看台上那些圆滚滚的乳房啊！有时候它们变成一个个足球，满场乱滚。足球场上的一切在我看来，就像是一场灿烂光明的做爱，我以为这也是西方足球潜意识里面的东西。但我们只能哑哑地看，捂着嘴巴咳上两声。如果被人听见，去告发，我们就完蛋了。真是千钧一发，嗓子痒得要命。

那时候在我的工厂对面的中学里面有一个足球场，民国时候建的。这个足球场很少用，荒草丛生，球场外面就是田野，流向滇池的金汁河环绕着它，我经常跟着厂里的青工去玩足球。那是我一生中见过的最美的足球场了，蓝天白云，各种昆虫叫唤着，戴着金手表的蟋蟀从这根草爬进那根草，蝴蝶在它头上巡视。金汁河岸上，柏树苍然挺立，老得不得了，就像一群群白发苍苍的祖父，都是三百年前种下的。农民的马匹在河岸上嘶鸣。秋天，牛车拉着稻草堆在河岸上走，车夫的孩子坐在稻草堆上咿咿呀呀地哼着歌子。足球时常飞越稻田，落进河中，就有若干人飞快脱去衣服，跳进河里去捞，那河水清澈无比，挂着水草、青苔和鱼苗。抢到球的人将球往岸上一抛，接着一翻屁股，鱼跃过水面，趁机游上一阵。黄昏，稻米平原后面的山岗上停着红色的落日，天空中也有一只看不见的脚在奔跑，它踢了一天，现在累了。球场上野草茂密，只有中间的一块露出泥土。守门员小伟不是我们厂的，他在油漆厂上班。这一带喜欢足球的人都互相认识，业余球队各单位的人都有。他个子中等，浑身肌肉，当他鱼跃而起或者凌空一脚将射向球门的球再射回去的时候，仿佛有某种东西从他身体里喷出来，他即刻变成一种动物，豹子或者马鹿。女工们浑身抖动，尖叫起来，恨不得这个飞跃天空的男子属于她，我们听得出来的，很嫉妒。在那个时代，一个优秀的男人，一般指的只是政治立场正确或者有行政级别，人们崇拜政委、书记、团长、队长、指挥员、劳动模范……一个仅仅身体健康，肌肉滚圆，小腿有力，飞起一脚就准确地将足球踢到一个他预定的落点的男人无足轻重，平庸无能。小伟在足球场上出现的时候，在我们看来，就是我们中间最性感的男人了。他戴着一双不知哪里找来的破手套，张开腿，胸大肌一挺就扑将出去，就像非洲荒原上的饿兽，似乎那不是一个皮球，而是一只羔羊。有时候被球门附近的泥水滑倒，女工们再次尖叫，那是多么爱怜的担心啊。我们很喜欢小伟，他经常来找我们，蹭饭吃，踢球，亲密到已经在分析哪个女工可能会嫁给他了。但在油漆厂，小伟默默无闻，那个厂离足球场太远，也少有人知道足球。没人注意小伟，他穿着膝盖上打着两片补丁的劳动布裤子，这种裤子就是现在叫的牛仔裤，只是比牛仔裤宽大些，下班时，他把足球夹在单车后座上，马上朝我们的这个足球场奔，在我们这边，他是球星啊。前锋是王小军，他踢得相当臭，经常一脚把球踢到金汁河去的就是这小子，车工，但他就是要当前锋，一上场，就霸到那个位置。大家也奈何不得，只是叫他，拣球去！这个业余球队没有队长，也很少比赛。大家想踢哪个位就踢哪个位，后卫人人都觉得容易对付，想踢一脚，就去踢后卫。我很少踢球，大多数时候只是在场边看着，踢球结束后，把小伟的衣服或是一只军用水壶递给他。有一次，冷开水被他喝光了，我去金汁河里又灌了一壶。我偶尔也踢后卫，球过来了，我严阵以待，闭着眼睛，球从两腿之间钻过去了。浑身大汗时，翻身就倒在草地上，那个白云，那个蓝天，一只鹰高高地盘旋，一群麻雀在下面吵吵嚷嚷，永恒啊！

偶尔，也约别个厂的队来比赛。裁判员就是老胡，在这一带，所有的足球赛的裁判员都是老胡。老胡是看省队踢球慢慢学会了裁判的。他在铝合金厂当技术员，推着一辆烂兮兮的单车，后面夹着一个饭盒，里面经常装着一盒玉米粉和大米混合蒸成的饭、半只鸭蛋、一点咸菜。一般踢球只能利用中午休息的时候，老胡骑着单车朝球场飞，这一带只有这个足球场。约球都是半个月前就约好的，也是老胡去约，他很喜欢约球，这样他就可以当裁判了。那时候没有电话，老胡知道各厂的球员住在哪里，跑到他们家里去约。几年下来，大家都成朋友，这一带的球迷，都认识老胡。老胡人很正直，这是裁判的基本素质。他卷起裤脚，一边跑一边吹口哨，大叫着，越位！越位！足球场上没有线，老胡说越位就是越位，他估计着差不多了，就大喊越位。球员也会有犯规的时候，大家拉拉扯扯，尤其是那些女工来的比较多的场，球员特别兴奋，犯规就更多，时时想要显示自己的梁山好汉品质。尤其是毛兵，踢球他从来不配合，球到他脚下就是他的，他玩大脚远射，玩倒挂金钩，玩头球，即使球的角度较低，他也抬着身体去顶，经常头顶在泥巴里，球不知去向。他踢球主要是踢给小水仙看的，他想通过这些公牛般的举动，让小水仙佩服他，但是小水仙只来看过一次球，就再也不来了。所以，踢球的时候他闷闷不乐，常常忘记要把球传给别人，也许他指望另一个姑娘喜欢上他。中场也要休息，但不一定是十五分钟，或者一小时，或者半小时，歇的差不多了，再接着踢。有一次老胡约来的两个队踢到后半场开始打架，脱掉球鞋扔过去，蹲下来用水坑里的泥巴水乱泼，还骂骂咧咧。那个球远远地待在草丛里，完全被忘记了。最后，还是老胡平息了事态，他说，再打，老子以后就不判了。大家就住手了。找球去。然后一伙人，两个队，个个推着一辆自行车，后面夹着湿淋淋的短裤汗衫，走回家去，天快黑了。女子们跟在后面，不和男子走在一起，这是那时代的风气。我们偷看世界杯的时候老胡不知道，他的单位离我们的厂有五公里，那是个小厂，没有一台电视机。后来，我们把这场球赛说给他听，老胡只是问，教练是穿什么颜色的衣服，我们都忘记了。

　　我也曾经去省体育馆看过足球比赛。露天水泥看台，红旗招展，东风劲吹，我顶着一张报纸，被太阳晒得死去活来，昏昏地听见那些内行的球迷把场上的一个秃顶的队员叫作"九号老倌"。他是足球场上的核心人物，球总是围着他转。他的球技很好，球就像是有根线系在他脚下似的，但是他很少把球传出去，他玩着玩着，就被对方抢走了。有时候他终于传了，却不知道他是传给谁，对方接到了球，有人咕哝道，这家伙是不是叛徒，咋个（昆明话，怎么。）老是传给人家嘛！球场上就吼起来，冲啊！冲啊！都希望队员就像解放军占领孟良崮那样冲上去。那时候在放一部电影，叫《红日》，有个镜头，解放军举着红旗满山遍野地冲锋。射门！射门！喊成一片。这是一个省队与另一个省队之间的比赛，过程与开会一样，从入场、全体起立、奏国歌、政要讲话、队员上场、两队面对面高呼毛语录："下定决心，不怕牺牲，排除万难，去争取胜利！"然后又喊："友谊第一，比赛第二！"然后才是友谊赛，从入场到终场，折腾三个小时。结果是0比0，或者一比一。与我们金汁河畔的足球赛相比，真不好玩。所以我很少去。印象较深刻的一场足球，是德国草蜢队来访，其实这个队是瑞士的，不知道怎么传成德国的了，或许大家对瑞士很陌生，熟悉德国，以前有时候会放苏联电影，大家对德国法西斯很熟悉。不过嘛，也差不多，都是德语区的，一种人。只是画了条叫国家线的线而已。那是第一支外国球队来访问。看真的外国人踢球，全城轰动，搞到一张票，就能改变命运。看了和没看那是完全不一样的，洗礼是什么意思，就是去看一场足球。那时候外国人就像神仙一样，偶尔在大街上一晃，许多人跟着。何况这是11个外国人，还要脱掉衣服！球赛是下午两点钟开始，人们上午十一点就入场，还差一点占不到座位。球场里密密麻麻地坐满了人。座位是一圈圈的水泥台，有点像古希腊的斗兽场，大家都用个报纸、衣服、手帕什么的垫着屁股。看台后面的围墙边站满了警察，那时候的警察穿白制服，戴着白色的大圆盖帽，他们沿着足球场的矮墙围了一圈，如果能空中看，很像一群大蛋糕的奶油花边。看球的人自己带了面包、干粮、汽水，许多人带着饭盒，里面装着冷饭、咸菜什么的，边吃边等。等得不耐烦，就玩起来，把某个人的帽子突然揭掉，向空中一扔，落下来，又被另一群人抛上天去，再掉下来，再抛起来，所有已占定座位的闲人都跟着起哄，帽子飞上天空，那些人就"嗷嗷"齐叫。那个被夺了帽子的秃顶用一个手掌捂着头，扬声乱骂，但无人理睬，帽子越传越远，最后已经回不到他的头上了。到了开场将近时，人越来越多，许多人只能站着，但后来的人仍然像泥石流一样由上往下拱，都企图拱到那个绿色大蛋糕上去。前面站立的人终于支撑不住，软了下来，泥石流般地缓缓朝前流动，一排排弯掉又立起来。最后失去耐性，前面的人就和后面的人展开战斗，武器就是汽水瓶、面包、鞋子。警察在后面喊，但挤不进。有座位的人不参战，只是在座位上呐喊。正在酣战，忽然全场欢声雷动，原来是德国草蜢队出场了，有一个剃平头的怪叫道：哎呀，德国人的屁股真大，像婆娘一样的大啊！哄堂大笑。这是他第一次看见活的外国人，他正不知道该怎么看这些人，那人一提醒，这才注意到一群红色的摆动不止的臀部。"德国人冲锋了"！那些年轻的瑞士人小跑着，逐渐散开，忽然某人飞起一脚，那个球抛起一条弧线，准确地落到另一人脚前。前场一阵惊叫，这种脚法！瑞士队员踢球像机器上的螺丝钉般地各守其位，彼此配合，步步为营，每个队员的球路，都像斯诺克台球的那样精确计算，我怀疑他们在一抬脚的刹那，已经计算出角度、弧线、高度、力度，甚至风力、风向、气压……根深蒂固的理性、设计、算计，已经成为返璞归真，成为无意识的、闪电般的、血液中的本能。就像中国队血液里本能的"跟着感觉走"一样。相比之下，中国队基本上是凭着感觉、闭着眼睛整，感觉怎么可以自我表现就怎整，乱整，歪打正着……一开始瑞士人也有点懵，按常识、理性的话，这个球他应该传给右边锋，他却不传，一个人单枪匹马就带着突破禁区，拿下！瑞士人很快反应过来，中国人不搞配合，那些灵机一动的小聪明、小旋风、小表演被瑞士人一一冷静地破解。他们踢球的线路在脑海里面都经过本能的计算、测量，基本上是几何形的，就像打斯诺克台球。中国队踢一脚就不管小一脚，他们却设计出第三脚、第四脚。那时候球迷还不会欣赏战术，只是喜欢看表演，射门、倒挂金钩、跳起来用屁股挡球得到的喝彩最高。中国队才不考虑什么球路，许多人只会加减乘除，根本没有几何概念，凭着感觉整。讨巧、花招迭出、哗众取宠，用写作上的行话来说，就是喜欢形容词。中国队骨子里面都是些拙劣的诗歌爱好者，这是他们永远踢不好的宿命，除非血液里就注入几何、算术。足球嘛，我以为，玩玩算了，何必凡事都要争个高低。西方人就聪明，他们从来不与中国比下围棋。海德格尔睿智，有一次他说过这样的意思："我们欧洲人也许栖居在与东亚人完全不同的家中〔dannwohnenwirEuropärvermutlichineinemganzanderenHausalsderostasiatischeMensch〕。……那么，从家到家的对话就几乎是不可能的〔SobleibtdenneinGesprächvon-

HauszuHausbeinaheunmöglich〕。"世界，有可以对话的部分，可以通约的部分，也有无法沟通的部分，上帝就没有创造过挖这道沟的工具，这才是世界，世是有界的。全世界都是一条高速公路，几个站牌，完全畅通无阻了，无聊将淹死我们。草蜢队看起来很平庸，没有什么表演性、戏剧性，机器般地精确，他们不是足球表演，他们在干活、做事、工作、劳动。九十分钟，一个倒挂金钩也没玩出来。但最后是瑞士队赢了，都不明白他们是怎么进的球。

　　看伟大的球队踢球，可以看出心来，看出灵魂来。这不只来自炉火纯青的技术，那光芒是心的光芒，激情、冷静、顽强、智慧，如冰凉的钻石。上半场是斑斓猛虎，下半场那些花纹忽然变成了森林。阿根廷队是第一流的豹子，想象力丰富，但是没有马拉多纳，有些心力不济。英格兰的铁门般的森林已经天衣无缝，只有心灵的一击，才能穿越，等待的是一点灵犀。先有下，才有上。先有身体，才有脚、才有动作，才会流动活跃奔腾起来，心才有地，才会有想象力、创造和自由的欢乐。身体、技术是基础，是出发点，但这一步，只是到达实在。伟大的足球不是实在的足球，是心灵的足球，是创造者的游戏。如何进攻需要创造，如何过人需要创造，如何传球需要创造，如何后退需要创造，如何保守需要创造，如何摔倒需要创造，如何点球需要创造，如何向观众致意也需要创造。分分钟要创造，就像写作，写作是一场词的运动，而不是意思的填充。脚是用来使足球滚起来的，心则想象足球还可以怎么滚。贝克汉姆终于射进去了。那个点球是用心踢进去的，庄严、迅捷，门员凭经验根本判断不出来，因为他遭遇的是创造。四年前他为什么没有射进去，那一瞬他没有心，有的只是大球星的自尊心，他没有创造什么，他只是想补住球星这个洞，别让它露馅儿，所以被扑住了。两军旗鼓相当，输的一方，肯定是输在心上。足球最好玩的是，足球总是不知道的。虽然大家都知道基本的游戏规则，可能也知道关于足球的种种理论、知道谁是球星，但是除了事先定好的黑哨以外，足球场上将出现什么状况，永远是无法预料的。教练米卢在总结一场球赛时说，前七十分钟我们彼此彼此，但最后十分钟他们进了两个球，这就是足球。脚开踢以前，你可以说这个队如何如何了不起，得过多少冠军，有多少国脚，多少球星，打法是欧洲最新式的，但一进了场，一切就不知道了，不算了。就像足球队员郝海东说的：只管这一场。谁也不能居功自傲，赖在宝座上不走，熬到退休，看足球看的不是德高望重，永远是看这一场，足球永远是当下的。当两支队伍走向球场中央的时候，一切都不知道，开始！这与一个主任和科员的关系不同，科员这一场再怎么玩得好，位置还是得主任占着，即使主任踢的是臭脚。在球场上如果你踢臭脚，那么你就是昨天还是足球皇帝，正处级，今天你也得滚蛋，罗马里奥、马拉多纳的名头帮不上你什么忙。在许多领域，座次这种东西，可以管一辈子，例如文学界，在前排就座的永远是年轻时写过点东西，后来就只是吃老本的角色，好汉靠的是当年勇。而足球，只管这一场。如果足球规则适用于所有领域，那还了得，有多少人要下岗？所以在中国，最开放的地方不是有思想的地方，而是有身体的地方，足球界其实是中国思想最解放的一个领域，足球队们时刻淌着汗地等着挨骂，球迷也敢骂、能骂，足球界不管怎么吹黑哨，至少他们准你骂的。思想解放，因为身体先行。足球永远是不知道的，谁将上场不知道；谁将下场不知道；谁将踢什么位置，不知道；谁将被担架抬下去，不知道。但踢不好就滚蛋，这是知道的。这与写作是一样的，在未动笔之前，你可以有这种理论那种理论，但一开笔，你就必须是不知道的。比分不知道才需要写，都知道了还写什么！我曾经说过，诗歌是不知道的。这与男女关系是一样的，在未关灯之

349

前，你无论怎么朗诵都可以，浪漫主义、小资、独立制片、流亡、头衔、存折、柏拉图、德里达、知识分子写作……什么都可以，但关了灯之后，如果没下半身，就领红牌吧。相比之下，足球场外的世界就知道得太多了，有时候我以为那世界简直就是黑哨制造的。足球不喜欢说得太多，没有那么多背景、来头，只有脚动起来，一切才能搞定。就是那些足球评论员，那些批评家，也必须跟着足球滚，身体、足球在先，言论、概念、是非、判断在后，而且必须随时随着场上的形势改变观点。这是足球的魅力。

老肖并没有成为球迷。他带我们去看那场足球，只是为了证明他胆子大而已。后来他考进大学离开了工厂，有一天，我们聚会，忽然想起那只猫，又问他，你到底叫谁"过来"。他笑笑，说，小秋。小秋是翻砂车间的翻砂工，那时候长得很像周璇，就是他老婆，他和他老婆在一起也是讲普通话，就像播音那样。因为小秋和他好起来，就是爱上了他的普通话。那时候我们中间，没有人说普通话，会说普通话，就像拥有电视机一样，那就是出人头地了。

老胡后来成了专业的足球裁判。每次世界杯他必看。1986 年的世界杯结束后，他遇到我，说马拉多纳那个球肯定是手球。一定是手球。我没和他争辩，只是写了一首诗赞美马拉多纳。是这首：

马拉多纳

马拉多纳
安第斯山的英雄
今天你赢得了一场战争
当你微笑时　鸽子飘满蓝天
世界看见拿破仑长出了握着剑的脚
阿根廷的光荣　被你一脚踢进了网
那一瞬　全世界的腿都跟着你站起来
总统和乞丐冲到大街上拥抱着
素不相识的人因快乐而哭泣
万岁　足球　万岁　马拉多纳
在大海的那边　输掉的德国人
仿佛再次被盟军的炮弹击中
墙壁没有倒下　只是默默地
关闭了电视机　在黑暗里闷闷坐着
马拉多纳　善良的小伙子
你惋惜地看看战败的德国

一转身　找你的女朋友去了

马拉多纳　你个子真矮

看见你和我个头差不多高

心里真舒服　如果在中国

你也是1米7以下　对象难找

但是高大的日耳曼人

挡不住你　一头卷发

两条粗腿　就这点玩意儿

旋转起地球全世界都跟着你转

忘记了战争　忘记了规章制度

就像小矮人跟着红头发的王子

当你在绿茵场上跳舞

上帝就看见他心中的世界

这个老人兴奋得手舞足蹈

竟然忘记了竞赛规则

伸手一碰　为你进了一球

犯规！　全世界都看见了

裁判员笑了笑　没有向上帝

出示红牌

1986年7月1日

小伟后来，从油漆厂辞职，自己到外面去做生意。最

352

近我在市中心的一处大屏幕下看阿根廷队对德国队的直播，居然发现他也站在人群里，有个短头发的女子和他在一起。看见我，喜出望外，一把拉住。还是大屏幕看着过瘾啊，有现场感。问我，你赌哪个队？我说，阿根廷。哈哈，这是爱情，不是足球。是的，我就是喜欢阿根廷。1986年写的那首诗我从来没给他看过，这次又写了一首，也不会给他看。他不看诗。这两首诗都献给阿根廷，不同的只是，上次写的时候，马拉多纳在球场上奔跑，这一次写的时候，他白发苍苍，坐在看台上。我的诗也老了，这一首：

又一次我们回到黑暗里
　　——为阿根廷队而作

　　又一次我们回到黑暗里

　　夏天的后半夜神把那粒球拣回来

　　带我们重返文明的原野

　　阿根廷队的真身再次照亮希腊

　　梅西的腿亮了　阿圭罗吐掉口水

　　拉开藏在前胸里的弓　费尔南德斯在前

　　伊瓜因在后　大卫转世时　阿喀琉斯的旁

边

走着安泰　黄金时代　身体就是灵魂

老荷马睁开眼睛　为大力神歌唱

马拉多纳老了　取代阿伽门农坐在永恒的王
位上

上帝说要有光　听见了吗　裁判员

请举起第三只手你只代表白昼

渴望者永不收获拒绝者源源不断

看哪　世界的看台上　导师们藏着抽筋的髋

评论员夸夸其谈　滚开！　挡住！

跳起来！　抄起自由之铲让清道夫发言！

禁区突破时　海伦取下面具尖叫

古老的爱情涌过长发上的地中海

又一次　11 位长着脚的大仙下凡

飞啊　唱啊　真理的头滚在大地上

　　　　　　　　2014 年 6 月 12 日星期四写
　　　　　　初稿于 2005 年，2014 年 11 月改